U0466823

007 典藏系列

007 *Diamonds are Forever*

钻石恒久远

伊恩·弗莱明 著
肖庆华 马书君 译

ZUANSHI HENG JIUYUAN

图书在版编目(CIP)数据

钻石恒久远/(英)伊恩·弗莱明著;肖庆华,马书君译.—合肥:安徽文艺出版社,2016.1(2016.6重印)

(007典藏系列)

ISBN 978-7-5396-5556-7

Ⅰ.①钻… Ⅱ.①伊…②肖…③马… Ⅲ.①长篇小说-英国-现代 Ⅳ.①I561.45

中国版本图书馆 CIP 数据核字(2015)第 242954 号

出 版 人:朱寒冬
责任编辑:张妍妍　　　　　　　装帧设计:张诚鑫

出版发行:时代出版传媒股份有限公司　www.press-mart.com
　　　　　安徽文艺出版社　www.awpub.com
地　　址:合肥市翡翠路 1118 号　邮政编码:230071
营 销 部:(0551)63533889
印　　制:合肥星光印务有限责任公司　(0551)64235059

开本:880×1230　1/32　印张:7.875　字数:180 千字
版次:2016 年 1 月第 1 版　2016 年 6 月第 2 次印刷
定价:28.00 元

(如发现印装质量问题,影响阅读,请与出版社联系调换)

版权所有,侵权必究

007 *Diamonds are Forever*

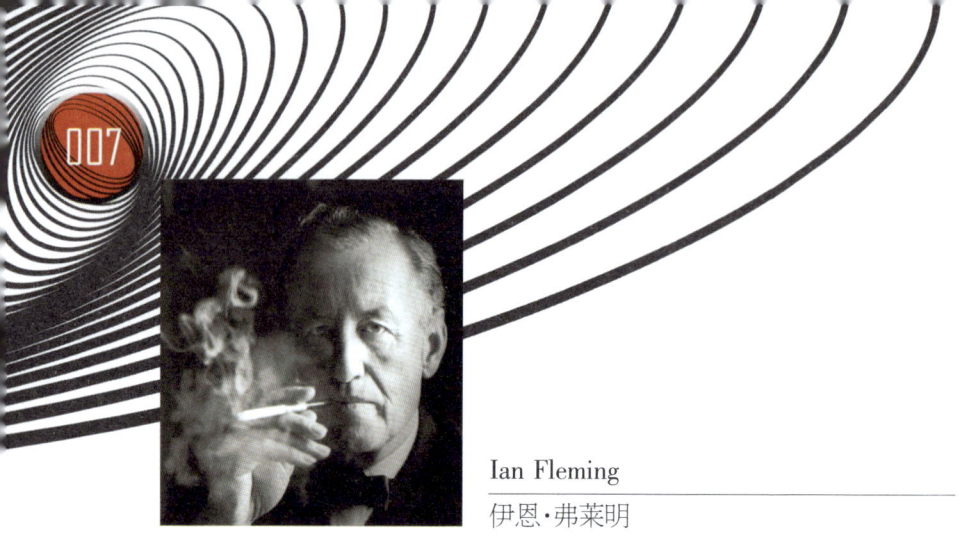

Ian Fleming
伊恩·弗莱明

1953 年，正在牙买加太阳酒店度蜜月的伊恩·弗莱明百无聊赖地坐在打字机边，他的脑子里正在酝酿"一部终结所有间谍小说的间谍小说"——这部小说的主角就是通俗文学世界里最为人知晓、商业电影范围内生命最长的詹姆斯·邦德。

和其笔下的 007 一样，弗莱明的现实生活中也充满了炮弹味和香水味，年轻有为、风流倜傥的程度和詹姆斯·邦德有的一拼。弗莱明 1908 年出生在英国，他从小就希望过上一种自由刺激的生活，可是他的性情却和英国的传统教育格格不入。1921 年，在著名的伊顿公学念书的弗莱明因为行为不端而被开除。1926 年，他在家庭的安排下进入了桑德赫斯特军校，所有人都希望他这次能吸取教训并顺利完成学业，可是弗莱明本性难移，因为酗酒和斗殴，弗莱明提前结束了自己在军校的生活。1931 年，他进入了著名的路透社，成为了一名专门报道间谍案件的记者。1933 年，他回到了英国，做了一个银行职员，百无聊赖的生活让弗莱明忍无可忍。二战的到来为弗莱明带来了"换种活法"的机会——战争让弗莱明变成了邦德。

1939 年 5 月，弗莱明成为英国皇家海军情报局中尉，上任时年仅 31 岁，从司机到海军大臣人人都喜欢他那充满了生气的堂堂仪表。因工作出色，弗莱明深得局长约翰·戈弗雷海军上将的赏识，后者以作风强硬著称，是007邦德的老板——M的原型。弗莱明曾多次陪同戈弗雷上将去美国与联邦调查局局长胡佛会晤，交流情报。弗莱明为戈弗雷起草了无数的报告和备忘录，他的写作才华开始展现，枯燥的案件被他描述得跌宕起伏。这些文件至今还是英国谍报部门授课的范文。

由于出色的工作表现，弗莱明被直接提拔为海军中校，并作为戈弗雷的助理直接领导代号为30AU的间谍部队。这是一个由间谍精英组成的小分队，队员个个身怀绝技，从神枪手、化妆师、武器专家到解密高手、间谍美女，一应俱全。他们的主要任务是帮助纳粹占领国的高级官员逃亡以及窃取德军重要档案。

第一次行动，弗莱明率领30AU来到葡萄牙的卡斯卡伊斯，策划阿尔巴尼亚国王索古从德国、意大利占领区潜逃。他设想的营救计划是这样的：清晨，在国王寓所门前，两名清洁工（英国特工）出现了，严密监视国王寓所的德国卫兵问了两句，就让他们进了门。待了一会儿，两个清洁工（已是国王夫妇）再次出现，拖着垃圾袋正向大门走来。这时，事先安排好的一场车祸准时在街对面发生，德国卫兵赶紧召集人手灭火救人。一个蒙太奇镜头：两个"高贵的清洁工"登上垃圾车渐渐远去。待德国人发现国王夫妇失踪时，国王夫妇已化装成葡萄牙人搭乘一艘意大利游轮安全抵达卡斯卡伊斯。结果，伊恩·弗莱明的策划与行动一样顺利，犹如他在执导拍摄一部007电影。

二战期间，弗莱明与"疯狂比尔"——美国战略情报局局长威廉姆·多诺万将军关系密切。1941年，多诺万计划成立新的情报机关，要弗莱明策划一个蓝图。弗莱明为他撰写的计划共七十二页，描述了一个完美特工应具备的特质，"年龄在40岁到50岁，经过特工训练，拥有出色观察、分析、评价能力，完美判断力，能随时保持头脑清醒，对情报事业有献身精神,并有广博的生活经历"。这和詹姆斯·邦德的形象几乎一致。1947年中情局正式成立,很大程度上借鉴了"邦德标准"。弗莱明毫不掩饰得意之情,向多个朋友吹嘘"我创造了中央情报局"。

1945年11月4日,弗莱明离开了海军情报局,戈弗雷上将对他做出了闪光的评语:"他的热情、才能和见识都是无与伦比的,他对海军情报局的战时发展和组织活动做出了巨大贡献。"

自《皇家赌场》大卖之后,弗莱明就成了一架被烟草和酒精驱动的写作机器,在他人生的最后十二年里,一共写了十四部007小说。在弗莱明生前,他的007系列小说就销出了四千万册,迄今为止,该系列小说在世界各地的销售量已超过一亿册。

1964年8月12日,56岁的弗莱明由于心脏病发作倒在儿子的生日宴会上。

尽管他一生烟酒不离,女人无数,但最后陪伴在他身边的依然是他的妻子。他热爱社交,但也曾因执着写作险些被上流社会抛弃。然而,五十多年过去了,那些曾经试图抛弃他的"贵族们"早已烟消云散,他所留下的作品却享誉全球、妇孺皆知。在全世界,无数的人在阅读007小说或观看007电影,以此向这位传奇人物表达敬意和缅怀之情。

目 录
Contents

第一章　交易 / 1

第二章　上品钻石 / 10

第三章　棘手的钻石 / 18

第四章　探路 / 27

第五章　"枯叶"曲 / 32

第六章　在途中 / 42

第七章　沙迪·特里 / 53

第八章　二十四小时服务 / 63

第九章　苦香槟 / 73

第十章　萨拉托加 / 82

第十一章　"闭月羞花" / 92

第十二章　赌马比赛 / 102

第十三章　顶级泥浴会所 / 110

第十四章　容不得犯错 / 123

第十五章　赌城大道 / 136

第十六章　冠冕酒店 / 144

第十七章　赌场完胜 / 151

第十八章　夜幕下的激战 / 159

第十九章　幽灵城 / 169

第二十章　起大火了 / 182

第二十一章　患难见真情 / 194

第二十二章　充满爱意的蛋黄酱 / 203

第二十三章　爱情至上 / 214

第二十四章　永恒的死亡 / 224

第二十五章　交易结束 / 237

Diamonds are Forever

第一章　交易

　　石头下面指头大小的洞里,传来一阵沙沙声,一只体型硕大的帝王蝎从这个洞穴里蹿出来。只见它高高地举着自己的那对利爪,随时准备投入战斗。

　　洞外面是一小块平整坚硬的地面,那只蝎子站在中央,八只脚支撑着身体,准备随时开溜。它全神贯注地注视着周围的动静,以决定它下一秒的行动。

　　蝎子身长六寸,覆盖着坚硬的黑色盔甲,湿润的白色毒针从尾部的最后一节伸出,与平坦的背部平行。月光穿过这片庞大的荆棘丛,照射着蝎子的背部,反射出蓝色的光芒。

　　蝎子缓缓地把毒针缩进外壳,末端的毒液囊也放松了。此时此刻,目标已经找到,它的贪婪完全战胜了对敌人的恐惧。

　　十二英寸外的沙丘斜坡顶端,一只小小的甲壳虫正小心翼翼地匍匐着前行，它想要寻找一片比荆棘丛更好的落脚处。突然，坡下蹿出一只蝎子，快得连展翅的时间也没有留给它。

甲壳虫的爪子不停地在它身边拍打，突然蝎子伸出螯，猛地刺进了它的身体，很快它就不动弹了。

甲壳虫死了，蝎子则一动不动在原地待了近五分钟。它辨认出了眼前的猎物的种类，又试探了周围是否有敌情。再度确认安全后，它收回利爪，继而伸出一对小小的钳子，插入猎物的身体。接下来的一个小时，蝎子便慢条斯理地享用了它的猎物。

蝎子杀死甲壳虫的这片荆棘丛，堪称是一个地标。在法属几内亚的西南角，起伏的平原向基西杜古南部绵延四十英里，群山重叠，丛林密布。还有一片二十平方英里的平坦岩石地带，几乎形同一片沙漠。热带灌木丛中，只有这一处荆棘丛，由于根部水分供应充足，植物如房子般高，在百里之外清晰可见。

这片灌木丛处于三地交界地带，虽在法属几内亚境内，向北十英里即是利比里亚的最北端，向东为塞拉利昂边境，穿越该边境即是环塞法杜（Sefadu）的钻石矿区。该矿区是塞拉利昂国际公司（非洲国际公司的子公司）的私有财产，它是南非钻石王国的一部分，同时，也是英联邦在南非的巨额资产之一。

一小时前，帝王蝎待在荆棘丛深处的洞里，外面的两次响动引起了它的警惕。第一次是甲壳虫爬行时发出的摩擦声，蝎子是能立刻察觉并判断出这种动静的。但是荆棘丛外传来另一阵无法辨别的震响，甚至震塌了它的部分巢穴。随后，地面上又发出轻柔的声响，有节奏地震动着，很快成为周围环境中舒缓散漫的背景。一阵短暂的停顿后，再次传出甲壳虫爬行的摩擦声。为了躲避阳光这个敌人，这只蝎子已经在洞穴里待了一整天，对猎物的渴望最终还是让它忘却了一切危险，爬出洞穴沐浴在斑驳的月光下。

当它慢条斯理地用进食钳吮吸着甲壳虫的肉汁时，预示着它死期的信号正从远处东边的地平线传来，人类可以轻易地察觉这种声响，但这却远远超过蝎子的洞察范围。

几英尺外，一只笨重粗糙、指甲被啃得乱七八糟的手轻轻地拿起一块锋利的石头。

整个动作没有发出一点声音，但蝎子仍感觉到空气中似有似无的动静。它立刻举起它的利爪，尾部末端毒螯高高翘起，试图摸索着，它还用近视的双眼盯着它的敌人看了一会儿。

石头重重地砸了下来。

"恶心的黑杂种。"

男人目睹了血肉模糊的蝎子痛苦的挣扎。

他打了一个哈欠，跪在沙子的凹地中，靠着灌木的树干。他在这里已经坐等了近两个小时。他用手护着头，爬到了空地上。

引擎的轰鸣声越来越大，男人终于等来了他想要的，这也宣告了蝎子的死期。他站起来，抬头看月亮时，看见一个笨重的黑影正从东边快速向他靠近，月光照射到旋转的机翼上，闪闪发光。

他在肮脏的卡其短裤上蹭了蹭，迅速钻进荆棘丛，来到露出后轮的破旧摩托车边。后座下面两侧都挂着皮制工具箱。他从一个箱子中取出了一个沉甸甸的小包，将小包藏在贴身的口袋中，然后又从另一边取出四只手电筒。他带着这些东西离开荆棘丛，来到五十码外的网球场大小的空地。他将手电筒插在降落地的三个角上并打开开关。接着,再打开自己手中的手电筒,站到了第四个角上,等待着。

直升机慢慢靠近他,离地面不足一百英尺的时候,旋翼叶片开始空转,仿佛一只巨大体弱的昆虫。在地面上的那个人眼里,跟往常一样,这东西太吵了。

直升机开始慢慢定位,最后恰巧停在了他头的上方。从驾驶员座舱中伸出一只手臂,向他挥舞着手电光,画了一个摩尔斯代码 A。

他在地上画了一个 B 和 C。然后把手电筒直立在地上,躲到旁边,以防扬起的灰尘伤到眼睛。旋翼叶片的声音开始渐渐平息,直升机缓缓地降落了。发动机的咔嗒声也戛然而止,尾旋翼只是在空挡转动,主旋翼空转了几下后就停下来了。

四周一片寂静,只有飞机的轰鸣还在回响着。荆棘丛里一只蟋蟀开始鸣叫,附近一只夜莺也在焦灼地叽叽喳喳。

过了一会儿,灰尘都散了,飞行员才砰的一声打开了驾驶员座舱的门,拉出了一个铝制的小楼梯,慢慢地走到地面,动作非常笨拙。他站在飞机旁等着,另外一个男人则绕着飞机场的四个角走,拾起了这四只手电筒。飞行员到达会和地时已经迟到了半小时,他一想到另一个男人一定会在那儿抱怨着说个不停,就觉着很厌烦。他瞧不起所有的非洲人,也不喜欢这个接机人。对于这个前德国空军飞行员来说,他曾经在空军加兰的领导下战斗,保卫过德意志。在他眼里,这些黑鬼,既狡猾愚蠢,又没有教养。当然,他有一个棘手的工作,就是在午夜的时候在灌木丛五百米高处驾驶飞机,然后

4

又飞回去。

那人走过来,飞行员举手打招呼。"一切都好吧?"

"希望如此。你又迟到了,天亮前,我就得通过边境线。"

"半路上磁发电机出了点问题。我们各自有各自的担忧。真是感谢上帝,一年里只有十三次满月。好吧,如果你已经准备好了那东西,把它给我,等油箱里装满油,我就要走了。"

那人一言不发,从衬衫里掏出钻石矿,把那个整洁沉重的包裹递了过去。

飞行员接过来包裹,上面有些湿答答的,浸着走私者肋骨处的汗水。飞行员把它放在整齐外套衬衫的侧面口袋,然后将手别在身后,在短裤上擦了擦手指。

"好了。"他说,然后转向机身。

"等一下。"接机者说道,话里透着一丝不悦。

飞行员转过身,心想:这个声音就像奴仆向主人抱怨他的食物一样。"乔,怎么啦?"

"矿区的局势日趋白热化了。真的很烦人,最近来了一位伦敦赫赫有名的侦查员,你知道他吧?叫西利托。传言是钻石公司雇用的人。他来以后,修改了矿上一批规章制度,惩罚也越来越重,我的手下被吓跑了不少。我必须跟往常一样无情,真倒霉,有一位矿工掉进了压碎机里,事情变得更糟了。我也不得不给他们额外多付百分之十的工资,但是他们仍不满意。我担心,这样下去,总有一天我们会被矿上的保安人员逮住。那些黑猪,你知道的,只要毒打他们,他们什么都会供出来的。"他迅速窥视了一下驾驶员的眼神,然后又躲开了,"就这架势,没人可以扛得住粗皮鞭拷问的,别说我了。"

"所以?"飞行员问道,停了一下,他又接着问:"你想让我把这一威胁传达给上面?"

"我没有威胁任何人的意思,"这个人匆忙辩解道,"我只是想让他们知道事情变得更棘手了,他们得做到心里有数,至少他们得知道西利托这个人,再看一看董事长的年度报告分析。他说由于走私和非法购买,一年里,我们的钻石矿损失达两百万英镑。这只能依靠政府来阻止这种行为,啥意思呀?就是要端了我的饭碗。"

"还有断我的财路,"飞行员迎合道,"那你想要什么?更多的钱?"

"是的,"这个人表情倔强,"我想要更多提成,起码得给我百分之二十吧,要不我就不干了。"他试着从飞行员脸上读出一些同情。

飞行员漠不关心地答道:"那好吧,我帮你把信息传达给达喀尔那边,看他们是否有兴趣。我想他们会报告给伦敦那边的,但是这一切跟我没关系。"飞行员第一次温和下来,"如果我是你,我就不会给那些人施压。他们比这个西利托难对付得多,包括公司和我所知道的任何政府,都不比他们难缠。建好这条运输管道后,去年,我们有三人已经丧命于此。一个是因为临阵脱逃,另外两个是因为手脚不干净。你知道吗,这都是你的前任搞出来的事,难道不是吗?他一直很小心谨慎,但死得很惨:有人在他床底下放了炸药。"

在一刹那间,月光下两人沉默对视了片刻。接机者耸了耸肩,"那好嘛,就说我急需钱拓展业务线。他们会明白我的意思的,说不定还会给我额外再加一成,要是他们没有……"他没把话说完,转身对驾驶员说,"好了,走吧,我陪你去加油。"

十分钟后,驾驶员登上座舱,收好扶梯。关门前他挥手说:"再见,咱们一个月后见。"

地上的那个人突然觉得孤寂,像与恋人诀别一样,也挥着手说:"再见,一路顺风。"他向后退了几步,用手遮挡灰尘进入眼睛。

驾驶员坐好后,系好安全带,踩了下油门,紧握方向舵。确认打开轮闸后,他向右推了操纵杆,打开油阀,最后按下起动器。发动机一切正常,启动旋翼刹车,再慢慢转动操纵杆上的油门。机舱外,主旋翼开始慢慢转动,他又向后瞧了尾旋翼,接着向后靠坐,旋翼转速指示器上显示,每分钟两百转。当指针刚好绕过两百转时,他松开旋翼刹车,稳稳当当地推动操纵杆。旋翼叶片快速斜转向空中。加大油门,直升机缓缓抖动地驶向天空,空中一百英尺处,飞行员同时掌握左舵,向前推了控制杆。

直升机朝东边晃了晃,后来越来越高,越来越快,带着巨大的轰鸣声,朝着来路返航。

地面上的男人看着它渐渐远去。这架飞机带走了价值十万英镑的钻石,都是他的手下在上个月从矿里偷出来的。坐在牙医的座椅边,当他粗鲁地问这些手下人哪里不舒服时,他们就随意地伸出了他们粉红色的舌头。

他一边说着牙齿的事,一边取出手下们嘴里的钻石,把它们放在牙科聚光灯下仔细查看。他会轻轻地报出五十、七十五、一百这些价码,那些男人点点头,接过写着数目的"处方单"和用纸包好的阿司匹林,放进衣服里,就匆匆离开诊所。他们只能接受买方的价格,不可能讨价还价。对本地人来说,把钻石带出去几乎是不可能的。如果矿工需要回部落探亲或者给亲属下葬,通常一年一次,他们必须接受彻底地X光扫描,还用大量蓖麻油清肠。如果被抓到私藏钻石,基本上就完蛋了。所以,相比之下,上牙医诊所看病这个借口不费什么事,而且X光也扫描不出纸币。

医生骑着摩托车,穿过一片崎岖的平地和狭窄的小径,向着塞拉利昂边界的山脉进发。群山的轮廓越来越清晰了,在黎明到来之前,他只有一点点时间去苏西的小屋。一想到熬过让人筋疲力尽的夜晚之后可以和她温存一下,他就笑得龇牙咧嘴。钱不足以支付她为他提供的不在场证明。她想要的是他的白花花的肉体。春宵之后,他还得走十英里的路去俱乐部吃早餐,忍受朋友们的调侃。

"大干了一场吧,小子?"

"听说她是全省第一波霸。"

"快说说,满月的感觉怎么样?"

他们哪会想到,送出价值十万英镑的钻石,就会有一千英镑的收入存在他伦敦银行的户头。崭新的五元大钞啊,一切都值了,真的都值了,拜上帝所赐呀。但他不会一直干下去,不会!如果挣到两万英镑他就打算罢手,之后的事……谁知道呢?

医生满脑子都是荣华富贵的美梦。他骑着摩托车,一路颠簸着,以最快速度穿过了平原,离开了那片巨大的荆棘丛。世界上最赚钱的走私路线是从那里开始的。从那片偏僻的荆棘丛里,这些钻石被偷运出来,他们费尽周折,最后才能将物品运到五千英里开外的终点。

第二章　上品钻石

"轻点儿,别往里硬压,把眼罩拧进去就能戴好的。"M 不耐烦地说道。

詹姆斯·邦德在心里默默记住 M 的训示,以便转告参谋长,接着他又捡起刚刚掉到桌子上的珠宝商放大镜,重新轻轻转了一下,这次他把放大镜刚好嵌在右眼眶里了。

尽管是七月下旬,局长办公室里阳光明媚,但 M 仍然打开台灯,灯光斜射着邦德。邦德拿起一颗耀眼的宝石,凑到灯光下细细端详。宝石在他指间转动时,多面体的晶体便发出五光十色的眩光,让人眼花缭乱。盯久了,眼睛疲惫不堪。

邦德取下珠宝商放大镜,心里盘算着该说点什么。

M 用询问的眼神看着他问:"这是上等宝石吧?"

"人间珍品,"邦德说道,"恐怕价值不菲吧。"

Diamonds are Forever

"打磨带加工,花几英镑就能搞定,"M泼冷水地说道,"这只是块石英。好吧,再看看下面一块。"他仔细扫了一下眼前桌子上的一张单子,查看了上面的编号,然后挑选了一个棉质小包打开,递给邦德。

邦德把那块石英放回原处,然后接过第二件样品来看。

"原来您有说明书,辨认它们自然觉得是小菜一碟啦。"邦德笑着对M说,他又把珠宝商放大镜拧进眼窝里,然后捡起这块宝石,慢慢凑到灯光下。

这次总该是真货了吧。这枚钻石上方有三十二个刻面,下方有二十四个刻面,重约二十克拉。宝石的中心白里透蓝,放射出炫目的光彩。邦德左手拿起那块石英,跟这枚真钻石做比较。在这块耀眼透明的钻石旁,石英显得暗淡无光,死气沉沉。之前看到的多彩眩光,此时也变得浑浊不堪。

邦德放下石英,再次仔细凝视钻石。此刻,他终于体会到数世纪以来,那些加工倒卖钻石的人们,为何会对其如此狂恋不舍。这是一种纯粹的纯洁之美的号召,如同天神,其中蕴含丝丝真理。就像那块石英一样,其他石头再珍贵,在它面前都会黯然失色。仅仅几分钟,邦德就窥探到了钻石的奥秘。那一瞬间,在他内心深处,这枚钻石的真、钻石的美,他将永远铭记。

他把钻石放回棉薄纸上,取下放大镜拿在手里,对着M若有所悟地说道:"不错,我算是明白了。"

M坐下说:"几天前,我在钻石公司和雅各比先生一起吃午餐时,他告诉了我一些心得。他说若要做钻石生意,就得明白干这行的最迷人之处。干这行不能只贪恋数十亿英镑的交易额，也不是它的保值作用，更不是用它作为订婚信物来表达感情等等这样一些功利的目的。你必须用心去体会钻石本身的魅力，体会它给你带来的热情。所以，和刚才一样，那天他也给我展示了一番。"M朝邦德淡淡一笑，"若只是贪一时眼福，跟你一样，我也错把顽石当美玉了。"

邦德静静地坐在那里，一言不发。

"咱们来瞧瞧其他宝石吧，"M指着眼前的那堆纸包说，"本来我只是想借用一些样品，没指望他们有多上心，没想到今天一大早他们就把这包东西送到了我的办公室。"M详阅了一下清单，然后打开一个纸包，把它递给邦德，"刚才你看到的那枚是最好的，是一块上等的青白钻。"又指了指邦德眼前的另一块说，"这个呀，顶多就是一块上等的水晶钻，重十克拉，精美的长方形外形。不过呢，也就值这块青白钻一半的价钱。你瞧瞧，这里还有一丝淡黄色。这叫'开普钻'。听雅各比先生说，里面略带有一点褐色，我可没那个本事看得出来，估计只有专家才搞得懂。"

邦德顺手拿起那块上等水晶钻，仔细端详了一番。接下来的十五分钟里，M教他如何辨别不同种类以及不同颜色的钻石，这些是红色的、蓝色的、粉红色的、黄色的、绿色的以及紫色的钻石。最后，M又打开一包较小的宝石："这些都是色质很差的工业钻石，它们根本就不是人们印象中所谓的珍宝，但别小瞧它们。去年，美国共花五百万英镑高价购买这些钻石，而这只是众多市场的冰山一角。布朗斯汀告诉我，开挖圣高德隧道时用的石头就是这种钻石。还有，牙医也用他们：它们是地球上最坚硬的物质，怎么用都不会磨损。"

Diamonds are Forever

　　M拿出烟斗,边装烟草边说:"现在,你和我一样都知道钻石的一些皮毛了。"

　　邦德坐在椅子上,木然地看着M红皮办公桌上散开的纸包,还有那一颗颗光彩炫目的钻石,感到一阵迷茫。

　　M擦燃一根火柴,用手压着烟斗里燃烧的烟草,再把火柴盒装进兜里。他背靠椅子而坐,这是他喜欢的坐姿,这样便于他思考。

　　邦德低头看了看表,已经十一点半了。今天早上,他还在头疼怎么处理那一摞摞机密文件,不想一个小时前的电话把他召唤到这里,不觉暗自欣喜。现在,他已经完全可以确定,不用理睬它们了。当时邦德在电话里询问何事时,办公室主任告诉他:"大概又有任务了吧。M说午饭之前,他不会再接任何来电。他已经跟伦敦警察厅那边说好了,让你下午两点去跟他们见面。赶紧去吧。"邦德拿了外套就往办公室外走。一出门刚好看到他的秘书在用最简便的标签来分类处理那一大堆文件,他感到很欣慰。

　　邦德看她抬起头便说:"M和比尔说这是件大差事。以后就别再拿这些杂事烦我了。你大可以把它们打包邮寄给《每日快讯》,都跟我无关哦。"然后邦德咧嘴一笑,"莉莲,那个名叫塞夫顿·德埃尔默的小伙子是不是你的男朋友呀?你也可以送给他嘛。"

　　她一脸挑剔,冷冰冰地说:"领带都打歪了,随您怎么说,反正我不认识他。"接着又低头继续工作,邦德穿过走廊,想到自己有一位这么漂亮的秘书,真是太有福分了。

　　M的椅子吱吱作响,邦德抬头看着他。对这位上司,邦德内心是满怀的尊敬、完全的忠诚和绝对的服从。

M若有所思地上下打量他,放下烟斗问道:"你从法国度假回来多久了?"

"回来两个星期了。"

"玩得开心吗?"

"报告局长,开始还不错,最后觉得有些无聊了。"

M没再多说什么。"最近,我一直在翻阅你的人事档案。在所有高层人员里,你的手枪射击成绩一直保持优秀,徒手格斗也不赖,最近的一次体检显示你的健康状况不错。"M停顿了一下,面无表情地说道,"关键是,我这儿有一件相当棘手的差事,不知你愿不愿意去。"

"没什么问题,局长。"邦德稍显一丝恼火。

"别太盲目乐观了,007,"M先生提高了嗓门,"我说这次任务会很艰巨,绝对没有夸大其词。大千世界,那些超级狡猾的人,你没有碰到的还有很多很多,或许这件差事能让你和他们交锋。强中自有强中手,所以别这么不服气。我也是再三考虑才让你来执行这次任务。"

"当然不会,局长。"

"那好吧,"M放下烟斗,双臂交叉,伏在桌子上,"现在,我告诉你整个事件的来龙去脉,完了你再做决定,愿意还是不愿意去。"

"上个礼拜,"M说,"有一位财政部的要人来找我。随行的还有贸易委员会的常任秘书。当然,是谈和钻石有关的事情。听他们说,目前世界上大部分的'顶级钻石'主要采产于英属领地,而且百分之九十的钻石交易在伦敦,由钻石公司统一负责进行。"M先生耸了耸肩继续道,"不要问我为什么。我们从本世纪开始就一直控制着整个钻石贸易,几十年都是这样。这可是英国的一个大产业呀,平均每年就有五千万英镑的巨额交易。所以,如果这个行业出了什么问题,政府肯定很着急。"M很和善地看着邦德,"现在的问题是,每年至少有价值两百万英镑的钻石从非洲走私出去。"

"这可是一笔大钱呀,"邦德说,"它们走私到何处去了?"

"据说是美国,"M说,"我想应该是吧。目前,美国有世界上最大的钻石销售市场,而且只有美国的黑帮才能独享这嘴肥肉。"

"矿业公司干吗不想点办法?"

"他们已经竭尽所能了,"M说道,"你可能已经在文件上看到了,西利托离开我们这儿之后,德比尔斯雇用了他,但他已经离开了那里,目前与南非安全人员共事。据我所知,西利托写了一份报告,在报告里探讨了一些关于缉私的独到见解,希望可以力挽狂澜。但是,这份报告并没有打动财政部以及贸易部。他们认为时局太严峻,不管是多么高效的矿业公司,太势单力薄而不可能独当一面。不过,财政部以及贸易部已经掌握了采取法律行动的有力证据。"

"什么证据?"

"他们发现,目前有一大批走私钻石在伦敦聚集,"M看着邦德,两眼闪烁着光芒,"走私犯正准备将这些钻石运往美国。警方特工部已获晓送货人和护送人的身份。先是索和的一位密探打听到了消息,后来,他又告诉给他'幽灵战队'里的另一位密探。随后,告知了罗尼·瓦兰斯,他直接上报给财政部,财政部随即告知了贸易委员会,他们研究后又一块儿上报给首相,由首相授权他们,可以出动情报部门的特工人员。"

"为什么不让特工处或第十五处来管这事呢?"邦德问,想起M曾经有一段因插手他人事务而很糟糕的往事。

"送货人携带走私钻石出境时,警方当然可以直接逮捕送货人,"M有点不耐烦地解释道,"但这不能从根本上阻止走私活动。他们并不是我们要找的人。送货人只是无名小卒。他们可以从公园里的一个人手里拿到货,然后又到另一个公园里,把货转售给另一个人。要想搞清楚整个走私活动,最好的办法就是循线到美国,然后对钻石的走私去向探个究竟。我估计,联邦调查局帮不了咱们什么忙。美国的帮派冲突不少,他们自己都忙不过来,哪有时间花在这事上。何况美国利益非但没有受到什么影响,相反,说不定还给他们带来好处,最终吃亏的还是英国。再说了,美国才不管你是英国警察局还是第十五处。所以,只有情报局才能胜任此工作。"

"哦,我懂了,"邦德说,"还有别的线索吗?"

"听说过'钻石之家'吗?"

"当然听说过,"邦德说,"那是一家美国人开的大珠宝店,纽约店位于46号西街,巴黎的店位于里弗利大街。据我所知,他们的生意很火,目前其排名与卡地亚、梵克雅宝以及宝诗龙并驾齐驱。二战后,他们的生意发展得很快。"

"是的,"M说,"这就是我们要找的人。目前,他们在伦敦的哈顿公园也开了家小店。根据钻石公司的销售数据显示,他们过去一直是很大的买家。可是近三年来,他们收购的钻石变得越来越少。既然如此,正如你说的那样,他们卖出的钻石却在逐年增加。这就

Diamonds are Forever

奇怪了,他们肯定有其他的钻石供货渠道。前段时间我们开会时,财政部提到了这个现象,对此提出了疑问,但我们找不到他们的任何把柄。这家伦敦分店的店主名叫鲁弗斯·塞伊,似乎业务能力超强。目前,对他的来历,我们了解得不多。只知他每天在皮卡迪利大街的美国俱乐部吃午餐,在桑宁戴尔打高尔夫球,不抽烟不喝酒,住在萨沃伊,是个模范公民。"M耸了耸肩继续道,"可是,估计因为商业竞争的关系,'钻石之家'似乎不怎么跟同行来往。目前了解的情况就这些了。"

邦德决定问那个最关键的问题。"局长,那我究竟要做些什么呢?"他茫然地看着M。

"和瓦兰斯约定⋯⋯"M看了看表,"一个小时后,他在伦敦警察厅与你见面,他会告诉你。他们打算今晚抓捕那个送货人,然后让你冒名顶替他去送货。"

邦德有些心神不定地敲击着椅子的扶手。

"然后呢?"

"然后,"M一字一顿地说,"由你送货,把这些钻石走私到美国。这就是整个计划的核心。你觉得怎么样?"

第三章　棘手的钻石

詹姆斯·邦德走出 M 的办公室，把门关上。路过潘妮小姐办公室时，看到她那双温情褐色的双眸，他的眼里充满了柔情，随后走进了办公室主任的办公室。

办公室主任是一个看起来很消瘦，让人轻松的人，跟邦德的年龄差不多。见邦德进来，他放下手中的笔，背靠椅子，邦德顺手从裤子口袋里掏出扁平状的炮铜色烟盒，走过去打开窗户，俯视着摄政公园。

看到邦德这般深思熟虑，办公室主任心里有数了。

"这么说你已经应承下来了。"

邦德转过身说："没错。"而后，点燃了一根烟。透过烟气，看着办公室主任。"这样，比尔，你先告诉我，为什么老头子这次畏前怕后？他居然还看我的体检记录。他到底在担心什么呀？这又不是什么铁幕阴谋。再说了,人家美国也算是一个文明的国家。他到底怕什么呀?"

主任的职责就是要知道上司 M 每时每刻都在想什么。此时,没烟了,他点燃了烟盒连同火柴一起扔进了身后左边的废纸篓里,回过头确认是否真扔进去之后,抬起头笑着对邦德说:"这就是职业习惯。整个情报局都知道,很少有事情可以困扰 M。但是,少并不意味没有。比如,特工面临的死亡、德国的数码断路器这些鬼东西,M 对这些事还是事必躬亲。还有美国的那些大帮派,都会让他不敢掉以轻心。看来,要处理好这桩钻石走私案,你铁定得跟那些黑帮打交道。但是,M 最不想跟这些人有任何牵连了,怎么样,现在总该明白他为何临阵畏缩了吧?"

"美国黑帮有什么了不起的呀?"邦德辩驳道,"再说了,他们根本不是美国人。不过是一帮意大利流浪汉,穿着花衬衫,天天只知道吃意大利通心粉和肉丸子,浑身一股臭味。"

"你太天真了,"主任说,"你看到的只是冰山一角,真正厉害的还在后面,强中更有强中手。就拿毒品来说,美国有一千万人在吸毒,那这货源来自哪里? 再看看赌博,别的不谈就光看合法赌博。去年拉斯维加斯就净赚得两亿五千万呀。更别说还有迈阿密和芝加哥的地下帮派了,他们都是强强联手。当年,布格塞·西格尔就因贪心,想要更多拉斯维加斯区域生意的分红而死于非命。他当时可是非常牛的。这些都是大买卖。难道你没发现,赌博是美国最大的单一产业吗? 比钢铁业还庞大,更别提汽车产业了。真是见鬼了,他们竟然还弄得有模有样。你若不信,复印一份克福维尔的报告看看。至于钻石生意,每年若是能净赚六百万,那肯定做的是正当买卖,而且政府也是予以保护和支持。"主任停下来,不耐烦地抬头看着对面的邦德:身着深蓝色单排扣西服,身材高挑。但是消瘦棕色的脸上,写着满满的不服气。"估计,你还没看今年联邦调查局对美国犯罪案的总结报告吧。很有意思,他们每天只能逮捕三十四位罪犯,但过去二十年里,近十五万的美国人是死于谋害。"邦德特别怀疑地看着他。"混蛋,这是真的。自己拿份报告好好去看看吧。这也是 M 为何再三确认你是否胜任这项工作,最后决定让你去冒充这个走私犯的原因。到时候,你就得单枪匹马地去和这些黑帮较量,满意了吧?"

邦德的神色放松了下来。"别这样嘛,比尔,"他说道,"如果这就是工作的全部内容,那我得请您吃午餐呀。今年夏天不用再做文书这样枯燥的工作了,这是件值得庆祝的事。走吧,咱们去斯科斯饭店,尝尝他们的新味蟹肉,顺便再喝点黑啤。你总算是让我心里卸下了一块石头,本以为这次任务有多么困难呢。"

"好了,快被你给气死了。"主任暂时将上司 M 的嘱托抛到一边,随邦德走出了办公室,用力地关上门。

随后两点整,邦德准时来到这间旧式办公室,跟一位衣冠楚楚、双目有神的人握手问好。在伦敦警察厅的这间办公室里你可以了解到更多的秘密。

当年处理"探月号导弹"案子时,邦德就已经和助理处长瓦兰斯混得很熟了。所以,就没有必要再相互客套了。

瓦兰斯拿出一组刑事侦缉部提供的目标人物照片。照片中是一位长相极其帅气的小伙子，一头黑发剪得整整齐齐，一张亡命之徒的脸上却透着无辜的眼神。

"就是这个家伙，"瓦兰斯说道，"对于那些没怎么见过他的雇主，由你去顶替没什么问题。他叫彼特·弗兰克斯，小伙子长得很帅气，家庭背景优秀，公学毕业，多么完美呀。只可惜，误入歧途，一错再错。他专干入室盗窃的行当。几年前，他可能还参与了在桑宁戴尔的温莎公爵案。我们已经抓过他一两次，但每次总是没有足够证据，就释放了。现在，他又被那些不三不四的人拉上了这条走私路。在索霍区，我安插了两三个女眼线，这小子就迷上了其中的一个。有意思的是，那女孩也喜欢上他了，甚至幻想能够让他改邪归正，重新做人。但毕竟有要务在身，所以有一天，当她得知弗兰克斯要干什么之后，就立刻上报给了这里，真是一只掉进地狱里的云雀呀。"

邦德点了点头。"专业的骗子绝不会关心别人的计划。我敢打赌，他绝不会告诉她任何入室行窃的详细计划。"

"这辈子都别想，"瓦兰斯同意道，"不然我们早就将他绳之以法了。听说，是一个朋友的朋友联系到他，然后他答应往美国送走私货物。酬金是五千美元。我的眼线问他是不是走私毒品，他大笑着说：'不是，是热冰，是比毒品更高级、更危险的晶体。'那是不是走私钻石呢？不清楚，他接下来的任务是和他的'监护人'见面，明天下午五点，在特拉法尔加宫，去见一个名叫凯丝的女人，她会告诉他具体的行动方案，并跟他一起到美国。"瓦兰斯说着便站了起来，在房里来回地转悠，眼睛时不时地瞄一下嵌在墙上框里的伪票样品。"在走私重要货物时,这些走私商就各自组织人员帮助押运货物。他们不会完全相信送货人。所以,等货的那一方往往会加派一个随从监视人,以防过海关时出纰漏。这样,如果在验货时出了差错,送货人被捕招认,既可以有个见证人在场,而且也不会抓到他们什么把柄。"

邦德脑子里浮现出一幅幅画面:钻石走私、送货人、海关、保镖。想到这儿,邦德将烟掐灭在瓦兰斯桌子上的烟灰缸里,回想起自己早年间效力于情报局时经历的各种路线:从斯特拉斯堡进入德国,从内格雷洛伊进入俄罗斯,经过辛普朗河,最后横穿比利牛斯山。那种紧张的气氛,口干舌燥的感觉,一切都历历在目。多少年过去了,这一切好不容易消停了,如今又得旧事重演了。

"好的,我明白了,"邦德说道,从记忆中回过神来,"那现在大概的安排是什么样的?弗兰克斯到底要做什么走私活动?"

"毫无疑问,钻石肯定是从非洲偷运出来的。"瓦兰斯的目光有些迟缓,"不是从联盟矿公司那里,很可能是从塞拉利昂那里偷运出来的。西利托一直在追查这批走私钻石。走私犯们可能途经利比里亚,或是法属圭亚那,将钻石偷运到法国。这次既然在伦敦也发现了这批钻石,那么,伦敦可能是这条运输线上的一个中转站。"

瓦兰斯停下来看着邦德。"现在只知道,这批货正在往美国走私,具体会发生什么,无人知晓。他们肯定不会着急加工钻石,加工费几乎是钻石总价钱的一半,工钱并不便宜。所以,看似这些宝石都将被用于合法买卖,精加工打磨之后,跟其他宝石店的宝石没什么两样。"瓦兰斯停了下来,"我给你提点建议,你不会介意吧?"

"当然不会。"

"那好,"瓦兰斯说道,"对于所有这种走私生意,给送货人支付工资那才是最微妙的呀。比如,如何将这五千美元支付给彼特·弗兰克斯?是谁支付?他要是顺利完成任务,他们还会雇用他吗?我要是你的话,就会这样做。从中间人下手,也就是负责发工资的人,透过他再顺藤摸瓜,最后揪出幕后的大人物。他们要是喜欢你的长相,那就问题不大了。要找一位精明能干的送货人也非易事,连他们的顶头上司也都喜欢新人。"

"很有见地,"邦德深思熟虑地说道,"有道理。现在最大的麻烦是怎么混进美国。但愿,当我带货通过机场海关的时候,可别让我把这一切都给搞砸了呀。要是检查仪发现了我,那可就糟大了。不过,那个叫凯丝的女人,她肯定会有办法,不让货物被查出来。那接下来该干什么?你们怎么让我去替换彼特·弗兰克斯?"

瓦兰斯又开始在房间里来回踱步。"一切会顺利的,"他自信地说道,"今晚,我们会以密谋躲避海关的罪名,抓捕彼特·弗兰克斯。"他淡淡地笑了笑,"唉,恐怕是要棒打鸳鸯了呀,那也得面对啊。下一步,就是安排你去和凯丝小姐见面。"

"她对弗兰克斯了解多少呢?"

"只知道相貌和名字,其他一无所知。"瓦兰斯说道,"就目前我们猜测来看,我怀疑她都不了解那个联系弗兰克斯的人。这一路上有太多中间人了,而且每一个人都有自己封闭的工作辖区。这样,就算是出纰漏了,也不会一只老鼠坏了一锅汤,殃及他人。"

"那这个女人呢?"

"从其护照来看,她是美国人,二十七岁,出生于旧金山。金黄色头发,蓝色的眼睛,身高约五英尺六英寸,未婚。最近三年里,常以不同的假名来这边很多次,且经常住在特拉法尔加宫。据酒店侦探观察,她平时很少出门,也很少有客人来拜访她。她每次待的时间不超过两个星期,也从不惹是非。就这些了,千万记得到时候见了她,得给你自己编一个好故事。比如你为什么要做这个工作。"

"我会看着办的。"

"还有什么我们可以帮你的吗?"

邦德仔细思索着,看来要靠自己了。一旦进入走私团伙内部,一切都得随机应变了。这时他想起了珠宝商行:"财政部为什么会怀疑'钻石之家'呢?莫非已经做过调查了?还有多点的信息吗?"

"老实说,我们还没有采取更多的行动,以免打草惊蛇。"瓦兰斯语气中透着丝丝歉意,"我曾经调查过塞伊这个人,但除了护照信息仍是一无所获。他是一个美国钻石商,四十五岁,经常去巴黎,事实上最近三年每月都会去一次。可能那里有他的情人。对哦!要不你也同我们去认识一下他?说不定会有重大收获呢。"

"那要我怎么做呀?"邦德疑惑地问道。

瓦拉斯没有理会他,按了一下桌子上的对讲机的按钮。

"先生,有何吩咐?"一个金属般的声音回答道。

"中士,请叫丹可沃茨中士速来见我,还有罗宾尼尔。再帮我连线'钻石家族',就说是找哈顿公园的宝石商人,塞伊先生。"

瓦兰斯走到窗户前,望着外面的泰晤士河,一边从马甲口袋里掏出打火机,心不在焉地扳开又关掉。不一会传来敲门声,瓦兰斯的秘书探头进来:"先生,丹可沃茨中士到了。"

"让他进来吧,"瓦兰斯说道,"让罗宾尼尔先等一下,待会我会叫他。"

秘书让门开着,进来了一位身穿便服,特不起眼的人。头发很稀疏,戴着眼镜,面色苍白。但他说话很温和,为人很热心。要是去做商务高级职员绝对绰绰有余。

"下午好,中士,"瓦兰斯说道,"这是国防部的邦德指挥官。"中士有礼貌地笑了笑。"我想让你带他去哈顿公园的'钻石之家'。他会乔装成你的下属,名叫詹姆斯少校。到时候见到塞伊,他是那里的老大,你就说这批来自阿斯科特的钻石,现在正被运往阿根廷,其间会途经美国。你们要探听他的口气,是否美国那边提前通知过他什么。这是理所当然的,纽约总部必定有所耳闻。所以,你们要做到一切毕恭毕敬。到时候看着他的眼睛,使出浑身解数让他倍感压力,不留一丝抱怨的余地。然后就当什么事都没发生一样,很抱歉地离开那里。明白了吗?还有什么问题吗?"

"哦,没什么。"丹可沃茨中士迟钝地答道。

瓦兰斯拿起对讲机,不一会进来了一位面色萎黄的人,看起来有点献媚的势头。穿戴非常整洁,手拿公文包,一直站在门口待命。

"下午好,中士,进来认识一下我的老朋友。"

中士走到邦德旁边,很礼貌地面朝灯光而站。两只眼睛炯炯有神,在邦德身上足足打量了一分钟才移开。

"先生,我们无法保证可以遮盖这个疤痕超过六小时。"他说道,"主要是天气太热了,其他都没任何问题。他要乔装成谁呢,先生?"

"詹姆斯少校,丹可沃茨中士的下属。"瓦兰斯看了看表,"只要三个小时,可以吗?"

"绝对没问题。先生,我现在就开始吗?"瓦兰斯点头同意了。中士让邦德坐在窗户边的椅子上,然后将公文包放在地上,单膝跪地打开它。接下来的十分钟,他开始手艺娴熟地给邦德整理头发,重新塑脸。

邦德舒舒服服地坐着,一边听瓦兰斯跟"钻石之家"通电话。"还不到三点半?既然这样,麻烦您告诉塞伊先生,下午整三点半的时候会有两个我们的人过去拜访他。嗯,这个相当重要,只是例行公事。应该不会占用塞伊先生多少时间,顶多十分钟。非常感谢您。是的,我是瓦兰斯助理处长。对,就是苏格兰场。谢谢您,再见。"

瓦兰斯放下电话,转身看着邦德:"秘书说塞伊三点半后才会回来。那你就提前三点十五到达那里,提前观察一下周围没什么不好。让他们丈二和尚摸不着头脑。快弄好了吗?"

罗宾尼尔中士举起一面化妆镜到邦德面前。

不知罗宾尼尔在邦德的脸上涂抹了一层什么东西,邦德的两鬓有点白,疤痕不见了。眼角和嘴角间稍微有人工修饰的痕迹。颧骨下面仍有微微阴影。现在这副模样,从里到外确确实实,没人可以认出他就是詹姆斯·邦德了。

第四章 探路

一路上,丹可沃茨中士都在冥思苦想,大家都沉默不语。警车沿着海滨向可柯西特大街上行驶,进入霍尔本区,在嘉玛吉斯左转后到达哈顿公园,车在伦敦钻石俱乐部的白色大门前停了下来。

邦德随大家一起穿过人行道,来到一扇设计非常时髦的大门前。门中央有一块打磨得很精致的黄铜牌,中间刻着"钻石之家"四个大字。在大字的下方刻着"鲁弗斯·塞伊,欧洲事务区副董事长"。丹可沃茨中士按了按门铃,一位聪明、漂亮的犹太女孩子给他们开了门。穿过铺了厚厚地毯的大厅,他们进入一间里面是隔板墙的接待室。

"我想塞伊先生马上就要回来了。"她淡淡地说完后,关上门,离开了房间。

接待室装修得很奢华,壁炉中的炉火,让房间暖暖的。地毯是暗红色的,铺得非常紧凑,中间摆着一张谢拉顿风格的圆形紫檀木桌子和六把配套扶手椅。邦德心里估算,这套家具至少值一千英镑。桌子上面放着几本最新的杂志和几份金伯利钻石新闻报纸。丹可沃茨中士看到这些,眼睛一亮,然后坐下来开始仔细翻看六月刊的新闻。

周围的墙上挂着一幅幅镶着金色框架的花鸟画。邦德注意到这些画中的三维效果,便走上前去近瞧。发现这些并不是手绘画,而是仿效三维的效果,用铜色的天鹅绒做内衬,将新摘的鲜花精巧地排放在壁龛上面的玻璃框里。其他摆设也是如此,那四个沃特福德花瓶,跟里面插的鲜花,二者的搭配真是完美无缺。

房间里非常安静,只有墙上钻石挂钟的嘀嗒声,让人觉得昏昏欲睡,还有走廊对面传来的喁喁细语声。咔嗒一声,远处有人打开了门,操着很浓重的外国腔,喋喋不休地愤慨道:"哎哟,格林斯潘先生,何必这么强硬呢?大家出来都是为了混口饭吃,对吧?你知道吗?这颗钻石可是花了我一万英镑呀!一万英镑!你这不是在耍我嘛。好吧,我以名誉担保。"那人停顿了一会儿,心情有些低落,然后说出了最终出价,"这样也不错!那我再让你五英镑。"

接着传来一阵笑声。"威利,你真是太搞笑了,"是一个美国人的声音,"这可不是玩骰子。这样我再帮你一把,这块钻石价值最多不超过九千英镑,冲你刚才说了那么多,我会再给你加价一百英镑。你再打听打听!在伦敦市面上没有比这更好的价格了。"

门开了,一位戴着夹鼻眼镜,嘴巴紧闭的美国商人,将一个个头矮小的犹太人送出门来,那人垂头丧气的,纽扣孔里还插着一大枝红玫瑰。看到接待室里面有人时,他们有些吃惊,那个美国人随口喃喃低语道"不好意思",然后和那个犹太人迅速离开,关上了房门,去了大厅。

丹可沃茨中士抬头对邦德使眼色。"看到了吧,这就是典型的钻石买卖全过程,"他继续说道,"前面那个人叫威利·贝伦斯,是这里赫赫有名的钻石代理商。另一个我猜应该是塞伊手下的买主。"说完后,他又低头继续看报纸。邦德按捺住内心想点烟的冲动,继续观赏那些似画又非画的花鸟画。

突然间,房间里持久沉重的沉默被打破了,挂钟的嘀嘀嗒嗒声被布谷鸟钟声取代了。壁炉里一根烧焦的木柴掉了下来,已经三点半钟了,墙上的钻石挂钟响了起来。门被猛地推开了,一位皮肤黝黑的高个子男人大踏步进来,用很犀利的眼神看了看他们两个人。

"我是塞伊,"他厉声说道,"这里发生了什么?你们是来干什么的?"

他身后的门打开着。丹可沃茨中士站起来,迈着坚定的步子却又有礼貌地绕过他,轻轻把门关上,然后又走回到屋子中央。

"我是伦敦警察厅的丹可沃茨中士。"他用很平静沉稳的语气说道。"然后这位,"他用手指了指邦德,"是詹姆斯少校。我们是例行公务,想了解一下失窃钻石的情况。助理处长想到您或许可以帮助我们。"此时,丹可沃茨中士的语气如天鹅绒般柔软。

"说吧,有什么就说吧!"塞伊用傲慢的眼神看着这两个警官,因为他们浪费了他的时间。

在一个违法者眼里,丹可沃茨中士的语气里处处透着胁迫。他一遍又一遍地查阅着一本黑色笔记本，里面记载着所发生之事，有许多如"16日那天"以及"我们得知"等关键字眼。丹可沃茨中士在检查过程中含沙射影的语气，已经让塞伊变得焦虑不安了。而此时，邦德更是毫不遮掩地上下打量着他，这让他更加心慌意乱。

塞伊先生个子高大，身板犹如一块石英般强硬。他长着一张大方脸，因为短而显得格外棱角分明。一头硬而粗糙的黑发，剪得像刷子一样短，两鬓都没有胡须。眉毛又黑又直，下面深深的眼窝里，是一双黑色的大眼睛，眼神犀利且沉稳。他不蓄胡子，嘴唇宽而薄。他身穿宽大的黑色单排扣西服，白色衬衫，打着黑色领结，窄得像黑色的皮鞋带子一样，用一个长矛形状的金质领带夹别着。两条长胳膊很随意地耷拉在身体两侧。手掌很大，手心向外微凸，手背面的毛发依稀可见。一双大脚上穿着很昂贵的黑鞋，看起来是十二码左右的。

邦德心想，这个人定是一位坚硬强壮、精明能干的人。经历过很多棘手的大场面，没那么容易对付。

"……我们对这些钻石很有兴趣，"丹可沃茨中士最后说道。看着那本黑色笔记本，"一颗二十克拉的威塞尔顿钻石，两颗各约十克拉的上等蓝白钻石，一颗三十克拉的富阳金黄钻石，一颗十五克拉的头等开普钻石，和两颗十五克拉的全色钻。"他停了下来，抬头很犀利地看着塞伊强硬的眼神。"塞伊先生，您这边或是您在纽约的公司有没有接触过这些钻石呢？"他轻轻地询问道。

"没有，"塞伊先生直截了当地回答道，"他们也没有。"他转身打开身后的门。"那就这样吧，下午愉快，先生们。"

他决绝地离开了房间,再也没有理会他们。然后便听到他匆匆上楼的脚步声,进了另一间房,接着是关门声,然后便鸦雀无声了。

丹可沃茨中士并没有泄气,把笔记本悄悄地装进自己的马甲口袋里。然后拿起帽子,走出大厅来到大街上。邦德跟随其后。

他们上了巡逻警车,然后邦德告诉中士他在国王路公寓的地址。他们开车离开了,丹可沃茨中士慢慢放下了官腔,整个人看起来很高兴。他转身看了看邦德,兴高采烈地说道:"我觉得很有意思。像他这么难对付的真是不常见。先生,你发现自己想要的东西了吗?"

邦德耸了耸肩。"老实说,中士,我都不知道我具体想要什么。但是,我很高兴可以好好地近距离观察鲁弗斯·塞伊先生。看起来,他跟我想象中的钻石商人不太一样。"

丹可沃茨中士呵呵地笑了。"他可不是什么钻石商人,先生,"他说道,"如若是,我把名字倒着写。"

"你怎么知道的呀?"

"方才,我在念那些失踪钻石清单的时候,"丹可沃茨中士很高兴地笑道,"我说有一颗富阳金黄钻和两颗全色钻。"

"对的?"

"可是,先生,世界上根本就没有这两种钻石。"

第五章　"枯叶"曲

邦德穿过一段走廊，来到最顶头的350房间。觉得刚才那个开电梯的人一直在背后看着他，关注他的一举一动。不过没啥大惊小怪的，在这家酒店里发生的偷盗案的次数比其他任何一家都多。瓦兰斯曾经给他看过一张很大的伦敦月均犯罪地图。他指着插着密密麻麻的小旗，上面标注为"特拉法尔加宫"的地方说道："这块地方可让地图资料室里的那些人头疼死了。每个月，这块地方就会变得坑坑洼洼的，然后他们就得重新给上面黏贴新纸，以便下个月再做标注。"

快到走廊尽头的时候，邦德听到了一段甚是伤感的钢琴旋律从房间中飘出来。等走到350房间门前，确认了声音是源自这里。他知道这首曲子，名叫《枯叶》，停下来后，他敲了敲门。

"请进。"酒店大厅的服务生已经提前打过电话了，所以房间里的人一直在等他。

邦德走进那间小小的客厅,并随手关上了门。

"把门锁上。"是个女人的声音,从卧室里传出来的。

邦德照她的吩咐锁上了门,穿过房间中央,走到敞开的卧室门口。在他经过书桌时,上面的便携唱片机里又换成了另外一首曲子——《轮舞》。

她两腿叉开坐在梳妆台前,身体半裸,长长的双臂搭在扶手椅上,双手合拢垫在下巴下,身体微微前倾,抬头一直盯着镜子里的自己,那耸起的肩膀,处处透着傲慢和矜持。白皙裸露的后背,能看到两根黑色的内衣肩带,还有绷紧的黑色蕾丝内裤及那双修长的双腿,这一切都强烈地刺激着邦德。

那女孩抬起头,不再看自己了,把目光转移到他身上,透过镜子冷冷地扫了他一眼。

"你就是那个新帮手吧,"她低声说道,声音很沙哑且不在意。"坐吧,听听音乐。这是最好的唱片。"

邦德很开心,顺从地走到另一把高扶手椅前,向前挪了几步,然后坐了下来,这样他就可以从门廊这边看见她了。

"不介意我抽根烟?"他问道,边从烟盒里取出一根叼在嘴里。

"你想这样死掉,可以。"

凯丝小姐还是继续默默地注视着镜子里的自己,唱片机在放最后一首曲子——《我等你》。

她满不在乎地在椅子里舒展了一下腰,站了起来,然后把头转过去微微甩了一下,金黄色的头发散披下来,轻轻地摇曳着,那些卷曲的发丝，在灯光下隐隐发亮。

"若是喜欢，你再重新放一遍吧，"她应付着，"我几分钟后回来。"说着便进了卧室。

邦德走到留声机前取下唱片，上面写着钢琴伴奏乔治·费耶。他心里默记着唱片上的编号——VOX500，然后翻到背面，跳过那首可以勾起他美好回忆的《玫瑰人生》曲子，再把唱片又放回去，重新播放《四月的葡萄牙》。

弄完唱片后，他轻轻地取下吸墨纸，走到书桌旁的落地灯下，侧举着凑到灯光下详细端详。但是上面没任何东西，他耸了耸肩，悄悄地又放回了原处，然后回到自己的座位上。

他想这段曲子很适合这个女孩子。每一段音律就像是专门为她演奏的，怪不得她这么喜欢。旋律中夹杂着她的性感、强硬而冷淡的态度，还有她从镜子里看他时，忧郁的眼神里透出的丝丝辛酸。

来此之前，邦德并没想过这位凯丝小姐会长得什么样。既然让她来掩护自己进入美国，邦德就理所当然地认为，她一定是一位性格强硬、死气沉沉、目光无神的邋遢女人。她的姿色已不再引起男人们的冲动。但是眼前的这个女人，纵然态度强硬，性格硬朗，举止豪放，但模样还是让人动心的。

她叫什么名字来着？邦德边想边起身走到留声机前。看到唱机手柄那里贴着一张泛美航空公司的行李标签，上面写着"T. 凯丝小姐。"邦德又回到座位上，心里想着"T 难道是泰瑞莎？苔丝？西尔玛？特鲁迪？还是蒂莉？好像都不适合她。但绝对不是特里克茜、托尼或是汤米。"

邦德沉浸在猜名字的自娱自乐中,却没发现她已经悄悄地站在卧室门口,胳膊肘杵在门框上,脸侧放在手上,若有所思地盯着他看。

邦德不慌不忙地起身回头看了看她。

她一身出门的打扮,外面是一件量身定做的黑色外套,里面配搭一件深橄榄绿色的衬衫,纽扣一直系到脖子下面。深黄褐色的尼龙长袜,配着一双特别昂贵的黑色方头鳄鱼皮鞋。两只手腕上,一边戴着一块设计非常精巧,黑色表带的金手表,另一边戴着一条很有分量的金手链。右手中指上戴着一枚闪闪发光的长方形钻戒,金黄色的头发厚厚地散披在耳朵后面,刚好露出右耳佩戴的那只耳环,镶有扁平的珍珠吊坠和金色吊链。

她非常漂亮迷人,一脸的无所忌惮。这种美仿佛只是给自己看,才不在乎那些男人心里是怎么想的。眉毛画得很好看,微微上扬,眼神里充满了蔑视傲慢,仿佛在挑逗地说:"可以呀,有本事过来试试,但是老兄呀,可别让老娘我失望。"

她的眼睛仿佛可以变色一样,当钻石在灯光作用下旋转变色的时候,她的眼睛也仿佛一会儿是浅灰色,一会儿是深蓝灰色。

她的皮肤晒得有点黑,脸上没有化妆,只涂了层深红色的口红,嘴唇饱满而红润,透着一种喜怒无常的气息,乍看真像是一张"邪恶的嘴"。但是,在邦德看来,这种蔑视的眼神,虽让人感觉紧张霸道,但并不代表这个人很邪恶。

现在,这双眼睛冷漠地看着他。

"你就是那个彼特·弗兰肯斯哈。"她轻声说道,声音很优美,听着像是有点屈尊降贵。

"是的,"他说,"刚才我一直在想 T 到底指哪个姓呢?"

她想了一会儿说:"你自己可以在桌子上找到答案,是蒂芙妮。"她走过去关掉留声机,刚好《我不曾知晓结局》这首曲子播放了一半。然后转过身冷冷地补充道,"但在公共场合不这样叫。"

邦德耸了耸肩,走到窗户旁边,双脚交叉惬意地斜靠在那里。

他的无动于衷让她有些恼火。她坐在书桌前面。"好了,"又很强硬地说道,"我们谈正事吧。先说说你为什么要接这份活儿?"

"杀人了。"

"哦。"她用锐利的眼神看着他。"他们告诉我你的老本行是偷窃。"她停顿了一会又问,"是一时冲动还是谋杀?"

"打架,一时冲动。"

"所以你想要逃走?"

"差不多是这样,不过还有为了钱。"

她转移了话题,"有没有安装木腿,或是假牙?"

"没有呀,我可是货真价实的。"

她皱了皱眉,"我一直叮嘱他们一定要给我找一个是木腿的人。唉!算了,你有什么爱好没有?你知道要把这些钻石运到哪里去吗?"

"不知道,"邦德说,"我喜欢玩牌,打高尔夫。不过,我觉得行李箱的手柄还有公文包,倒是藏这些东西的不错地方。"

"那些海关的人也这样觉得,"她冷冷地说道。沉思了一会儿后,她在前面摊开一张纸,手里拿着铅笔,很严肃地问道:"你一般打哪种高尔夫球?"

"登路普六十五型。"邦德一本正经地回答道,"你心里已经有一些眉目了吧?"

她没有作声,只是把名字记下来,然后抬起头问道:"有护照吗?"

"嗯,我有,"邦德承认道,"但上面是我的真名。"

"哦,"她又怀疑地问道,"叫什么?"

"詹姆斯·邦德。"

她扑哧一笑,"为何不叫乔·多伊?"她耸了耸肩,"管他呢,有谁在意吗?你能在两天之内搞到美国签证吗?还有检疫证明书?"

"没问题。"邦德说道,心想反正军需处都会搞定这些。"在美国没有什么对我不利的东西。我没有任何犯罪记录,就还是叫邦德吧。"

"那好吧,"她说道,"听着,移民局需要查看签证。等到了美国,你要和一个叫迈克尔·特里的人一起住在纽约的阿斯特酒店。他是你在美国那边的朋友。你俩是在打仗的时候结交的友情。"瞬间她又变得傲慢跋扈,"顺便告诉你,真有这样一个人。他会替你保守秘密。一般不熟的人都叫他迈克尔,只有朋友才知道他叫沙迪·特里。"她补充道。

邦德笑了笑。

"他本人可没有他的名字那么有趣。"她长话短说,然后从桌子抽屉里掏出一沓用橡皮筋绑住的五英镑钞票。她唰唰地快速从里面数了约一半的钞票后,把剩余的又放回到抽屉里。她把留在桌子上的用橡皮筋缠起来，隔着门扔给了邦德。邦德探身过去，把它接住了。

"这里大概有五百英镑，"她说，"你拿着去丽兹酒店预定一间房，然后把地址告诉移民局。再去搞一个高档的半新的公文包，里面装上你要去度高尔夫假用的东西，别忘了高尔夫球杆。这样才能瞒过英国海外航空公司的出境检查，星期四晚上出发去美国。明早要做的第一件事是去买一张单程票，不然，没票的话使馆是不会给你签证的。星期四晚上六点半，有专车去丽兹酒店接你，司机会带给你专用的高尔夫球，并把它们装到你的包里。然后，"她直勾勾地看着他，"别以为拿着这些你就可以为所欲为单干了，在你拿着行李登机之前，司机会一直和你待在一起。到时，我在伦敦机场等你。所以这不是闹着玩的，听懂了吗？"

邦德耸了耸肩。"我能拿这些货做什么呀？"他漫不经心地说道，"我可担当不起，到了那边之后了，又该怎么办呢？"

"过了海关，会有另一辆专车接你，他会告诉你下一步的行动。听着，"她的语气变得很紧迫，"要是在海关出了什么差错，不管是这边还是美国那边，你就说你什么都不知道，明白吗？你不知道这些球怎么莫名其妙地跑到你的包里去了。不管他们问你什么，你就一直装聋作哑，说'真不是我'。我，或许还有其他人会暗地里一直盯着你。他们要是抓了你，你就一直向英国领事馆求救。我们任何人是不会给你任何帮助的，再说了他们给你付钱不就是让你干这些的吗？明白了吗？"

"说得对，"邦德说道，"大概你是唯一给我添麻烦的人，"邦德很欣赏地看着她,"我可不希望发生那样的事。"

"什么!"她蔑视地说道,"别给自己脸上贴彩了,伙计,不用为我操心,我自己会照顾好自己。"她起身走到他面前,"也别叫我'丫头片子',"她犀利地说道,"我们这是在工作。再说了,我会照顾好自己的。走着瞧,会让你目瞪口呆的。"

邦德起身从窗台走过来。他低头笑看着那双闪烁的灰色大眼睛,它们看起来有些焦躁。"我做什么都比你强。放心,我会守信的。放轻松,别动不动就一股生意腔。咱们还会再见面的嘛。若是一切顺利,在纽约我还可以再见到你吗?"说这些时,邦德觉得自己很阴险,他的确喜欢这个女孩,还想和她交朋友。但是利用她去调查走私钻石的幕后人物,真是为难他呀。

她若有所思地看了他一会儿,眼神里的阴郁也渐渐消失了。人也变得轻松了,也不再紧闭着嘴唇了。在回答他的时候,有点结巴。

"呃……我……"她很鲁莽地转过脸不看他,"真见鬼,"她说道,听着有一点矫揉造作,"要是一切顺利的话,我周五晚上有空闲,可以一起吃晚餐。就定在52号街的'21'俱乐部那里,所有出租车司机都知道那地方。晚上八点,怎么样?"她又转过身,没有看他的眼睛,而是看了看他的嘴。

"好吧,"邦德说道。他心想该离开了,待久了保不准自己真会干出什么出格的事来。"还有其他什么事吗?"邦德直截了当地问道。

"没了,"她说道,仿佛又突然想起了什么事,便急促地问道,"现在几点了?"

邦德看了看表,"还有十分钟就六点了。"

"我得开始忙了。"她说着,很不屑一顾地朝门口走过去,邦德紧随其后。她转了转钥匙,然后看着他,眼神里透着神秘又夹着一丝温情。"放心,你会没事的,"她说道,"在机场就离我远一点,出事了也不要惊慌。你要是能很漂亮地完成任务,"她的声音又恢复到先前那种屈尊俯就的姿态,"我以后会再多给你介绍这种活儿。"

"谢谢,"邦德说道,"我会感激不尽的。合作愉快。"

她轻轻地耸了耸肩把门打开,邦德出了门,朝走廊走去。

他回过头说:"'21'俱乐部见哈。"他还想找话聊,想找个借口跟这个女孩再多待一会儿。她多么孤独寂寞,只能一个人听留声机,一个人落寞地对着镜子照。

她的表情似乎又有些茫然了,对她而言,他顶多是个陌生人而已。"一定。"她漠不关心地说着。她多看了他一眼后,慢慢地关上了门,但邦德觉得她是很坚决地关上了门。

邦德离开了房间,穿过长长的走廊去乘电梯。那女孩一直站在门内,直到不再听见他的脚步声,才慢慢走过去,又打开留声机,她的眼神里透着些许忧伤。她在费耶那张唱片里选了几首自己想听的曲子,然后把唱片放在转台上,在唱针之下旋转。现在播放的是《我不曾知晓结局》这首曲子,她站在那里边听、边想着刚刚闯入自己生活的那个男人,这一切太出乎意料了。哼!她很愤怒又绝望,心想又是一个十恶不赦的大坏蛋。难道她永远都摆脱不了他们了吗?不一会儿曲子结束了,她又是一脸的高兴,一边哼着曲子一边给鼻子上抹粉,收拾完后,出了门。

在大街上,她停下来看了看表,已经六点十分了,还剩下五分钟

Diamonds are Forever

时间必须赶到那边。她穿过特拉法加广场，向查令十字车站走去，一路上在心里盘算着待会儿该说什么。不一会儿，便到了车站，她走到里面一个她经常用的公共电话亭。

在她拨打维尔贝克号码时，时间刚好六点十五分。和往常一样，两声嘟嘟响后，便是通话自动录音。大约有二十秒电话里面没有其他声音，尽是一阵刺耳的嘶嘶声，就像把针放在蜡烛上烤一样。一个不带任何感情色彩的声音说道："请讲"，这是她的主人，但她又不知道具体是谁。接着又是一阵录音的嘶嘶声。

对这种突如其来的命令，她习以为常了。对着话筒，她迅速地说："凯丝呼叫ABC，凯丝呼叫ABC。"然后停了一下，"承运人考察合格，特别符合要求。真名和护照上的名字都叫詹姆斯·邦德，喜欢打高尔夫球，到时携带高尔夫球杆。特定的登路普六十五型系列高尔夫球。其他安排也已就绪，稍后会在七点十五分和八点十五分来电再次联系。汇报完毕。"

她听了一会录音机发出的嘶嘶声，然后放下话筒，返回了宾馆。给酒店送餐部打电话，吩咐他们送来一大杯淡味马提尼鸡尾酒。她坐下来，边吸烟、边品尝美酒听音乐，等待七点十五分的到来。

或许，她会在八点十五分再打一次，主人给她打过来，然后听到那个低沉的声音说："ABC呼叫凯丝，ABC呼叫凯丝……"接着，批准她的计划。

在她放下听筒的时候，在伦敦某一间租房里，那阵阵嘶嘶声也停止了。有人会锁上房门，轻轻地走下楼梯，在某一条大街扬长而去。

第六章　在途中

周四晚上六点钟,邦德在丽兹酒店的卧室里,正在收拾要带的东西。行李箱虽有些破旧,但是用昂贵的猪皮制成的,而且特别适合为他这次行动打掩护。他在里面装了一套晚礼服,一副打高尔夫球时用的黑白色犬牙石牙套。一双高尔夫球鞋,可用来搭配他现在穿的这套深蓝色的毛呢西装、几件白色高领丝质衬衫、深蓝色的海岛棉短袖衬衫。还有袜子、领带、尼龙内衣和两件长丝绸睡袍。

这些东西都从来不用粘贴名字标签,或是名称缩写的。

收拾完了这些,邦德又拿来一个破旧的猪皮小公文包,往里面装了剃须刀和洗漱用品,一本汤米·阿莫尔的《如何提高你的高尔夫球技》的书,还有飞机票和护照。这包是Q处专门为他准备的,在皮革背面的下方,专门设计了一个窄小的暗袋,里面配装有消音器和三十发二十五号口径的子弹。

Diamonds are Forever

电话铃响了,邦德心想:该是车提前到了。然而,这电话却是酒店大厅打来的,说有一位来自"全球出口公司"的代表人,有一封信要当面交给邦德。

"让他上来吧。"邦德说道,心里觉得很奇怪。

几分钟后,他打开门,进来一位穿着便衣的人。邦德认识他,他是总部通讯营里的人。

"晚上好,先生。"那人说完,便从胸前口袋里掏出一个很大的信封,递给了邦德。"先生,我在这里等您看完它,然后还得把信再拿回去。"

邦德打开白色的信封,又撕开了里面的另一个蓝色信封。

那是一张打印出来的蓝色圆锥形信纸,上面既没有地址,也没有署名。但是,邦德认识上面 M 先生个人通讯所用的超大码字号。

邦德招手让送信人过来,坐在窗户对面的书桌前。

简报上写道:"据华盛顿方面的报告,鲁弗斯·塞伊是杰克·斯潘的化名,克福维尔在报告中提过他是一个恶棍,但是,目前还没有找到其犯罪记录。他还有一个孪生兄弟叫塞拉菲莫·斯潘,和其共同管理'斯潘黑帮',他们的恶行已遍及全美国。五年前以投资名义,斯潘兄弟购买了整个'钻石之家'的控股权,目前还尚未找到关于此事的任何负面信息。表面上看,完全就是合法经营。

"这对兄弟还拥有一家电讯公司,但是他们背道而驰,专门为内华达和加利福尼亚州的赌博提供服务,这肯定是违法的。这家电讯公司的全称叫'电报服务公司'。在拉斯维加斯,还有一家冠冕大酒店,是塞拉菲莫·斯潘总部所在。得益于内华达州的税法规定,那里也是'钻石之家'的公司办公室。

"华盛顿那边还说,斯潘黑帮还涉嫌其他许多非法活动,如贩卖毒品,组织卖淫等。这些主要由迈克尔·特里(本名叫沙迪)的人在纽约操纵经营。此人已经有五次犯罪前科,每次的犯罪记录都不相同。该帮在迈阿密、底特律和芝加哥等地都设有分部。

"华盛顿方面认为,斯潘黑帮是美国最有势力的帮派之一,在州政府、联邦政府甚至警察局,都有保护伞。其势力都已经超过了克利夫兰黑帮和底特律的紫色帮。

"目前,华盛顿还不知道我们想插手这些事情。如果你在调查该帮派过程中,遇到任何危险必须立即上报,马上撤离,然后移交给联邦调查局,他们会接管整个案件。

"这是命令。

"若这份文件装在信封里被送回去,那就默认你已经接受该命令。"

信上没有署名,邦德又仔细扫了一下信件内容,然后把它折好装进丽兹酒店专用的信封里。

他起身把信封递给了通信员。

"非常感谢,"他说道,"你知道怎么下楼吧?"

"知道,先生,谢谢您。"送信员说道。邦德走过去,打开门。"晚安,先生。"

"晚安。"

门被轻轻地关上了。邦德走到窗户旁边,望着远处的格林公园。

Diamonds are Forever

有那么一会儿，他脑袋里很清晰地浮现出，M瘦弱年迈的身躯，在安静的办公室里，独自仰坐在椅子里的场景。

把案子转手交给联邦调查局？邦德明白M的意思，如果M厚着颜面请求埃德加·胡佛接手这个案子，那简直就是火中取栗，这对他而言，是多么痛苦的一件事。

这份简报中的关键措辞是"遇到危险"，至于危险具体指什么，得由邦德来定夺。相比他以前遇到过的反派角色，对付这些地痞流氓当然不在话下了。真会这样吗？邦德突然想起塞伊那张脸。但无论如何，尝试着一睹塞伊先生的亲兄弟塞拉菲莫的容貌，终归没什么坏处。他的名字很有异国情调，听起来像是夜店的服务员，或是卖冰激凌的。他们这帮家伙就是这样的下贱而狡猾。

邦德耸了耸肩，看了看表，六点二十五了。他环顾房间，一切都已准备就绪。趁着一时兴起，他把右手伸进外套里面，从左边腋窝下面的鹿皮手枪皮套里，掏出那把伯莱塔，那是一把二十五号口径的连发手枪。这是他上次执行任务结束之后，M送给他的纪念品，上面还有M的亲笔寄语："也许你会用得着它。"

邦德走到床边，卸下弹匣，把里面的子弹退出来扔在床上，他连续做了几次推拨的动作，想体验扣动扳机弹簧被挤压的感觉，而后，放了一声空枪。随后，他再装上后膛，那玩意他曾花了好几个小时才调整好的，在检查击针上面是否有尘埃后，他用手摸击针下方，又亲自检查了瞄准器。最后，他把所有的子弹再次放进到弹匣里，安装到枪尾上，卡住保险，把枪又塞进外套里面。

电话响了："先生，车到了。"

他放下听筒,该是出发的时候了。沉思着,他走到窗户前,又看了看外面的碧绿树海。伦敦正值盛夏时节,自己的心里却有一种空荡荡的感觉。想到摄政公园时,他又感到一丝孤独,这片城堡对他已经是遥不可及了,除非他到时候会求救,但他心里明白自己绝不会那样做。

门口传来一阵敲门声,服务员来帮他拿行李。邦德跟着他走出房间,在走廊里,他杂念全无,一心只想着:丽兹酒店的回转大门后面的世界,在这条向自己敞开着大门的走私路上,等待自己的将是什么样的挑战。

这是一辆黑色的阿姆斯特朗·西德利·蓝宝石车,它的前面挂着红色的十字车牌。"您坐到前面来吧。"穿着制服的司机说道,但并不是邀请的语气。邦德的两件行李还有高尔夫球棒被放在车后面。他在车里舒舒服服地坐了下来,然后在行驶到皮卡迪利大街的时候,邦德才观察了一下司机的面容。那司机板着脸,戴着鸭舌帽,制服上面也没有姓名牌。司机戴着墨镜,根本看不清双眼。他双手戴着一双皮手套,很娴熟地握着方向盘,开车向前行驶。

"先生,放轻松,好好享受这次旅途吧。"听口音是布鲁克林区人,"就不聊什么了,免得我紧张。"

邦德笑了笑,遵循吩咐再没作声。这人四十岁左右,重约一百七十磅,身高五英尺十英寸,是一名职业司机。对伦敦的交通线路十分熟悉,身上也无一丝烟味,穿着很昂贵的鞋,穿着很讲究整洁。脸上胡须剃得非常干净,因为每天例行使用电动剃须刀两次。

刚好行驶到西大街尽头的交叉路口处,那司机把车靠边停了下

Diamonds are Forever

来。从储物箱里小心翼翼地取出六颗密封完好无损的登路普六十五型系列高尔夫球。他把车挂了空挡，让发动机继续在响，然后下车走到后面打开后车门。邦德转过身回头看，那人一个接一个地，把他的高夫球包都解开，然后把这六颗新球跟其他的球混杂着，装在一起，然后一声不吭地回到前座，继续开车向前行驶。

到了伦敦机场后，邦德先漫不经心地检查了一下行李，以及检票程序，然后去买了一份《标准晚报》，付钱的时候还和一位很有魅力的金发美女擦肩而过。那女生穿着一身黄褐色的旅行套装，正在无所事事地翻看一本杂志。在司机的陪同下，邦德提着行李到海关处完成安检。

"请问都是私人物品吗，先生？"

"是的。"

"先生，请问您现在随身带了多少英币？"

"大约三英镑，还有一些银币。"

"好的，谢谢您，先生。"他们用蓝色粉笔分别在三个包上面作了标记，一个行李搬运工过来把皮箱，还有高尔夫球杆放到一辆手推车上。"先生，跟着前面黄色指示灯走，就是移民局了，"他说道，然后推着手推车去了卸货区。

司机对着邦德做了一个很有讽刺意味的敬礼。透过墨镜，那双模糊的眼睛跟他对视了一会儿，嘴角浅浅一笑，"晚安，先生，祝旅途愉快。"

"谢谢你，兄弟，"邦德很愉快地说道，看到司机转身快步离去，脸上的笑容霎时消失不见了，邦德觉得很有满足感。

47

邦德拿着皮包,把机票拿给一个特别友好,而且长得孩子气的年轻人看,等他在乘客名单上在自己的名字后面打钩后,便向候机室走去。就在后面,他听到蒂芙妮·凯丝对那小伙子说"谢谢",然后过了没几分钟,她也来到候机室,在邦德和大门中间选了一个座位坐下来。邦德心里暗自欣喜。若他也一直在跟踪一个三心二意的人,也会选择这个位置坐下来。

邦德拿起报纸来看,时不时地抬头观察一下周围的其他乘客。

飞机几乎满员了,邦德没有来得及买卧铺票。他扫了一下候机室里的四十位乘客,没有一个是他认识的,顿时觉得放心了。有一些混杂的英国人、两名修女,邦德心想他们可能是趁着夏天,要飞越大西洋去卢尔德,还有一些难以区别的美国人,大部分看来是商人。特别是那两个婴儿,吵得所有旅客都没法睡觉。还有少数几个乘客,不能确定他们是否是欧洲国籍。最后,邦德环顾一圈想,这简直就是一盘大杂烩呀。这里,他和蒂芙妮是有秘密任务在身。事实上,其他乘客何尝不是有特殊使命在身呢。

邦德感觉有人在盯着他看,这两人看起来像是美国商人。不一会儿他们漫不经心地把视线从邦德身上转移开了,其中年轻却满头白发的那个对另一个窃窃私语地说了一些东西。然后两个都站了起来,虽然是夏天,却从防水套里拿出斯泰森毡帽,戴着向吧台走过去。邦德听到他们点了两杯白兰地和水。另一个人,脸色苍白,身形肥胖。他从兜里掏出一瓶药,然后就着白兰地喝了几片。邦德猜想应该是乘晕宁,这人估计会晕机。

邦德坐在英国海外航空公司的飞行调派员附近,只见到她拿起

Diamonds are Forever

电话，邦德心想应该是打给飞行控制站。听她说道："候机室里现在共有四十名乘客。"她等到批准后，放下听筒，拿起扩音器的话筒，开始通知登机。

"要登机出境了？"邦德心想，终于可以愉快地飞越大西洋了，和其他乘客一起，他们走过柏油碎石路，登上了波音客机。随着一股浓浓的汽油味和金属味，所有的发动机都一一启动。喇叭里，空姐通知飞机将在一小时五十分钟后，到达下一站香农，旅客将在那儿用晚餐。波音377慢慢地离开跑道，由东向西准备起飞。四个发动机都已启动，机长加大了油门，机身随着刹车隆隆作响、左右摇晃。然后统一加速到起飞速率，邦德从窗户外面看到襟翼正在进行安检测试。不一会儿，飞机慢慢地朝日落方向起飞。当刹车松开之后，机身猛向上急冲，跑道两边的花草被强大的风力吹得都是扁平倒向。'君王号'开始逐渐加速，冲出两英里的预应混凝土区，向西飞去，志在世界的另一端，寻求一片新的混凝土家园。

邦德点了一根烟，舒舒服服地在座位上坐下来，一边看着自己带的那本书。在他正前方斜对面，一个斜躺座位慢慢放下，它是那个肥胖的美国商人的座位，只见他猛地躺在座位上，腰部上面还紧紧地系着安全带。他的脸铁青，还在不停地流汗。胸前紧握着一个公文包，邦德看到上面的皮革商标里面嵌着一张名片，写着："M.温特先生"。下面是一行红色的大写字母，"我的血型是F型。"

邦德心想，真是个可怜的孬种。他是被吓坏了吧，以为飞机是要坠毁了。希望有人能把他从残骸中拖出来，这样能知道他的血型，给他输血了。在这个人的眼里，这飞机就是一个庞大无比的管子，里面严重超载，光是依靠火花塞才可以升空，然后一路就靠一点电力才能撑到终点站。他完全不信任它的安全指数，一直都在胆战心惊。像一个小孩子一样，害怕隆隆的响声，从飞机上掉下去。估计他连厕所都不敢去，万一要是站起来踩穿了飞机的地板，那可不得了了。

一轮黑影遮住了照在机舱里的落日余晖，邦德把目光从那人身上转移开来。刚好蒂芙妮·凯丝走过他身旁，去底舱的鸡尾酒餐厅了。邦德本想跟着她一起去，但是耸了耸肩，想待会儿乘务员会推着餐车过来，车上会有鸡尾酒、鱼子酱和烟熏鲑鱼点心。然后继续看书，不知怎的，他的心里还惦念着刚才买书见到的那女孩，刚翻了一页什么都没看进去。于是，他决定将她抛到九霄云外，重新再看那一页。

邦德大概已经读了四分之一，突然间觉得耳边嗡嗡作响，飞机正在往爱尔兰西海岸下降飞行，还有五十英里就可到达。"女士们、先生们，飞机正在降落过程中，请系好你们的安全带，不准吸烟。"可以看到香农机场了，绿白色的探照灯非常明亮，飞机迅速冲往红色和金黄色的照明跑道。然后沿着两排亮蓝色的航空地面灯，波音377徐徐滑向停机坪。晚餐有牛排、香槟、大杯的热咖啡，里面掺了爱尔兰威士忌酒，上面覆盖着一层厚厚的奶油。爱尔兰机场有很多旧货店，价格便宜，差不多都是一点五美元起价，如"爱尔兰角念珠""爱尔兰沼泽橡木竖琴""黄铜摇滚乐器"，但可恶的"爱尔兰音乐小屋"却是四美元起价。还有破旧的皮毛粗花呢大衣、雅致的爱尔兰亚麻桌布和鸡尾酒纸巾。随后从喇叭里传来一连串废话，是爱

Diamonds are Forever

尔兰语，只能听懂"英国海外航空公司"和"纽约"两个字眼，因为是翻译成了英语。再看欧洲最后一眼吧，飞机现在在大西洋中部上空，开始向一万五千英尺的高空腾飞，奔向了下一站。

邦德一路睡得很香，快到新斯科舍岛南岸的时候被吵醒了。他起来去洗手间，刮了胡子，刷了牙，洗去昨晚一夜满嘴的压缩空气味道。回到座位上，迎接他每天最愉快的时候。周围的其他乘客有的一蹶不振，有的非常兴奋。太阳从遥远的天边冉冉升起，红红的日光浸染了整个机舱。

伴着黎明的曙光，机舱里也渐渐地活跃了起来。飞机目前离地两万英尺，看下面的房屋，就像是撒在褐色地摊上的一颗颗糖果。大地的一切似乎都是静止的，只有火车上冒出的一缕缕轻烟，一只渔船像一根白色的羽毛，径直穿过了一条水湾，玩具车上的金属部件在阳光下闪闪发光。邦德仿佛看到，被窝里正在酣睡蠕动的人们。静谧的早晨，一缕轻烟冉冉升起，邦德仿佛可以闻到厨房里咖啡的浓浓香味。

早餐来了，英国海外航空公司竟然起名宣传是"英国乡村早餐"。空姐开始给乘客们发放海关报关单，这是美国财政部制作的6063号报关单。邦德看了看下面的小字部分，印着"若不符合以上任何条例或是有任何弄虚作假……处以罚款、关押或两种并行的惩罚"。邦德兴高采烈地撒了谎，在上面填写了"私人物品"。

飞机悬浮在半空中，停滞不前逗留了三个小时。窗外只有若隐若现、忽上忽下的缕缕阳光，照射到机舱里面，让人感觉飞机好像还在飞行中。终于，飞机到达蔓延悠长的波士顿上空，越过新泽西收费高速公路。邦德又觉得耳旁嗡嗡作响,飞机缓缓地向那片薄雾笼罩的地方降行,是纽约市的郊区地带。接着便传来阵阵嘶嘶声,还有杀虫剂烟幕弹散发的令人作呕的气味。气闸发出了哀鸣般的刺耳的液压声音,飞机的起落架轮被慢慢放下来,机头也慢慢向前下降。在跑道上,飞机开始迅速减速,轮胎与地面碰撞发出了阵阵摩擦声。还有地勤人员在飞机减速,滑向入口处后,集体撤离现场的咆哮声。随着阵阵隆隆声,飞机最后滑过倦意浓浓的草坪,最后停在了铺有柏油碎石的停机坪上。叮当一声,舱门打开了,终于到达目的地了。

Diamonds are Forever

第七章　沙迪·特里

这位海关工作人员大腹便便，一看就知道平时生活得滋润，他身穿一件灰色的制服衬衫，两腋窝下面都被汗水浸湿了，黑乎乎的。只见他懒懒散散地从检查员桌子那里晃到了邦德面前。在通往 B 区的门口，邦德身旁堆放着他的三件行李。在通往 C 区的门口，邦德看到一个女子从包里掏出一个香烟盒，从中抽出一根香烟，衔在嘴里，噼里啪啦，很不耐烦地打开了打火机，然后把打火机狠狠地扔回包里，再将包系紧。邦德心想，这姑娘警惕性真强呀。说不定她的名字就是以字母"Z"开头，与她的气质会很贴切的。叫查拉图斯特拉？扎卡赖亚斯？泽菲尔利？……

"邦德先生？"

"是的。"

"这是您的签名吗？"

"是的。"

"只有私人物品吗?"

"是的,全部都是。"

"好的,邦德先生。"海关工作人员动作熟练地从检关簿上撕下一张海关加盖确认图章,贴在了行李上,又撕下了一张贴在提箱上。当他走到装有高尔夫球的帆布袋前面时,停了下来,手中拿着检关簿,然后抬头看着邦德。

"邦德先生,你身手不凡吗?"

邦德有些惊慌失措,没反应过来。

"这都是高尔夫球杆。"

"我知道,"那人很耐心地说道,"我问您的球技怎么样?一局最多可以打进多少杆呢?"

邦德真想踢自己一脚,居然把美国的俚语给忘了,"哦哦,大约八十几杆吧。"

"我也从来没有突破过一百杆。"海关工作人员说道,然后将那张神圣的图章粘在了包的侧面。就在离此几英尺处,是一堆最近查获的走私物品。

"祝您假期愉快,邦德先生。"

邦德说了一声"谢谢你"。然后,招手让行李搬运工过来,帮他拿着行李一起走到最后一道关口——门口的检查员。不过,一切很顺利,那人只是检查了一下所有图章,便挥手让他通过了。

"邦德先生?"

这人个头挺高,脸形看起来很瘦削,一头灰泥色的头发,长得有点贼眉鼠眼。上面穿着咖啡色的衬衫，下半身是深棕色的宽松长裤。

"我开车来接你。"说完便转身带路。清晨时分，外面已经阳光灼热。邦德注意到，这人裤子上的后面口袋里，有一块方方正正的东西凸了出来，这是一把全自动手枪。真是典型的美国黑帮做派呀，电影《铁骨游龙》里的老套路了。这些美国人未免太放肆了，也许是恐怖漫画和电影看得太多了吧。

前面停着一辆黑色的奥尔兹莫比尔私家轿车。没等吩咐，邦德很主动地坐到了前座，把行李留给搬运工让他好好安置在后面，然后司机再给他付完小费。轿车离开机场，穿进范·米克大街熙熙攘攘的车流。邦德觉得自己应该说点什么。

"最近这里天气怎么样？"

司机一直注视前方，没有转脸："大概三十七八度吧。"

"太热了，"邦德说道，"伦敦的最高温度才二十四度。"

"真的吗？"

"接下来的计划是什么？"过了一会儿邦德问道。

那人看了看后视镜，然后向车道中央行驶。车子已经行驶了四分之一英里路段了。里道里面车辆行驶很慢，把前面堵住了，他一直在忙着超车，终于到前面有一处空道了，然后邦德又重复问道："我说，接下来的安排是什么？"

司机很快地瞟了他一眼，"去见沙迪。"

"是吗？"邦德忽然很厌烦这些人了，什么时候可以轮到自己摆谱。形势不太乐观呀，他的任务是冒名顶替打入走私集团内部，然后顺藤摸瓜。倘若有一丝的自作主张，拒绝合作，他们肯定会踢掉自己。所以，他必须得低三下四，处处小心，一直这样忍气吞声下去。不能露馅，只能这样了。

汽车慢慢绕进曼哈顿城区，然后沿河向前行驶了大约四十英里，径直横穿城区，最后到达纽约哈顿公园的西46号街。他们已经到了，司机把车并排停在一个很不显眼的门口前。门两边分别是一家破旧的服装首饰店，和一家非常华丽的店面，外面是黑色的大理石墙。就在这扇黑色大理石门顶部，写着一行特别不显眼的银色斜体字——"钻石之家股份有限公司"。幸好邦德心中早已知晓这个名字，否则都不知道自己到底身在何处。

车刚刚停下来，一个人就走下台阶绕到司机窗口，问道："一切顺利吧？"

"那还用说嘛，老板在家吗？"

"在，要我帮你把车处理掉吗？"

"你若方便，那就太感谢了。"司机看着邦德，"兄弟，我们到了，把包先取下来吧。"

邦德下车打开后车门，拿出自己的小公文包，正要伸手去取高尔夫球杆。

"球杆我来拿吧。"司机在他身后说道。邦德只好乖乖地听话，把公文包从车里拉出来，让司机上车去把球杆取下来，然后关上了车门。那个打招呼的人已经坐在了驾驶座上，等他们取完东西后，便把车开走了。邦德跟着司机穿过人行道，走进那个很不显眼的小门。

走廊里有一个门房，一个人正在里面低头看《新闻报》上的体育新闻。看到他们进来,抬起头对司机说道"嗨"。然后又凶巴巴地上下打量邦德。

"嗨,"司机说道,"我们把包放你这里,行吗?"

"没问题,"那人说道,"放心好了。"又低头看报纸了。

邦德先去把包放进门房,司机扛着球杆在大厅对面的电梯门口等他。接着进了电梯,司机按了四楼,一路上两人都沉默不语。出了电梯又是一个小过道,里面摆着两张椅子,一张桌子,还有一个很大的金铜痰盂,能闻到一股浓浓的发霉的味道。

穿过铺着磨损地毯的过道,他们来到一扇镶着玻璃的门前。司机敲了一下门,没等里面有人回应就径直推门进去了。邦德也跟着他进去,随手把门关上了。

进去后,有一个人坐在桌子旁边,一头亮红色头发,长着一张满月形大圆脸。面容平静,眼前还放着一杯牛奶。看到他们进来,那人便站了起来,邦德这才发现他是驼背。他还从未见过留着红头发的驼背人呢。邦德心想,这造型肯定能助他一臂之力,把帮派里的那些无名小卒,吓得屁滚尿流。

驼背怪慢悠悠地从桌子旁边走过来,绕着邦德,装模作样地转过来转过去,从头到脚细细地打量他,然后站在他面前,抬头死死地盯着邦德的眼睛。邦德也无动于衷地看了他一眼。那是一双瓷眼,眼神多么苍凉空洞呀,一动也不动,就像是制作者手里的一个动物标本。这人肯定是在试验他。所以,邦德时不时地也低头观察这个驼背,他的耳垂超级大,嘴唇干巴巴的,脖子短得都快看不出来了,穿着很昂贵的黄色丝绸衬衫,短胳膊但是绝对精壮有力。衣服是专门裁剪的,这样才能装得下那坨高高凸起的桶形驼背。

"我得好好瞧瞧我们的新帮手呀,邦德先生。"语气又高又刺耳。

邦德谦恭地笑了笑。

"伦敦那边告诉我你杀过人,这点我信。看得出,你有这本事。那你现在愿意为我们效力吗?"

"那得看是什么工作了,"邦德说道,"更确切地说,得看你们会给我多少钱。"邦德心里默默祈祷,千万别让他们看出自己的做作呀。

驼背听后,大声尖笑了一会儿,然后突然转向司机,"洛基,快去把那几颗球从包里拿出来,切开。"接着,很迅速地摆了一下右臂,手张开将一把双刃刀递给了司机,刀柄是扁平的,上面还绑着一层胶带。邦德认出这是一把飞刀,他不得不承认刚刚驼背的变戏法花招完成得非常漂亮。

"是,老板。"司机非常乐意,他单膝跪地,把高尔夫球袋里的球包全都解开了。

驼背离开邦德回到了桌子旁,然后坐下来拿起牛奶杯,厌恶地看了看,但还是一两口就把牛奶喝完了。然后,他看了看邦德,似乎想听他说点什么。

"您得了胃溃疡吗?"邦德很同情地说道。

"不关你的事。"驼背很生气,但把气撒到了司机身上。"你在瞎等什么,洛基?快把球放到桌子上呀,我好看你怎么操作。球上面有号码,就是塞心,把它们剜出来。"

"马上,老板。"司机说道。然后站起来把六颗新球放到了桌子上面。其他五颗球还是裹着黑色包装纸,他拿起第六颗球,在手里慢慢转动。然后拿刀慢慢戳穿球面,再猛地撬开。刀尖把球面切开了一个半英寸的圆截面,司机把球递给了驼背。他小心翼翼地剜里面的东西,然后三颗还未经切割的钻石掉到了皮革桌面上,每颗大约十到十五克拉。

驼背心情很激动,用手指头尖轻轻地碰触这些钻石。

司机继续切开剩下的五颗球,不一会儿邦德便看到桌子上面总共有十八颗钻石。现在还未经切割,它们看起来相当平淡无奇。但是,邦德心里默默估算着,若这些都是上等钻石,一旦经过切割加工,怎么也得值三十万英镑呀。

"好,洛基,"驼背说道,"十八颗,数目不差。快把这该死的球杆拿出去,送这位伙计去阿斯特酒店,房间已经预定好了。把球杆和行李也一并送到他房间,听到了吗?"

"是,老板。"司机把刀和切空的高尔夫球留在桌子上,系好了邦德包里的球包后,扛着包,离开了房间。

邦德走过去搬了一把靠墙的椅子,挪过来在驼背的对面坐了下来,然后点了一根烟,看着驼背说道:"好了,现在你要是满意的话,我也可以欣然接受那五千美元的劳酬了。"

驼背刚才一直在细心观察邦德的一举一动,现在低头看着那一堆脏兮兮的钻石,把它们拨开摆成一个圆圈,然后抬头看着邦德。

"我们会如实照付给你的,邦德先生,"话音高昂明确,一副公事公办的样子,"或许你会拿到不止五千美元,至于支付方式我们得从长计议，保护你也是保护我们自己。所以你现在不能拿到直接付款，邦德先生，你明白为什么吧？有劳必有得。要是一个人突然间腰缠万贯，那他也会身陷险境。他会四处张扬，到处挥霍。要是不幸被警察逮捕，然后审问这些钱的来源，他肯定不知道怎么回答，你说是不是？"

"是的，"邦德说，着实对刚才那人思考缜密，又富有说服力的长篇大论感到惊讶，"非常有道理。"

"因此，"驼背说，"一旦任务完成，我们会仅仅直接支付极少数目的酬劳。然后，会安排将剩余的钱通过其他方式转入你们的账户。那你就先拿着这些钱吧。你兜里还剩下多少钱？"

"大约三英镑，还有一些银币。"邦德说。

"好的，"驼背说道，"今天，你已经和你的朋友特里先生见过面了。"他手指着自己的胸膛，"我呢，就是一个众人尊敬的完美公民。1945年，你在英国认识了我，当时我有一个负责处理陆军剩余物资的工作，记住了吗？"

"好的。"

"有一次，在萨沃伊玩桥牌，我输了就欠了你五百美元。记住了吗？"

邦德点了点头。

"今天我们又见面了，然后我说咱们打赌，你赢了我就双倍还你，要是输了就一笔勾销。结果你赢了，我给了你一千美元。我是一个按时交税的公民，会帮你做证的。喏，给你钱，明白了吗？"驼背从裤子后面口袋里掏出钱包，从里面数了十张一百美元，放到桌子对面。

邦德拿起钱,很随意地装进了外套的口袋里。

"然后,"驼背继续说道,"你说你想在这里看赛马。我对你说'为何不呢?顺便一睹萨拉托加的美丽风景。周一就有比赛。'然后你欣然同意了,怀里揣着一千美元,开始出发去萨拉托加。可以吗?"

"好吧。"邦德说。

"你在那里下了五美元的赌注,结果最后赢了五千美元。若有人问起,你就说是赛马赢来的,而且有据可循。"

"要是输了呢?"

"不会的。"

邦德再也没有作声,他现在已经很成功地混进了黑帮队伍。反正赛马之事他们会搞花样的。看着那双暗淡的瓷眼,真让人难以捉摸。驼背茫然抬头也看了下邦德,这回是想进一步看穿这位新中间人。

"哦,那就很好。"邦德说道,心里默默祝愿自己可以拍马屁拍到点子上。"你的人肯定做事深思熟虑,我喜欢跟谨慎的人一起共事。"

他看了看那双瓷眼,这招并不管用。

"我打算在这里待阵子再回英国。不知道这里会不会需要我这样的帮手呢?"

那双瓷眼慢慢地把视线从邦德的眼里移开,开始若有所思地,打量邦德的脸庞和肩膀,就像是在市场上评断一匹马一样。然后低头看着眼前摆成的钻石圈,小心翼翼地将它们又精心摆成一个正方形。

房间顿然一片沉默,邦德一直盯着自己的手指甲。

终于,驼背又抬头看他,"可能是吧,"他仔细推敲道,"若后面有需要,自然会找你。目前你没有犯过任何错误,所以好好表现,安分守己一些。比赛结束后,给我打电话,我再告诉你具体事情。总之,放轻松,依照吩咐行事,可以吗?"

邦德放松了全身肌肉,耸了耸肩,鼓足勇气说道:"为什么不让我加入呢?我现在急需一份工作,麻烦您向你们上司通报一声,只要给的钱多,我什么都干,绝不挑剔。"

此时,邦德第一次,看到那双瓷眼里流露出一些感情,不过是伤心和愤怒。邦德心想自己是不是有点表演过头了。

"你把我们想成什么人了?"驼背大声愤愤不平道,"下贱的骗子机构吗?好吧,妈的。"然后又貌似觉得是情理之中,皱了皱眉头,"不过也是,你一个英国佬,哪能懂得美国的做事风格呢。"眼神又变得暗淡呆滞,"仔细听着,这是我的电话号码,记下来。还有这个,威斯康星州7-3697,也记下来。记住,只能你一个人知道,否则小心你的舌头被割掉。"沙迪·特里高声地尖笑了一下,让人觉得毛骨悚然,"周二的第四场比赛,马龄都是三岁,进行一点二五英里的竞跑。在票快要售完的时候,你再下赌注,压上你的一千美元,明白吗?"

"好的。"邦德说道,手里拿着一支笔,然后顺从地在笔记本上快速地记下这些东西。

"好了,"驼背说道,"马的名字叫'闭月羞花',脸上有浅色斑,四只小腿都是白色的,记得一定要让它赢哦。"

Diamonds are Forever

第八章　二十四小时服务

已经是中午十二点半了,邦德乘电梯下来,走到灼热的大街上。

他向右转,朝时代广场漫步而去。从"钻石之家"出来后,邦德在这座气派的褐色大理石房子前,停下了脚步。细细观察那两面不起眼的橱窗,上面挂着深蓝色丝绒窗帘。每一面橱窗中间陈列着一只钻石耳环,上面镶着一颗加工很精美的圆宝石,下面是一颗大梨形钻石吊坠。每一只耳环下面摆着一个很薄的碟子,形状就像一张金色名片,有一边是折下去的。每一个碟子上面刻着"钻石恒久远"。

邦德情不自禁地笑了笑。不知道,是他的哪位前辈把这四枚金刚钻走私到美国的。

邦德一路闲逛,想找一个有空调的酒吧,坐下来消消暑气,好好地喝几杯。初次碰面,对黑帮头对自己的表现很满足,至少没有想象的那么糟糕,直接被轰出来。他发现驼背是个很有意思的人,爱做作又虚荣,一谈到斯潘氏黑帮就傲气十足。不过,他可不是个善茬。

邦德走了没几分钟,突然觉得有人一直在跟踪自己。虽然没有发现任何异常迹象,但总觉得头皮发麻,开始有提防之心了。他相信自己的直觉,走到一面橱窗前,他立马停了下来,不经意地回头看了看46号街。熙熙攘攘的人群正在慢悠悠地过马路,大部分人和自己一样,是在马路有荫凉的这一边走着。一切正常,没有人突然间躲进了门口,也没有人时不时地用手绢擦脸,这样就不会被人认出来,更没有人蹲下来系鞋带。

邦德看了看橱窗里的瑞士表,转身离开,又继续闲逛。没走几步就停了下来,但一切依旧正常。他继续向前走着,向右转来到美洲大道上,在第一家店门口停了下来。那是一家女士内衣店,有一个穿棕色衣服的男人,背对着邦德,正在挑一款黑色蕾丝内裤,看起来有模有样地。邦德转身走过去,背靠一根柱子,假装懒懒散散地乱看着,却警惕地扫视着街道的四周。

突然,有东西抓住了他的右胳膊,邦德没来得及掏枪。一个粗怒的声音喊道:"老实点,英国佬,不然我拿枪毙了你。"邦德觉得有什么东西顶在自己的腰部。

这声音怎么这么熟悉,是警察?还是帮派的人?邦德低下头偷偷瞄了一眼,原来是一根铁钩钩住了自己的右胳膊。哼,原来是个独臂人呀!邦德一个闪电般的转体,弯腰躲闪到一旁,然后抡起左拳头,使出全力重重地挥过去。

不料，对方用左手握住了自己的拳头，邦德遭到了重重一击。同时，对方的出手让邦德心中一亮，他根本就没有枪。接下来便是一阵久违的笑声，一个懒懒散散的声音说道："没用哦，詹姆斯，早就抓住你了。"

邦德慢慢直起身子，盯着对面那张笑嘻嘻的、像鹰一样的脸，半天都不敢相信，这人居然是老朋友菲力克斯·莱特，整个人也慢慢从先前的紧张中舒缓过来。

"你这个该死的混蛋，原来跟屁虫是你呀，"邦德后知后觉地说道，特别高兴能遇见自己的老朋友。莱特是一名美国特工，曾经多次和邦德一起出生入死。上次见他是在一家佛罗里达的宾馆里，当时他负伤全身裹着绷带，像一只蚕茧，躺在血迹斑斑的床上。"你这混蛋，在这里搞什么名堂呀？还有，你他妈的什么意思呀，这么热的天说谁是笨蛋呢？"邦德边说边拿出手绢擦脸，"还别说，真让你弄得紧张了一会儿。"

"紧张！"菲力克斯·莱特哧哧大笑，"难道你刚才一直在祈祷，吓破胆了，连警察还是黑帮都分不出来了？"

邦德笑着避而不答："你这个奸诈的间谍，走吧，请我喝几杯吧，咱们一起细细聊聊。我根本不相信机会的说法，但事已至此，你就慨然请客吧。反正你们德州佬有的是钱。"

"没问题。"莱特边说，边把铁钩迅速收起，装进外套右边的口袋里。他左手扯着邦德的胳膊，一起走到大街上。邦德注意到莱特现在走路一瘸一拐地厉害。"在德克萨斯，连跳蚤都富得有钱请得起猎犬陪他们玩。走吧，咱们去萨迪餐厅，就在街对面。"

莱特领着邦德直奔二楼,绕开了下面一楼的时尚餐厅,那里是影视明星和知名作家们就餐的地方。上楼时,他的腿瘸得越来越明显,只得一直扶着扶梯,邦德在旁边一言不语。他们选了一个角落的位置,餐厅开着空调,很清凉舒服。邦德去洗手间洗手时,才从刚刚发生的一切中回过神来。在上次的任务中,莱特失去了右臂,左腿变瘸,右眼上面和发际线之间有轻微伤疤,看来是做了大范围的移植手术,其他地方都没变。他灰色的眼睛里毫无沮丧,一头麦黄色的头发,没有一丝灰白。在莱特的脸上,根本看不出一丝因为残疾而流露出来的痛苦。但是,在这短短几步慢行中,莱特却一路沉默寡言,不再健谈。邦德猜想是不是因为莱特自己受过伤的缘故,还是因为他现在执行的任务。肯定不是这样的,估计前者的可能性更大些。

莱特为他点了半杯的淡味马提尼鸡尾酒,上面飘着一片鲜柠檬片。邦德冲他笑了笑,居然还记得这么清楚,然后端起来尝了尝。味道美极了,但是他没有品出来这是苦艾酒。

"产自克雷斯塔·布兰卡公司,"莱特解释道,"是国内加州的一个新品牌,喜欢吗?"

"我从未喝过这么好的苦艾酒。"

"我已经擅自做主帮你点了一份熏鲑鱼和一份红烧里脊牛肉,"莱特说,"他们这里有美国最上等的牛肉,红烧里脊牛肉是最鲜美的。牛排是剔骨后,直接切下来的鲜肉,然后加热烤熟。合你胃口吗?"

"你说了算,"邦德说,"我们一起吃过那么多次饭,对彼此的口味早已熟知了。"

"我吩咐他们慢慢做,"莱特说。他用铁钩在桌子上轻轻敲了敲,"来,我们再要一杯马提尼如何,不过你得告诉我一件事,必须老实交代。你找我的老朋友沙迪·特里到底是为何事?"他向服务员点了酒,然后凑向前坐着,等邦德回答。

邦德喝完第一杯酒,点了一根烟。他在座位上转了转身,旁边是空桌子,然后又转头看着莱特。

"菲力克斯,那你得先告诉我,"邦德轻声说道,"你现在是为谁效力呢?还是中央情报局吗?"

"不是,"莱特说道,"断了一只手,我不能再拿枪了,他们就让我做文案工作。可我说我还是想去户外工作,他们也欣然接受,还给了我一笔很丰厚的抚恤金。后来,我去了一家私家侦探公司那里,他们给的薪酬蛮高的。你也知道,这些人都是不分白天黑夜地工作。所以,我现在是一名私家侦探,平时乔装打扮一番,便能查询跟踪获悉一切。不过很有趣,现在和他们这帮人处得还不错。等将来卸任后,我还可以得到一笔退休金,他们还会赠送我一块黄金表,夏天还能变成绿色。我现在负责调查赛马比赛,比如调查给马服违禁药品,赛马作弊,马厩夜间执勤这些。这工作不错,可以让你跑遍全国各地。"

"听起来不错,"邦德说道,"以前都不知道你对马还有研究。"

"我没有那个本事,"莱特承认道,"不过,学起来很快,其实你真正要打交道的是人不是马。你呢?"他低声问道,"还是以前的老雇主吗?"

"是的。"邦德说道。

"这次也是为他们执行任务吗?"

"是的。"

"做卧底?"

"对。"

莱特长叹了一口气,若有所思地喝了一小口酒,"好吧,"他最后说道,"如果这次任务跟斯潘兄弟有关,那你真是个蠢货,竟然单枪匹马地行动。我真是疯了,居然和你这么一个危险人物一起吃午餐。不过,我还是会告诉你为何今天早上我在沙迪的地盘秘密观察的情况,或许咱们还可以相互帮助。当然,只是咱俩个人的私下交情,和各自所效力的机构无关。好吗?"

"菲力克斯,我愿意和你一起搭档,这你是知道的,"邦德很严肃地说道,"但是,我现在仍然在政府机关做事,而你或许主要是为了同行间的内部竞争。因此,你我虽各事其主,倘若为的是同一只猎物,我愿意跟你一起合作。所以现在,"邦德疑惑地看着这个德克萨斯人,"若我没猜错的话,你是不是对这匹脸上有浅色斑,白色的四只小腿,名叫'闭月羞花'的马感兴趣?"

"是的,"莱特说,脸上并无一丝惊讶,"周四在萨拉托加参加赛马比赛。可是,一匹赛马跟大英帝国的安全能扯上什么关系呀?"

"有人告诉我到时候押它,"邦德说道,"可以赢一千美元,好掩盖另一项完成任务所得的酬劳。"邦德边说边吸了一口烟,"今天早上,我坐飞机来到美国,给斯潘先生和他的同伙们带来一批价值十万英镑,还未经切割加工的钻石。"

莱特眼睛眯成一条细缝，很惊讶地轻轻嘘了一声，"好家伙！"他很崇拜地说道，"的确，像是在大机构做事的人，我对它感兴趣因为它是替身的缘故。周四必赢的赛马根本不可能会是'闭月羞花'，在最后三次赛跑中，它连名次都没有，最后，它被枪毙了。可是，又有一匹马叫'霹雳火花'，碰巧也是脸上有浅色的斑，白色的四只小腿。然后他们让它变得胸脯很大，明显的膨胀症，还有其他多处微小的不同。他们花了一年多时间来完成这个。在内华达州一片荒野处，斯潘兄弟有一家专做这种工作的农场。他们估计是要捞一大笔了吧！这场比赛场面很大，赌金估计要达到两万五千美元了。他们可以用它，来比赛一次，或是十次，甚至十五次，总之，绝对可以大赚一笔。"

"所有美国的马嘴上不是都有刺青的吗？"邦德说道，"他们怎么避开这个的呢？"

"先给'霹雳火花'移植新的皮肤，然后再把'闭月羞花'嘴唇上的刺青复制过去。这种刺青花招早就老掉牙了。据私家侦探公司的调查，赛马俱乐部现在开始采用'夜眼'来辨别牲口了。"

"夜眼是什么？"

"就是马膝盖里面的老茧，英国人叫作'马栗'。虽然每匹马的马栗不一样，就像人的指纹一样，但这依然是换汤不换药。他们本来要给美国所有的赛马都搞这东西，可是，发现帮派那边早已想出酸化的破解之法。警察永远都抓不到这些强盗。"

"你怎么对'闭月羞花'这么了如指掌？"

"敲诈出来的，"莱特很兴奋地说道，"在处理一个毒品案子时，所有的不利证据都对准斯潘帮派手下的一员小将。所以,我就告诉他要想活路,就乖乖地交代这次赛马作弊的一切内幕。"

"那你现在打算怎么办?"

"先静观其变,周日去萨拉托加,"莱特神情一亮,"对呀,你和我一起去吧?咱们开车去,到时你住我那里,萨加莫尔酒店,非常豪华的哦。再说了,你总得有个住的地方嘛。白天我们最好不要一起出门,免得被他们发现,晚上我们可以碰头。你觉得怎么样?"

"棒极了,"邦德高兴地说道,"真是太好了。哎呀,该死的,都已经快两点了,咱们快吃午餐吧,再跟你说说我的故事结尾。"

熏鲑鱼产自新斯科舍,根本不能跟苏格兰的相提并论。红烧里脊牛肉,和莱特说的完全一样,特别鲜嫩柔软,拿刀叉就能切着吃。邦德就着法式色拉酱,吃了半颗鳄梨,午餐吃完后,他又惬意地喝了一杯浓咖啡。

"大概就是这样。"邦德终于一边忙着吃,一边细说总结道,"所以,我猜应该是斯潘兄弟在做走私,他们名下的'钻石之家'负责货物销售。你怎么看呢?"

莱特用手拿出一根好彩香烟放在餐桌上,然后借邦德的郎森打火机点燃它。

"听起来很有可能是这么回事,"他同意邦德所说的,停顿了一会儿,他又继续说道,"但对于这位塞拉菲莫的哥哥,杰克·斯潘先生,我不太了解。但倘若杰克·斯潘就是'塞伊',我们就是老相识了。我们有这帮暴徒的所有记录,在这些档案中,我还看到过蒂芙妮·凯丝的资料,她本是个不错的孩子。这些年来,从进帮派就一直不被重用,是个边缘人物,从她生下来就没过过好日子。她母亲曾经在旧金山经营一家非常奢靡的妓院,生意做得还好。直到有一天,她犯了一个天大的错误,不再向当地帮派交保护费了,而是交给当地警察,估计也是认为他们会保护她。唉,她真是疯了。所以,一天晚上那帮混蛋带了很多人,把妓院砸了个稀烂。没有碰其他任何的姑娘,却轮奸了凯丝小姐。她当时只有十六岁,所以不要惊讶,自此之后她再也不想信任任何男人。隔天,她找到母亲的保险箱,砸开后拿着所有钱,最后一个人远走高飞。她孤零零地一个人在异地谋生,做过各种小工,像贮物室女郎、舞女、摄影模特、服务员,等等。一直到她二十岁,生活还是不如意,她开始借酒消愁,住在一间佛罗里达群岛的出租房里,终日酗酒,往死里喝。那里的人都叫她'醉美人'。有一天,一个小孩掉进了海里,她跳下去救了他,报纸上登了她的事迹。有位富婆在报纸上看到她的义举后,特别喜欢她,让她加入了'匿名戒酒会',其实形同绑架,又带她环游世界。当她们走到旧金山的时候,蒂芙妮趁机溜走,又重新回到她妈妈那儿,和她住在一起。那时,她妈妈已不再干老本行了。但好景不长,她永远都不想安定下来,觉得生活太寂静无趣了。所以,她又去了里诺,在哈罗德俱乐部工作了一阵子。玩游戏的时候,塞拉菲莫遇到了她,对她一见钟情。她洁身自好,不愿与他上床,这让塞拉菲莫更增加了对她的好感。所以,给她在拉斯维加斯的冠冕大酒店里,安排了一份工作。过去的一两年里,她一直待在那里。我估计,她在负责欧洲片区的业务。但她本性是一个好女孩,只是那些混蛋让她的人生变得没有希望。"

邦德脑中又浮现出那双深邃的眼睛,满目沮丧地在镜子里看他的场景,他仿佛又听到寂静的房间里,播放着的曲目——《枯叶》。"我喜欢她,"他很直白地说,觉得菲力克斯在用一种猜测的眼神看着他。邦德看了看表,"好了,菲力克斯,"他说,"看来我们是盯上了同一只老虎呀,只是下手的地方不一样而已。我们两面合击,到时候肯定会很有好戏的。不过,我现在得走了,先去好好补一觉。我住在阿斯特酒店,周日我们在哪里碰面呢?"

"最好不要在这个片区,"莱特说道,"咱们在广场外面碰头。到时早点出发,免得道路堵车。九点钟,出租车车站碰头,旁边就是出租马车的地方。要是我迟到了,你可以先在那里学习一下如何识马。等到了萨拉托加会很有帮助的。"

莱特付完账,他们下了楼,走到满是烧烤的大街上。邦德拦了一辆出租车,莱特没让邦德搭他一程,而是关爱地拍了拍邦德的肩膀。

"詹姆斯,还有一件事,"他的语气很严肃,"也许你瞧不起这些美国帮派的人,像死亡间谍还有其他你交过手的。但是我得告诉你,斯潘暴徒他们绝不是那么好对付的。他们的机构很厉害,尽管名字听起来很滑稽,还有保护伞庇佑。在美国现在就是这样的世道。我没有其他意思,他们真的是一帮惹人厌的恶棍,你的工作也是臭不可闻。"莱特放开邦德的胳膊,看着他上了车,又把头伸进去。

"知道你的工作臭在哪里吗?你这个蠢蛋,"莱特兴奋地问道,"一股甲醛和臭野花的味道。"

Diamonds are Forever

第九章　苦香槟

"我不会和你上床,"凯丝冷冷地说,"不要浪费你的酒了,别妄想灌醉我。我酒量很好,可以一直喝下去,只是不想一杯接一杯地喝你的伏特加与马提尼的混合烈酒,免得说我敲诈你。"

邦德一边笑一边把菜单给她,转身对她说:"我们还没点餐,鲜贝和猪蹄怎么样?说不定吃完后你会改变主意呢,这两种食物搭配在一起可是会有神奇般的效果哟。"

"听着,邦德,"凯丝警告道,"想用一盘酸辣蟹肉让我跟男人上床,门儿都没有。反正,既然是你请客,那我就点鱼子酱,还有你们英国人管它叫炸肉片的,再来瓶苦香槟。我可很少跟你这么英俊的英国人一起约会,这顿饭算是一个好兆头。"她突然斜靠过来,把手搭在邦德的手上,"不好意思,这话不是让你请客,这顿饭算我的。我的意思是说难得有这样的机会一起吃饭。"

邦德冲着她笑说道:"蒂芙妮,你真是个小傻瓜呀。"这是他第一次叫她的名字。"这样的夜晚我盼了好久,我跟你的感受是一样的。再说了,我有的是钱埋单。特里先生今天早上还跟我打赌,要是我赢了就拿到一千美元,要是我输了他欠我的五百美元就一笔勾销。结果,你猜怎么着,我赢了。"

当邦德提到沙迪·特里的时候,女孩的态度就变了。"那你来付饭钱吧,"她粗暴地说道,"接着刚才的,你知道大家怎么说这种搭配吗?'三百块钱能让你尝尽一切味道'。"

服务员端来了马提尼和一杯柠檬皮,遵照邦德之前的吩咐,这酒是手摇调成的,而不是搅拌。邦德拧碎了两片柠檬片放到酒里,然后举起酒杯,对着对面的女孩说道:"我们还没有举杯庆祝顺利完成任务呢。"

女孩嘴角一撇,有种蔑视傲慢的意味,然后一口气喝完了半杯马提尼,重重地把酒杯放在桌上。"确切地说是大难不死,"她冷冷地说道,"都怪你,和那该死的高尔夫球。当时,我以为你要告诉那个人你是如何打进削球的。他要是再夸你两句,你就得拿出球杆和球,当场给他演示你是怎么挥杆的。"

"你也好不到哪儿去,当时搞得我好紧张。你一直在那儿打打火机。你肯定是把一根百乐门的烟反着放进了嘴里,一直在点滤嘴那一端了。"

她淡淡一笑,承认道:"你是屁股后面长眼睛了吧。该死的,就差快点着了。好了,别再互相埋怨了。"然后喝完了剩下的半杯马提尼,"快点呀,你酒量可真差。再来一杯吧,我已经开始慢慢享受了。

现在点餐怎么样？还是你要等我喝晕过去才点？"

邦德唤来餐厅领班点了菜，再让酒保去拿一瓶凯歌皇牌粉红香槟。酒保来自布鲁克林区，穿着一件条纹外套，围着绿色围裙，脖子上面戴着一条银项链，系着一个品尝杯形的吊坠。

"以后若我有儿子了，"邦德说道，"等他成年的时候，我只给他一个建议，想怎么花钱就怎么花钱，但绝对不可贪杯。"

"哎呀，好啦，"女孩说道，"对我这么一个渺小的人，就不能说点好听的话，夸夸我今天的打扮？干吗老是唠叨这些？俗话说得好：'你连桃子都不喜欢吃，干吗还要去摇桃树呀？'"

"我连摇都还没开始呢，你让我连树都碰不到。"

她笑了，特别赞同地看着邦德。"哎呀，邦德先……生呀，真会说话哦。你们都喜欢对姑娘说甜言蜜语。"

"穿裙子的女人，"邦德继续道，"都是梦寐以求的，这你是知道的。我喜欢黑天鹅绒，特别是搭配那晒得黑黝黝的皮肤。看到你，穿戴简单没有戴很多珠宝首饰，也没有涂指甲油，清水出芙蓉，真是太高兴了。总之，今晚你是全纽约最美的走私花。明天你又要和谁同行呢？"

她端起第三杯马提尼，静静地盯着酒杯，接着慢悠悠地三口就喝完了。放下酒杯后，她从身旁的烟盒里抽出一根百乐门，全身俯过去让邦德给她点着。邦德可以看到她敞开衣领中露出的乳沟，她抬头透过一缕香烟看着他，突然睁大眼睛，然后又慢慢眯成一条细缝。那眼神是在说："我喜欢你，咱们之间会有结果的，但你需要耐心等待。一定要对我好，我不想再受伤害了。"

服务员端来了鱼子酱,魔咒打破,他们回过神来,突然间又听到了餐厅里的嘈杂声。

"我明天要去哪儿?"当着服务生的面,凯丝假装重复道:"哎呀!明天我要出远门,去拉斯维加斯。还得乘二十世纪火车去芝加哥,然后乘飞机去洛杉矶,最后回到冠冕大酒店,挺远的,你呢?"

服务生知趣地走开了,他们吃了一会儿鱼子酱,两人都没说话。这个问题根本不用急着回答,邦德突然意识到他们有的是时间在一起。两人对前面的那个问题都心知肚明,至于后面的小问题不用着急回答。

邦德坐回原位,服务员又端来香槟。邦德尝了尝,味道棒极了,还有一股淡淡的草莓味。

"我要去萨拉托加,"他说道,"押注一匹赛马,赚点小钱。"

"你早就瞄准了吧。"凯丝刻薄地说道。她喝了几口香槟,情绪也开始改变了。她耸了耸肩:"看来,今天早上,你让沙迪龙颜大悦了,"但又泼冷水地说道,"他想让你为帮派卖命。"

邦德低头看着粉红色的香槟,他觉得心中有一股暧昧的情愫正缓缓地升起。他喜欢她,但他必须控制自己的感情,他打算什么都不想,继续套她的话。

"没事的,"他轻松地说道,"我也愿意,不过,这是个什么帮派呢?"然后,他迅速地点了一根烟,以此来掩饰自己内心的不安。

邦德感觉到她在很犀利地看着他。但此刻,他是一名间谍,不再为情所困,他细细地观察每一条线索,捕捉每一个谎言和对方每一刻的犹豫。

他抬起头来，一脸的坦诚。

她不再怀疑和审视，她说："叫斯潘氏黑帮，领头的是两个斯潘家族的兄弟。一个现在拉斯维加斯，我就在那里做事。没有人知道另一个斯潘兄弟到底身在何处，有人说是在欧洲。有个人叫 ABC，每次执行钻石走私任务的时候，我都是直接听他的命令。另一个斯潘兄弟名叫塞拉菲莫，是我老板的弟弟。他主要对赌博还有赛马有兴致，在拉斯维加斯开办了一家公司，一家冠冕大酒店。"

"那你在那里做什么？"

"只是简单的工作。"她说道，再没做任何解释，结束了话题。

"你喜欢你的工作吗？"

她直接问而不答，觉得这个问题问得太愚蠢了，根本用不着回答。

"说到沙迪，"她继续道，"他其实并不坏，只是背驼得有些厉害。但和他握手后，最好看看自己的指头少没少。他负责管理妓院、毒品买卖还有其他所有的人手。他们有许多各种类型的暴徒无赖，都很心狠手辣。"她看着他，眼神有些迟疑，"你会慢慢了解他们的，"然后又讥笑道，"你会喜欢他们的，刚好对你的胃口。"

"该死！"邦德气愤地说道，"我只不过接了一桩活，但我总得赚钱吧。"

"有很多其他赚钱的法子呀。"

"对呀，但你自己已经选择为他们效力了。"

"你是有把柄在人家手里吧，"她挖苦地笑道，打破了这会儿的冷场局面，"但是，相信我，你要是跟斯潘氏黑帮签约了，那你可就是干我们这行的佼佼者了。我要是你的话,肯定会在深思熟虑之后,再决定跳入火坑。记住,千万别招惹他们,或是让他们讨厌你。你要真打什么如意小算盘,先管好你的嘴。"

服务生端来了炸肉片,里面拌着芦笋,上面蘸有慕斯淋酱汁。他们的谈话也暂时被打断了。克林德勒兄弟们集体拥有这家"21"餐厅,一直以来是纽约经营最好的餐厅。

这时,店主走了过来。"你好,蒂芙妮小姐,"他说道,"好久没见您来了。拉斯维加斯的一切事务都还顺利吧?"

"你好,迈克。"女孩对他笑道,"冠冕酒店经营一切顺利。"她抬头环视了满屋子挤满的人,"看来你这小哈巴狗干得还不错呀。"

"挺知足的了,"高个的年轻人说道,"仰仗许多贵族人士的光顾呀。只是很少有像您这样的漂亮姑娘光临,您也应该常常来才是。"他又冲邦德笑道,"饭菜还合口吗?"

"非常不错。"

"记得下次再来呀。"然后他朝酒保打了一声响指,"山姆,过来记一下,我的朋友们想要喝什么口味的咖啡。"接着冲他们两个都笑了笑,然后去了另一桌。

蒂芙妮要了一杯薄荷酒味的鸡尾酒,邦德和她点了一样的。

酒和咖啡上完后,邦德又继续他们刚刚未完的话题。"但是,蒂芙妮,"他说道,"这次的钻石走私行动很容易就能完成,要不我们一起继续做这个?一年跑个两三趟,咱们都可以赚一笔大钱。再说,这样也不会让移民局和海关怀疑和为难我们。"

蒂芙妮·凯丝一脸无动于衷,继续说道:"你这个蠢货,才会跟

ABC这样说话。都跟你说啦,别把这帮人当傻子,他们做的是一桩大买卖,很重视。每次都给我安排不同的送货人,而且我也不是唯一的监视人。还有一点可以断定,当时在飞机上同行的人不止咱们俩。他们一定安排其他人偷偷监视我们。就是屁大点事,他们都得一遍又一遍地检查。"邦德一直小看她的雇主,这点让她恼羞成怒,觉得不被尊重,然后厉声说道:"我从来没见过ABC。每次,我只是拨打一个伦敦的号码,再通过电话录音机接到命令。给ABC汇报事情也是用同样的方式。我告诉你,这些都是你那猪脑子想都想不到的。你这个该死的只会入室抢劫的小蟊贼。"最后,她彻底爆发了,"伙计!还有什么要说的吗?"

"原来是这样,"邦德谦恭地说道,一边想该怎么从她口中套出ABC在伦敦的电话号码,"他们真的想得很周全。"

"当然。"女孩很直接地说道,觉得话题很无聊,闷闷不乐地盯着那杯鸡尾酒,把它一口气喝了下去。

邦德感觉到凯丝在把这杯酒喝下去时,她心中的悲伤。"要不要出去转转呢?"他提议道,因为是自己太扫兴了,浪费了这个美好的夜晚。

"不去,"她没精打采地说道,"送我回去吧,我真快要醉了。你就不能编点其他东西咱们聊吗?为什么非要一直说那帮该死的恶棍呢?"

邦德付了账,他们从凉意盎然的餐厅出来,一路上两人都沉默不语。走到闷热的大街上,夜色中一股子的汽油味和沥青味。

"我也住在阿斯特酒店。"上车后,她说道。她紧靠后座的角落,然后弓起背,双手托着下巴,看着窗外死寂可怕的霓虹灯倒影。

邦德一路都没作声,一直看着窗外,心里默默咒骂自己的工作。他只想对这个女孩说:"听着,跟我一起吧。不要害怕,我真的喜欢你,总比你一个人孤零零的好。"她若答应那他就应该放聪明一点,他不想跟这个女孩子耍聪明。可是,职务需要,又要让他利用她。因此,邦德决定不管工作需要他去做什么,唯一能让他不去利用这个女孩的办法就是,把她装在心里。

到了阿斯特酒店前,邦德帮她拉开车门,在邦德给司机付钱的时候,她背对着邦德站在路边。然后两个人一言不发地走上了楼,好像是一对完全没有尽兴,度过一个很糟糕的夜晚的夫妻。

他们在前台拿了钥匙,她对电梯里的小伙子说"五楼"。在电梯里,她一直都面朝着门。邦德看到她拿着晚宴包的那只手的指关节都是白色的。电梯到了五楼,邦德也跟着她出了电梯,凯丝没说任何不许的话。兜转几个拐角处到了她房门口。她弯下身,把钥匙插进锁口,打开门就进去了,然后对着他。

"听着,邦德……"

听这语气像是要大发雷霆了,但她又停了下来。她直直地盯着他的眼睛,邦德看到了她泪水浸染的眼睫毛。突然,她用一只手搂着他的脖子,脸紧贴着邦德的脸,说道:"詹姆斯,照顾好自己!别让我失去你。"然后紧紧地搂过邦德的脸,深深地亲吻了他的唇,缠绵而悠长。她的亲吻那么柔情强烈,却不带一丝性欲的成分。

正当邦德双手抱着她,想要吻回去的时候,她有点僵住了,从邦德的怀里挣脱出来。刚刚美妙的时刻就这样结束了。

Diamonds are Forever

　　她手拿着门把,转身回头看了看邦德,眼神依旧性感撩人。
　　"走开！离我远一点。"她恶狠狠地说道,然后砰地关上了门,上了锁。

第十章　萨拉托加

整个周六,邦德一直待在阿斯特酒店的空调房里,这样他不仅可以避暑,而且可以睡一会儿,解暑消乏,但更重要的是为了草拟一份长一百多字的电报稿,发给伦敦"全球出口公司"的经理,实际是上呈给 M 的汇报文件。今天是这周的第六天,也是进入八月份的第四天,当日是八月四日星期六。基于此,他设置了一个非常简单的转化密码,便是 846 码。

在电报的最后,他写道:整个钻石走私通道的源头是叫杰克·斯潘的人负责,现在化名为鲁弗斯·塞伊,通道的末端由塞拉菲莫·斯潘统管。整个通道的关键环节是沙迪·特里掌管的公司,所有钻石经他之手,然后被运往"钻石之家",进行切割加工,最后推向市场。

邦德建议伦敦方面对鲁弗斯·塞伊进行严密跟踪调查。同时,还提醒他们有一个叫"ABC"的人,替斯潘兄弟在暗中掌控所有钻石走私行动。目前,还没有确认此人的身份,只知道其住所在伦敦。因此,只有彻查此人,才能提供一些线索,查出非洲那边钻石真正的走私源。

邦德在电报中还写道:他将顺着塞拉菲莫·斯潘这条线索,利用一个叫蒂芙妮·凯丝的送货人,继续对这条通道做深入调查。同时,他扼要地介绍了凯丝的背景情况。

最后,邦德通过西部联盟电报公司将电报发了出去。随后,他美美地冲了今天的第四次澡,接着去餐厅,喝了两杯伏特加马提尼的鸡尾酒,吃了班尼迪克蛋糕和草莓鲜果。饭后,他看了一下明天在萨拉加托的赛马预报。邦德发现这次大赛夺冠可能性最大的是,惠特尼先生的名叫"再来"的马,还有威廉姆·伍德沃德先生的名叫"祈祷"的马,上面压根就没有提到"闭月羞花"。

随后,邦德便回酒店,休息了。

周日早上九点钟整,邦德提着行李站在路旁,一辆黑色的斯图贝特敞篷车准时停在了他面前。

邦德把行李扔到车的后座,自己则坐到前座莱特旁,莱特伸手推了一下驱动连杆,再按了一下仪表器上面的按钮。随着嘶嘶的液气压声,帆布篷慢慢地升起,向后伸展,罩在了车的后部。莱特很娴熟地用铁钩握着方向盘,换挡加速,一溜烟就穿过了中央公园。

"我们大概要行驶两百英里,"莱特说道,他们已经驶入哈德逊河岸的专用驾驶道上,向北驶去,"哈德逊河的北端,属于纽约州,正好位于阿迪朗达克山的南部,离加拿大边境很近了。我们沿着塔康尼克州公路北上,不用赶时间,咱们悠游自在地去,我可不想被开罚单。在纽约州内,都是要求五十公里限速,那些警察可凶狠了。即使超速了,我一般都能想办法脱身。只要他们没有抓住你,就不会把你记录在案。要是被传唤到法庭,那可真是太丢人了!印第安人也觉得脸上无光,如果他们的摩托车赶不上别人的车辆。"

"那些印第安人,每小时开个九十英里绝对没问题,"邦德说道,又想到莱特向来喜欢卖弄显摆,"哎哟,我都不知道斯图贝特还能跑这么快。"

前面的路,非常平坦,莱特瞥了一下后视镜,突然间加速换到二挡,猛地踩了油门。邦德的头猛地向后仰,觉得自己的脊椎狠狠地撞到了椅背上。邦德瞅了一下速度计,简直不敢相信现在是八十公里时速。莱特用铁钩推换到最大挡,车子一直在加速,九十,九十五,九十六,九十七……不一会儿,便到了公路交会处,这里是一座大桥,莱特这才决定踩刹车。车子减速到了七十,发动机低沉的轰鸣声也停止了,恢复平稳的嗡嗡声,他们稳稳当当地驶过弯弯曲曲的斜坡。

莱特斜着眼看了一下邦德,然后咧着嘴笑了,"哎呀!差点又搭上了三十块钱,"他骄傲地说,"前阵子,我开着它去代托纳海滩,顺便花了五块钱用测速线测了一下时速。结果是一百二十七呀,当时海滩表面的温度可不算高哦。"

"天哪!"邦德难以置信地说道,"你这到底是什么神车呀?是斯图贝特吗?"

"斯图迪拉克,"莱特说道,"在斯图贝特里面安装上凯迪拉克的发动机,配有专用的变速器、刹车和后轴。其实就是车之间的内部转换。纽约有一家小公司专门做这个,目前仅有几辆而已。说实话,相比概念跑车还有雷诺系列,这真是一辆视野效果超级棒的运动跑车呀,坐在里面那感觉真是超爽!是法国人雷蒙德·洛伊设计出来的,真不愧是世界顶级的设计师。唉!目前对美国市场来说这太先进了。斯图贝特的理念简直是太保守了,哪能跟得上呀!喜欢这车吗?哼!相比你那辆宾利,好得不知道到哪去了。"莱特咯咯地笑了,然后伸手从左口袋里拿出一角硬币,他们已经来到了亨利·哈德逊大桥的收费站。

"等哪天轮子掉了再说这话吧,"邦德讽刺地说道,他们又开始加速前进,"这种改装的把戏也就只是骗骗小孩,因为他们买不起一辆真正的好轿车。"

他们一路上不停地争吵,高谈阔论英国和美国运动跑车各自的优点,一直到威彻斯特郡收费站才停下来。停留了十五分钟后,他们驶入塔康尼克州公路,一路向北是绵延的草原和森林。邦德舒舒服服地坐好,静静地欣赏眼前世界上最美的公路风景,又一边想着那女孩现在干吗呢?从萨拉托加回来后,他该怎么样去找她呢?

中午十二点半,他们停下来在嫩鸡快餐店吃了午餐。这家小客栈很有边疆风情,全是木头建造而成,不过里面设置很齐全。有一个高高的柜台,上面摆着很多专卖品牌的巧克力、糖果、香烟、雪茄、杂志还有平装书。一台投币式自动点唱机,上面镀着一层铬,发出五光十色、耀人眼球的亮光,仿佛是科幻小说中的道具一样。在房子梁橼周围,摆着十几张松木餐桌,一排排被隔开的餐桌就成了餐区。菜单上的特色菜是炸鸡以及新鲜的山区鲑鱼,从远处运来,已经被冷藏了数月。除此之外,店里还有几种快餐,两个女招待来来回回地忙活着。

不过,服务生很快就端来了炒鸡蛋、香肠、热奶油、黑麦土司和米勒斯啤酒,吃起来还蛮不错的。后来的冰咖啡也挺棒的。他们喝完第二杯酒后,就匆匆告别了客栈,暂时忘掉他们的私生活,还得继续向萨拉托加出发。

莱特边开车边说:"一年当中有十一个月,这个赛马的地方都是一片死寂。他们平时都去泡温泉或是洗泥浴,据说对治疗风湿病和关节炎很有作用。跟其他任何地方的温泉浴场一样,现在都是淡季,大家晚上九点熄灯入睡,白天也只能看见两个身影。两个戴巴拿马草帽的人,在讨论独立战争期间,伯戈因带领英军在斯凯勒维尔投降,恰好就是在这个路边发生的。或争论联合大酒店的云石地板到底是黑色还是白色。但是,有一个月,即八月期间,这个地方变得异常热闹狂乱。在这个月,美国举行最盛大的赛马比赛,这里到处都是范德比兹家族和惠特尼家族的人。所有店家都把价格提到十倍之高,赛道委员会给看台的观众脸上涂上各种色彩,还有不知道从哪里搞来几只天鹅,放在赛道中央的池塘里。把古老的印第安独木舟停在池塘里,然后再打开喷泉。没有人知道为什么要安置独木舟,有一位赛马作家在经过多方调查之后,发现原来是跟印第安的一个古老神话有关。他说当他听完这个传说之后,他就再无心思继续调查了。他还说当他读四年级的时候,自己都可以编出比所有印第安神话都精彩的谎言。"

Diamonds are Forever

邦德大笑道:"然后呢?"

"这个你应该清楚的呀,"莱特说道,"这里原先是英军的重要军事地带。泽西百合花,也就是莉莉·兰特里以前经常来这里。当时在'希望赌注金'比赛中,'新奇'战胜了'铁面人'。但自从大紫大红了十年之后,时局又发生了重大变化。看看!"说着便从兜里掏出一张剪辑。"这是最新情况,我今天早上从《华盛顿邮报》剪下来的。上面这个叫吉米·坎农的人是体育专栏作家,文笔非常好,待会看看他写的东西你就知道了。你拿着在车上看吧,咱们要赶路了。"

莱特付完账后,他们就离开了。汽车一路颠簸,沿着蜿蜒的道路驶向特洛伊,邦德静下心来细读吉米·坎农这篇犀利的文章。当他读的时候,泽西百合花时代的萨拉托加,已变成一段尘封已久的甜蜜回忆。眼前向他招手的是二十世纪,而且正在咧着嘴对他冷笑。

一直以来,萨拉托加斯普林斯被誉为黑社会的康尼岛。直到克福维尔他们上电视做节目,真是吓坏了这帮乡巴佬,把这些暴徒无赖赶到了拉斯维加斯。这些暴徒在萨拉托加作威作福已多年。把这里完全当作是帮派的殖民地,他们的势力范围遍及全国,只懂得用枪和棒球棍说话。

萨拉托加已经从联盟退离了出来,其他赌博的小村庄也亦如此。将市政府置于球拍公司的监护之下。这里依然有许多正直的继承人,来自富贵和名人世家,经营自己的马厩,并且坚持古老的竞赛规则,集体倡导比赛的公平性。

萨拉托加倒闭之前,警察会抓过往的游人,积累银行存款,靠凶手和作恶之徒的小费过日子。在萨拉托加,贫穷亦被视为是严重违法。即使是一个喝醉酒的人,在一家开设赌场的酒吧里输光了钱,他们也视其为一个重大威胁。

不过,凶手可暂时逍遥法外,只要有钱去当地的一些场所消费。去妓院也好,玩密室垃圾游戏也好,都可以在那里大玩几把。

出于职业的好奇心,我读了大量赛马简报。记者们呼吁重塑以往美好的宁静日子,好像萨拉托加虽然寂静无趣,却朴实纯真。其实以前它就是一个多么腐烂恶臭的小村庄呀!

这些人有可能会逃出来,然后抄小道偷偷溜进农舍。这个动作很琐碎,玩家必须事先要有躲避被打晕的准备,同操作手打开骰子盖一样迅速。但是萨拉托加的赌场可没那么仁慈,你要是点子背被抓住了,他们就会量刑割你的手指。

湖岸边的客栈二十四小时都在营业。一些大玩家们四处骗玩,还不会挨打。那些拄拐杖、坐着轮椅的人都是四处游荡的骗子,有人按日雇用他们。冬天,他们从肯塔基州的纽波特,游荡到迈阿密,穿梭于各大赌场,八月份又回到萨拉托加。他们大部分是在斯托本维尔接受教育,然后在那里学习各种小型赌博。

他们都是流浪汉,也没那个本事去搞砸骗局。他们是黑社会的狗腿子,见好就收,一见形势不利就赶紧撤离。他们大部分现在在拉斯维加斯和里诺,因为颁发墙上营业执照的人,现在都是受他们老板的摆布和控制。

他们的员工并不是布兰德利先生手下那种传统的赌徒,他是一位举止很文明礼貌的人。据说,他在棕榈滩的赌场一直都是积分说了算,最后积分都高到爆表了。

据那些反对布兰德利的人透露,他们现在开始使用科技,利用一切手段让赌场永远都游刃有余。这让那些人一想起布兰德利,就追封他为圣人的人很高兴,其实他更是一位慈善家。他的爱好就是给富人带来娱乐,虽然这种娱乐是佛罗里达政府所不允许的。但是相比掌控萨拉托加的那些虱子,人们为了纪念主情派,赞美布兰德利,那他也是实至名归。

萨拉托加的赛道就像是一堆摇摇欲坠的引火柴,天气闷热、潮湿。还有一些过时的运动员,像阿尔·范德比兹和乔克·惠特尼。这是他们的比赛,但是真有点大材小用了,对于教练员同样也是。比如比尔·温弗里派"本地舞尊"去参赛。你要是敢提议让骑马师去拉马,他们肯定会揍得你满地找牙。

他们很享受在萨拉托加的生活,若是看到查理·卢西安诺便不再对这个土里土气,却曾经繁华的城市感兴趣,他们肯定会很高兴。因为这样,那些恶棍就可以欺诈剥削这些过路人了。在手抄书的时代,赌马业也慢慢偏离轨道,变成了强盗恶棍。有一个叫基德·坦特斯的人,在停车场被人抢劫了五万美元。那些强盗竟然说如果他交不出更多的钱,就威胁绑架他。

坦特斯知道查理·卢西安诺手下有一个很强大的赌场,所以跑去找他帮忙。卢西安诺告诉他这就是小菜一碟呀。他担保以后再也不会有人找赛马赌者的麻烦了。经允许,坦特斯就去了赌场押注,他的名声一直很好,可现在只有一个办法才能保全自己。

"和我搭伙吧,"卢西安诺告诉他,这话是一个字不动转述给我的,"没人敢动我卢西安诺的合伙人一根手指头,别说抢劫了。"

坦特斯一直自认为,在做所有政府允许的合法生意时,很受人敬仰。但他最后还是妥协了,一直到死,卢西安诺一直都是他的合伙人。我问一个合伙人:"卢西安诺,最后有没有给这些赌马业者任何津贴安抚呢?"

"卢西安诺只干拉拢的活,"那人说道,"但是自此之后,坦特斯也算是得了一个大便宜,从此再没人敢惹他了。"

这是一个恶臭到令人作呕的城市,天下乌鸦一般黑,又有哪一个赌城不是这样呢?

邦德看完后折起报纸,放进口袋里。

"看来离莉莉·兰特里那时越来越远了呀。"他稍作停顿后说道。

"对呀!"莱特冷漠地说,"吉米·坎农并没有假装说,他知道大亨或是他们的继承者又卷土重来了。但是,现在是他们说了算,就像斯潘兄弟。他们也参与赛马,同惠特尼、范德比兹,还有伍德沃三大家族竭力竞争。看吧!现在又整出一个'闭月羞花'的翻版。他们企图借此净赚五万美元,总比在一个赛马赌者身上敲诈出几美元,要见效得快吧。萨拉托加的很多地方现在也改名了,连泥浴里面的泥都变味了。"

马路右边有一块很大,若隐若现的路标,上面写着:

在萨拉托加停住你的脚步吧。

这里有舒适的空调房、惬意的席梦思床,还配有电视。

萨拉托加斯普林斯离此仅五英里,欢迎入住豪华的萨加莫尔饭店。

"哼!就是说我们要自带刷牙杯,他们的马桶是用消毒纸直接封起来的,"莱特很刺耳地说,"我们都可以偷这些床。以前汽车旅馆就是隔几星期丢一张,他们现在学精了,用螺丝钉把床牢牢固定住。"

第十一章 "闭月羞花"

邦德初到萨拉托加,便被这一排排葱郁茂盛的榆树林深深地震撼到了。殖民时期建造的房子还整齐地排列着,条条街道一片宁静,还有一个欧洲矿泉疗养地,葱郁的树林给这里增添了些许安宁和静谧。街道上到处是马,有一位警察在维持交通,马厩群四周围满了运马的车辆。有在铺满煤渣的路边慢跑的,有哄马匹出厩的,有牵马匹入场在赛道上练习的。街头有许多马童,赛马的骑师,白人,黑人,还有墨西哥人,在四处闲逛。空中到处都是马嘶声,偶尔还能听到嘶吼声。

这简直就是纽马克特城和维希城的大杂烩呀。邦德突然觉得,虽然他对马不感兴趣,但是他还是喜欢这种生活的。

莱特让他在萨加莫尔饭店下了车,这是在城区的边缘,离赛马场只有半英里的路程,然后就去办理自己的事情了。他们约定只在夜晚时间联系，或是在白天比赛时挤入人群中碰面。但是，如果明天早上，"闭月羞花"能够参加最后一次试跑，破晓时分，他们俩得一起去练习赛道看看。莱特说他会事先去搞清楚，他还了解到，晚上巡查完马厩之后，这些赛马的黑社会就去"特瑟餐厅"，那里二十四小时营业，第二天，他们参加八月比赛。

邦德在萨加莫尔饭店登记入住，当着这位脸庞消瘦的女人的面，写道"邦德，阿斯托酒店，纽约"。不然，看她那严厉的眼神，以为邦德和其他人一样，又是冲着花小钱享受生活来的，说不定会偷毛巾和床单。邦德付给她三十美元，计划在这里住三天。然后，她把49号房间的钥匙给了邦德。

邦德提着箱子，穿过草坪，路过两边茂密的唐菖蒲花丛，来到了49号房，这是一套双人间，跟美国所有汽车旅馆一样，里面摆有扶手椅、床头柜、卡瑞尔和艾维斯的印画、衣柜和棕色的塑料烟灰缸。卫生间和浴室虽然在里面，也还干净整洁。莱特猜得真对呀，刷牙杯是装在纸袋子里面的，上面写着"保护您的健康"。马桶干净整洁，上面贴着一张纸条"已消毒"。

邦德洗了澡，换完衣服，去街头转角处的一家餐馆里，那里还有空调。他喝了两杯老式威士忌，吃了些鸡肉，总共花了两块八美元。在美国，汽车旅馆是一道典型风景。之后，他又回到房间，躺在床上看了一下《萨拉托加报》，从上面得知一个叫贝尔的人骑"闭月羞花"参加明天的竞赛。

不一会儿，刚过十点，敲门声轻轻地响起，莱特一瘸一拐地进来了，一身的酒味和烟味，看起来非常高兴。

钻石恒久远

"事情有进展了,"他说,边用铁钩把扶手椅挪到了床尾,然后坐下来,点了一根烟,"真可恶!明天早上又得早起了,是五点哈!据说,明早五点半,'笑容羞涩'将参加四浪计时试跑,然后他们进行测速。让我想想,到时候都是谁在场。我打听到,马的主人名叫'毕沙罗'。可真凑巧!冠冕酒店有一位主管名字恰巧也叫毕沙罗。他还有一个特别滑稽的名字,叫'笨蛋毕沙罗'。他以前主要负责毒品交易,将毒品运出墨西哥边境,然后将货物分开,以小包裹的形式送到海岸中间人的手里。联邦调查局曾经逮捕过他,在圣昆丁监狱服役过一段时间。出狱后,为了堵住他的嘴,斯潘给他在冠冕酒店安排了一个工作。现在,他是和范德比兹家族一样有名的马商。混得还不错!我倒想看看今时今日,他变成了什么德行。以前贩卖可卡因的时候,他就是一个彻头彻尾的瘾君子。在圣昆丁监狱服役期间,他接受过治疗。只是后面变得昏头昏脑的,所以大家叫他笨蛋呀。对了,这次的骑马师叫'叮当'贝尔。要是没人在押注上搞鬼阻挡他,是个不错的骑手,但这要是阴谋,他可就不行啦。要是有机会,我得和他单独聊聊,给他提点小小的建议。哼!驯马师就是一个暴徒,叫罗塞·巴德。哈哈!这些人的名字可真有意思,但千万别被这个欺骗了。他是肯塔基州人,对马了如指掌。在南方的时候,有一种说法叫'大惯犯'。他到处惹麻烦,他们就叫他'小惯犯',都是干一些小偷小摸,抢劫强奸的小勾当,警察那里的案底记录简直有一箩筐那么多。但是,最近几年,这小子一直做斯潘兄弟麾下的驯马师,也算是开始干正事了。"

莱特把烟头瞄准窗口,把它弹到了外面的唐菖蒲花丛里。然后,站起来,伸了伸腰。"这都是一帮演员呀!到时候还得按次序出场,"他说道,"阵容真是不小呀!哼!真期待能用一把火烧掉他们的面具。"

邦德有点困惑不解,"为什么你不把他们直接交给管事的人呢?你到底是听命于谁?是谁给你付了钱?"

"会有负责人提前预付酬金的,"莱特说,"他们先给我们预付聘金,最后依照结果再付额外酬金。我跟管事的人根本连面都见不上,也没权力送马童进监狱,然后再判他死刑。兽医已经检查过所有马匹了,真正的'闭月羞花'数月前已被击毙火化了。但是,我有好办法,到时候不但让他们被取消参赛资格,还能给他们沉重一击。走着瞧吧!那说好了,明早五点,我过来敲门叫你,免得你起不来。"

"放心吧!"邦德说道,"明早土狼对月嚎叫的时候,我定会穿好马靴,拿着马鞍在门口等你。"

早上空气特别清新,邦德准时起床,跟着莱特一瘸一拐的身影,借着暗淡的亮光出发了。光线滤过郁郁葱葱的榆树,稀稀落落地洒在了早已苏醒的马厩里。远处东方,天空一片柔和的灰色,和着闪亮的彩虹色,那是一枚里面充满烟雾的玩具气球。茂密的灌木丛中,小鸟们叽叽喳喳地唱响了黎明的第一首歌。马厩背后的帐篷里,升起缕缕蓝色轻烟,远远飘来浓浓的咖啡香味、燃烧的柴火味,还有滴滴露珠的清香。大清早,就有提水桶的哨啷声,马和人的吵闹声。他们正在把马从树下牵到跑道边上的白色木护栏里。所有马身上盖着毯子,旁边有一个马童在牵着,缰绳拴在马嚼子上面。他们边走边跟马说话,让它们听使唤。"咳!你个懒骨头!快走!

快走！今早可要争气点呀！"

"看吧,他们已经准备好今早的试跑了,"莱特说道,"它们会飞速疾驰的。马的主人今早也会来,驯马师最讨厌这时候了。"

他们背靠着护栏,边想着今早要办的事,边想着还没吃早餐呢。霎时,半英里开外跑道的另一端,阳光洒在了树枝上,最顶层的树枝已抹上了金黄色。黎明的最后一片暗淡瞬时消失,新的一天开始了。

突然间,像是接到暗号一样,三个人从树下牵着马出来,向左边走去。这匹马胸肌很大,脸上有浅色的斑纹,四只白色的马蹄。

"哎呀！别看他们,"莱特轻声说道,"转过身,看跑道上面,现在进来的那批马。那个背部弯曲跟他们走在一起的人,叫阳光吉姆·菲茨西蒙斯,是美国最有名的驯马师。这些马是伍德沃家族的,它们中有很多将会是今晚的赢家。随意点！就跟平常一样,我会留神咱们的目标的,但动作不能太明显了。好了,刚刚马童牵着'闭月羞花',过来,旁边是巴德,穿淡紫色衬衫的,是我的老朋友笨蛋。还是那么爱打扮。真是一匹英俊的马,简直是虎背熊腰！他们把毯子从它身上取下来了,这马好像怕冷呀。它一直发疯似的狂蹬狂跳,马童紧紧地握住缰绳。它可别朝毕莎罗先生的脸上踢一脚呀。快看,巴德助马童一臂之力降服它了,马慢慢安静下来了。牵着它去跑道上面了,跑到赛道另一边的起跑闸。这些暴徒四处都安插了眼线,他们已经发现我们了。邦德,别紧张,随意点！一旦马开跑了,他们就没心思盯着我们了。哎呀！太好了,你现在可以转身看了。快看！'闭月羞花'就在另一边,大家都拿出望远镜来看。它已经准备就绪了,这是一场四浪习跑,毕莎罗就在第五个起跑闸旁边。"

邦德转过身,朝左边护栏望去。看到两个健壮结实的人,一副稳拿胜券的气势。阳光下面,他们的眼镜和戴在手腕上的手表闪闪发光。邦德虽然不相信这些人,但是觉得有一股昏暗,从金黄色的榆树丛中渗出来,笼罩着他们。

"它开跑啦。"邦德从远处看到,一匹棕色的马飞一般地绕过跑道的最外侧,来到他们眼前的赛道。此时还未听到任何声响,在棕褐色的跑道上,很快就可听到一阵很柔软如击鼓般的声音。随着一阵柔和的马蹄声,马儿绕过眼前的拐角,向右朝着远处护栏处的计时人员,做最后一浪的冲刺。

当这匹栗色马闪电般越过自己眼前的时候,邦德觉得全身上下都为它激动。它张开大嘴,发狂般地使劲往前跑。足下四蹄闪闪发亮般地奋力冲击,宽大的鼻孔里呼出嗤嗤喷鼻声。马背上的骑师,像一只小猫一样弓起背,脚踩马镫,低着脸,都快跟马脖子贴到一起去了。很快,随着一阵阵声响,夹杂着一股扬起的尘土,他们从他面前飞奔而过。邦德的眼睛跟着他们,望向远处的两位计时员,此时他们正蹲坐在地面上,胳膊猛地一甩,手按停了计时器。

莱特拍了一下他的胳膊,两人便很随意地离开了,回到树下面的车里面。

"天啦!跑得可真快,"莱特评价道,"正版的'闭月羞花'都从未跑这么快过。不知道它最后的成绩怎么样,但它俨然已让整个赛道沸腾起来了。那它就得滚蛋回家,然后还能拿到六英镑的津贴,算是它输了比赛后的补偿,也是给它增加一个额外的优势。好啦!咱们去美美地吃顿早餐吧。大清早就看见这帮恶心的骗子,倒让我食欲大增,"然后莱特轻声轻语说道,"待会儿,我倒想看看贝尔怎么用这蠢货骗人,落得个取消资格的下场。"

吃完早餐,又听莱特讲了一大堆他的计划,邦德就这样虚度了一个早上。午餐是在跑道边上吃的,一边还观看了这场不打紧的比赛。莱特已经提醒他,必须要看第一天下午的比赛。

今天的天气非常宜人,邦德听着各种当地习语,很享受。这些乱糟糟的人群,大都是布鲁克林人和肯塔基州人,而在周围绿树成荫的围场里,则是高贵的马商们和他们的朋友。赌金计算器正在高效运作,大盘上面灯光闪烁,详细记录着胜算和押注金额。他们用拖拉机牵引打开了起跑门栅,中途没发生任何障碍。小小的湖形同玩具,里面有六只天鹅,还有一条停泊的独木舟。除了骑马师之外,还夹杂着黑人的异域风情,这里处处洋溢着美国独有的赛马气息。

这里的马场经营得比英国要好。好像容不得有半点暴徒无赖之举,因为对所有此类之举必是嗤之以鼻,给予严厉打击。但是,那又能怎样,邦德知道现在那家非法电讯网,正在将每场赛事结果转播到全美所有地方。总的胜算分为 20—8—4,三种最大比例。20 代表全赢,8 代表只赢第一轮或第二轮,4 代表只是占有名次。每年上百万的净赚额,最后都装进了帮派的腰包里。在他们眼里,赛马跟卖淫、贩卖毒品一样,是另一个发财的好机会。

那天下午,邦德试了一下著名的芝加哥速赌赛法,每一次就根据赛前简报上面的推荐,下注最有可能优胜的赛马。在比完第八场

Diamonds are Forever

赛事之后,邦德算了算,自己今天赚了十五美元。然后跟着欢呼的人群,走回自己住的地方,洗完澡后睡了一觉,醒来后去一家拍卖场旁边的餐馆,在那里喝了一个小时的酒。莱特曾专门推荐他喝这酒,说是在赛马区,流行喝这种用自来水兑好的威士忌酒。邦德猜想,这水估计是从酒吧后面的水龙头直接接来的吧。莱特告诉他说,真正懂波本威士忌酒的人,都坚持用传统方式来享用美酒,水必须是取自当地的高山溪流,因为那里是最纯净的地方。当他问这些的时候,酒店店主并未被惊吓到,邦德笑了笑,自己太自负了。随后便吃了一份分量很足的牛排,喝完最后一杯威士忌,去了旁边的拍卖场,莱特和他约好在此碰面。

这是一间漆成白色的木制围棚,有房顶但四面无墙。阶梯状的坐台下面,是一个圆形的模拟草坪。用漆成银色的绳子团团围住,前面是拍卖商的展台。绚烂的霓虹灯下,一匹匹马被牵进草坪。拍卖师叫斯瓦布罗德,来自田纳西州,在这里很受人爱戴。他先对每匹马进行了大概的介绍,又选了一匹有竞买实力的赛马,宣布开始竞标。经过数轮有节奏的高呼声,你追我赶,最后拍卖价高达数百美元。过道上面有两个穿晚礼服的人在一旁帮忙,然后上面坐着的一排排马匹所有者还有代理人,全部点头或是举笔以示同意。

邦德坐在一位骨瘦如柴的妇女后面,她穿着晚礼服,外面是貂皮大衣。每次竞拍的时候,她手腕上面的珠宝首饰,便会闪闪发光,咣咣当当地响。而坐在她旁边的那个人,一副无精打采的样子,穿着白色的晚礼服,系着暗红色的领结。大概是她的丈夫或是驯马师。

随着一声强健有力的吠叫声,又一匹马被牵进围场,屁股后面还贴着201号。刺耳的高呼声又开始了。"出价六千美元,七千美元一次!七千三!七千四!七千五!七千五就可以牵走这匹德黑兰小马驹啦!八千一次,谢谢这位先生!有人敢喊九千吗?八千五一次!八千五九次就成交。八千六!八千七!还有人要出高价吗?"

下面安静了,随着砰的一声敲锤声,拍卖师很真诚地看到围场边上,那个出价最高的人责备道:"各位,对一匹两岁的小马驹这太便宜了,去年都没有这样卖过。那现在,八千七一次,还有人敢出八千九吗?八千九在哪?八千九在哪?八千九在哪?"这时,前面那双木乃伊般干枯的手,上面戴着数枚钻戒,还有手链,从包里取出一支金色竹筒铅笔,在议程方案上很潦草地写道"第34届年度萨拉托加一岁赛马拍卖,201号,枣色小马驹。"然后,这位女人一边目光呆滞地看着银色绳索里面小马驹炯炯有神的电眼,一边举起手中的金色铅笔。"九千元一次,还有人出价一万吗?还有人愿意加价到一万吗?有九千一吗?九千一在哪?九千一在哪?"(下面又安静了,拍卖师最后扫视了一乱糟糟的白色看台,然后敲了锤。)"九千元成交!谢谢您,夫人。"

所有人转身,伸长了脖子看这位夫人。她看起来有些不耐烦,对着旁边的那位男士说了些什么,而他只是耸了耸肩。

就这样,这匹标有201号枣色小马驹就被牵离拍卖场,接着侧身进来的是202号马。它站了没多久,就被眼前亮闪闪的灯光、黑压压的人群、怪异的气味迷雾给吓得直哆嗦。

邦德突然觉得座位后面有动静,接着莱特把脸伸向前,在他耳边说道:"搞定了。花了三千美元,他答应在最后冲刺的时候,故意去撞其他的马,然后造成犯规。好啦!明早见。"听他说完后,邦德没有回头,继续看了一会拍卖,然后慢慢走回住的地方。走到榆树林下面时,邦德为这个叫叮当贝尔的骑马师,感到很可惜。居然要玩这么危险且毫无把握的游戏,而且这匹大棕色马,虽说叫"闭月羞花",现在顶多就是一个替身,更悲催的是最后还要被判犯规。

第十二章　赌马比赛

邦德坐在看台的高处，拿着租来的望远镜，看到"闭月羞花"的主人正在安逸地吃炸软壳蟹。

那帮暴徒在下面的露天餐厅里，围坐了四排。邦德看到对面坐的是罗塞·巴德，他正在就着德国酸菜，用刀切法兰克福香肠吃，还喝着大杯的啤酒。虽然其他午餐桌都有人，但是这张餐桌有两个服务员在跑来跑去，餐厅领班也时不时地过去看一看。

毕莎罗看起来很像惊险连环漫画里的恶棍。他的脑袋圆圆的，像一个可充气的囊袋一样，五官都堆到了一起，一副贼眉鼠眼样，乌黑的大鼻孔和一张皱巴巴又湿答答的红嘴巴。他体形肥胖，穿着一套棕色西装，里搭白色高领衬衫，巧克力色的花蝴蝶领结。看上去，他完全不担心第一场赛事，只是埋头吃东西。偶尔抬头看看旁边伙伴的盘子，有没有什么好吃的可以叉过来尝尝。

巴德看起来粗壮结实，表情强硬凝重。他长着一张大方脸，像一个一动不动的扑克玩家。细长漂亮的眉毛下面，一双苍白的眼睛深深地凹了进去。他穿着一套条纹泡泡纱西装，打深蓝色的领带。他吃得很慢，几乎不抬头。吃完后，他拿过来一张比赛赛程表，坐下来仔细翻读。当餐厅领班拿给他菜单时，他都没有抬头看一眼，只是摇了摇头。

毕莎罗边用牙签剔牙，边等着服务员端来冰激凌，又继续埋头，一勺接一勺地吃完了冰激凌。

邦德透过望远镜，仔细地观察了他们两个。然后思索这些人到底有什么能耐？邦德想起了冷漠专注，喜欢下象棋的俄罗斯人；聪明机灵，却又神经质的德国人；沉默寡言，做事不择手段，从不留名的中欧人；还有跟自己在一起的情报员同事，腰缠万贯的同性恋士兵，那些天天算计生活的人，一年却损失了一千元。相比这下，邦德觉得这些人，顶多就是只会做春秋大梦的小青年而已。

结果累计已到第三场比赛，半小时之后就是决赛了。邦德放下望远镜，拿起旁边的赛事表。等着赛道另一端赌金计算器下注之后，大盘屏幕开始闪烁，上面的赔率显示也随着开始转动。

他又仔细地看了一下细节安排。"第二天。八月四日，"赛程上面写道："赌马比赛赠金高达两万五千美元。第五十二场赛跑中，马龄全部都是三岁。会员参赛费是五十美元，会员外参赛费两百五十美元。在赌金两万五千中，押注第二名得五千美元，押注第三名得两千五百美元，押注第四名得一千二百五十美元，剩余金额归马头。马主会获得最后的一个银质奖杯。总赛程为一点二五英里。"

接着在下面列出十二匹马的名单，各自对应的主人、驯马师、骑马师。最后附上赛马赌注赔率预测表。

根据预测，并列热门夺冠的是，1号惠特尼先生的"再来"，3号威廉姆·伍德沃先生的"祈祷"，二者赔率预测均为4比6。10号毕莎罗先生的"闭月羞花"，驯马师巴德、骑马师贝尔，赔率预测为15比1，将是最垫底的。

邦德又拿起望远镜看餐厅那边，那两个人已经离开了。接着又看赛道那头，大轮盘上面灯光闪闪。现在最热门的是3号，显示赔率为2比1。"再来"已经开始落后了，显示为等额赔率。"闭月羞花"是20比1的赔率，等邦德再回看的时候，变成了18比1。

还剩下十五分钟，邦德静心坐下来，点了一根烟。在头脑里一遍又一遍地回顾莱特给他说的那些。不知道会不会起作用呀？

莱特尾随骑马师到了休息室，给他出示了自己的私家侦探执照。然后平心静气地说服贝尔，让他到时候搞砸比赛。倘若"闭月羞花"最后赢了，莱特就会去找赛事委员会，揭发它是替身的真相，这样叮当贝尔就永远不能再参加比赛了。倘若他接受莱特的条件，莱特就会只字不提替身之事。"闭月羞花"必须赢得比赛，但是它最后会被取消评选资格，而且这个绝对可以办到。骑马师在比赛最后冲刺的时候，去干扰旁边其他的赛马。这样就会造成他有意犯规，阻碍其他赛马成为冠军的假象。在结果评判时，肯定会对此举提出反对。对于贝尔，他在最后转弯处这样做，到时候也好交差。他可以告诉上司，就说当时赛跑太激烈了，另一匹马都把他逼到了左边，这样马也一不小心失足了。再说了，他也毫无理由不希望赢得比赛(毕莎罗答应赢得比赛后,再给他额外的一千美元酬金)。比赛中常会碰到不好的运气,这次就算是其中之一。莱特现在就给贝尔那一千美元,并且答应他事成之后,再给两千美元。

贝尔毫不犹豫地接受了。而且,要求比赛结束之后,六点钟准时将那额外的两千美元送到"顶级泥浴会所"那里。因为他每天晚上都会去那里洗泥浴减肥。莱特向他保证钱绝对按时送到。邦德现在身上装有两千美元,他很不情愿地答应莱特,要是"闭月羞花"输了比赛,到时把钱作为酬金,送去顶级浴馆。

这样管用吗?

邦德拿起望远镜,扫视赛道周围。每隔四分之一英里处,都布满自动摄像机,记录赛事的整个过程。每一场比赛结束之后,赛事主管人就会立刻看到这些片子。终点杆这边是最后一台摄像机,可以全程记录最后转弯时的赛事状况。邦德觉得很激动,还剩下五分钟了。在他左方三百英尺,起跑门已被拉开就位。跑完一次全程,就会再增加一浪,终点杆恰巧在他下面的正方。他拿望远镜看那边的大转盘,不管是最热门的赛马,还是"闭月羞花",赔率再没有任何变化。哎呀,赛马们终于入场了,慢慢跑向起跑闸。首先入场的是第二热门的1号选手,"再来"。它是一匹健硕的黑马,身上涂着代表惠特尼家族的淡蓝色和棕色。接着进场的是最热门的3号选手,"祈祷",全场都为它欢呼。它是一匹看起来很矫健迅速的灰色马,来自宝丽雅牧场,身上涂着代表伍德沃家族的红白色斑点。最后面进来的是一匹健硕的棕色马,脸上有浅色的斑,白色的四蹄。骑马师看起来一脸苍白,身穿薰衣草蚕丝夹克,胸前和后背各镶着一颗黑色的大钻石,不用说,这匹马就是"闭月羞花"。

入场时,它走得特别稳健。果然,邦德看到转盘上它的赔率很快变到了十七比一,最后变成十六比一。邦德继续关注转盘上面的变化。待会就要下大押注了(剩下的一千美元邦德依然揣在兜里),赔率肯定会骤然下降的。喇叭里面宣布比赛正式开始。所有马被安排到左方的起跑门后面。随着一阵砰砰声,转盘上10号对应的灯开始快速闪动,赔率开始噌噌地下跌——十五比一,十四比一,十二比一,十一比一,最后跌到九比一。不一会儿,灯便停止闪动了,赔率计算停止了。就这么一会儿,不知道又有什么人,通过西部联盟电报公司,把多少的上千元汇票打着各种幌子汇送到其他全国各地呢,底特律、芝加哥、纽约、迈阿密、旧金山,还有其他更多数不清的地方呢。

随着一声刺耳的叮当声,全场的气氛非常热烈,看台上顿时噪音暂息。接着便从破旧的赛道上面,传来一阵雷鸣般的轰隆声,一直响彻到看台这里。一群健马闪电般飞掠而过,尾后扬起一股股尘土和树皮。从远处瞥过去,只见一张张敏锐又苍白的脸,被护眼镜遮住了半部,听到赛马们奋力奔动前后腿,向前冲击的隆隆声,所有的赛马眼睛都瞪得很大,只能看到一片让人迷惑的号码。在这乱糟糟的马群里,邦德一直盯住最关键的10号。它一直跑在前面,现在向护栏这边飞驰而来。扬起的尘土慢慢沉下来,眼前是黑压压的一片,马群到了第一个拐弯处,减速慢慢绕过赛道外侧然后又开始直跑。邦德觉得自己都冒汗了,望远镜差点滑了下来。

现在领跑的是外圈的5号黑马,难道这个无名小卒打算大抢风头吗？但是，旁边和他并驾齐驱的是1号，紧随其后的是2号。10号离领跑还差半截距离。目前，跑在最前面的就是这四位，其余的被甩在后面足足三截之远。转过弯后，惠特尼家的1号大黑马，继续保持领跑位置，10号依旧是第四位。快跑到直线跑道尽头的时候，3号开始加速赶超，此时贝尔骑着"闭月羞花"紧跟其后。很快二人便超过了5号，1号依然领先半截。但在直道尽头，第一个转弯深处，3号一跃而上赶到第一位领跑，10号依旧紧随其后，1号被甩到后面一大截。"闭月羞花"继续加速，和领跑的3号并驾齐驱。然后他们进入最后一个转弯处。邦德屏住呼吸。加油！加油！他都可以听到，隐藏在白色的马闸里的摄像机，发出的阵阵呼呼声。10号现在领先啦！它在转弯处的右边，但是3号现是在内道。大家都在为最热门的3号摇旗呐喊。现在，贝尔向旁边的灰马慢慢靠近，他把头紧贴着马的脖子外侧，这样就可以假装自己在赛道上根本没有看到那匹灰马。两匹马离得越来越近了，突然间，"闭月羞花"的头撞到了旁边3号的头。就剩下最后的四分之一英里了。真棒！"祈祷"的骑马师突然从马镫上站起来，被迫让到了旁边。很快，"闭月羞花"就把它甩了足足一大截。

人群中传来一片片怒吼声。邦德坐下来，放低望远镜看着嘴角满是唾沫的"闭月羞花"，闪电般飞过下面的马闸，把"祈祷"甩了五大截之远。"再来"最后也没有赶超它，位列第二名。

旁边的人一直咆哮怒吼，邦德心里默念道，真不赖！真不赖呀！

这个骑马师真是太聪明了呀！他把头抬得那么低，就是毕莎罗也不得不承认，他的确看不到另一匹马。在最后的一截直线跑道，这是一个多么自然的曲线回转呀！跑过马闸之后，他依旧一直低着头，在最后的一段距离，一直不停地鞭笞马加速。贝尔好像觉得自己只把3号甩开了半截而已。

邦德等着看最后张贴出来的结果。周围一片口哨声和喝倒彩声。"10号'闭月羞花'领先五马距离；3号'祈祷'领先半马；1号'再来'领先三马；7号'皮兰德罗'领先三马。"

所有赛马现在重新回去称重。当叮当贝尔咧嘴大笑，把马鞭扔给旁边的男仆时，人群朝他声嘶力竭地吼叫。他从满身是汗的栗色马上跳下来，把自己的马鞍放到天平秤上。

接着观众里一片欢呼雀跃。"闭月羞花"的名字后面写着"异议"，白纸黑字，被递过来了，接着喇叭里便喊道："大家请注意。针对此次比赛，3号选手祈祷'，其骑马师吉利对10号选手'闭月羞花'的骑马师贝尔，就其所作所为提出了抗议。千万别撕掉你们的票！再重复一次，先别撕掉马票！"

邦德拿出手巾，擦了擦手心里的汗。邦德都能想象到，裁判包厢后面的放映室里，现在是怎么样的一片场景。他们肯定在检查录像，贝尔一脸无辜地站在旁边。他旁边还站着3号骑马师吉利，看起来更委屈。不知道马的主人在不在场呢？毕莎罗现在是不是紧张得都汗流浃背了？有没有其他马的主人呢？他们也一脸苍白，很生气吗？

不一会儿，喇叭里面又说道：

"大家请注意！宣布此次比赛，10号'闭月羞花'被判犯规取消资格，3号'祈祷'是最后的冠军。该结果是最后的官方结果。"

嘈杂的人群中，邦德僵硬地从座位上站起来，然后朝酒吧方向走去。喝一杯自来水兑的威士忌，他可以想象该怎么把钱拿给贝尔，对此他有点担忧。顶级泥浴会所，听起来倒像是一个很随意的地方。在萨拉托加，没人认识他。付完钱之后，他就再也不为私家侦探做事了。他要去见沙迪·特里，向他抱怨自己为什么没有赢得那五千美元。让他去为自己的酬金发愁。帮莱特欺负这帮骗子，真过瘾呀！接下来该是邦德上场了。

他挤进了拥挤的酒吧。

第十三章　顶级泥浴会所

一辆红色公交车,上面只有两名乘客。一位身材干瘪的黑人妇女,司机旁边,有一个女孩,捂着病恹恹的双手。用一层层厚厚的黑纱把整个头都包起来了,一直垂吊到肩膀上,特别像养蜂人戴着的帽子。

公交车外,一侧用喷漆写着"顶级泥浴会所",挡风玻璃上方写着"每小时一班"。一路上,它没有再接其他乘客,直接驶过了小镇,从主道上分岔下来,驶进一条砾石小路,道路维护设施特别差。穿过幼小的冷杉林,大概走了差不多半英里,车子转了一个弯,驶过一小段陡坡,前面便是一群板墙房,看起来灰压压的很肮脏。房子中央有一个黄砖烟囱高高地凸出来,一缕缕黑色的轻烟冉冉升入静谧的空中。

会所前面没有看到任何人。车子停在了旁边杂草丛生的砾石小径上，看似是一个入口处。突然，台阶上面的铁纱门里，出来了两个男人和一个一瘸一拐的女人，等着乘客们下了车。

一下车，邦德就被迎面扑鼻而来的硫黄味呛到了，简直是令人作呕。这是一种无法形容的恶臭味，像是死人肚子里吐出的垃圾一般臭。旁边有一簇冷杉，看起来也是一片死寂，下面摆着一张粗糙的长椅，邦德走过去坐了下来。他在那坐了大概几分钟，平定一下心境，思索待会进了这扇铁纱门会发生什么事。顺便撵走自己心中的压抑和厌恶情绪。邦德觉得，多半是因为一个健康的身躯跟疾病相遇，他会本能地产生抵触；另一半是因为看到恐怖的贝尔森烟囱，还有里面升起的缕缕青烟。总之，这栋建筑物看起来如此阴森恐怖，摇摇欲坠。但是，待会进了这扇门，自己就得糊里糊涂地脱光衣服，然后被扔进一摊不可名状的东西里。

车很快就离开了，只剩下他一个人，周围一片死寂。邦德觉得那两侧的窗户和大门，仿佛人的一双眼睛和嘴一样，眼睛死死地盯着他，嘴巴等着他进去。他有胆量进来吗？他们可以逮住他吗？

邦德有些不耐烦了，起身直接穿过小路，走上木板台阶，进去后砰的一声门被关上了。

进去后便是一间很肮脏的接待室，硫黄的熏臭味越来越刺鼻了。铁栏后面便是前台，墙上挂着各种配了框的证明书，有的签名下面还挂着红纸封。还有一个橱窗陈列柜，里面放满了大大小小的包裹，全都是透明包装。上面写着一条告示，字也特别难看，"轻松一包带回家，一人尽享人间浴"，卡片上附有价目表，顺带一条除臭剂的广告："喷一喷，让腋窝恒久锁住魅力。"

里面是一个女的,风华容貌已慢慢消逝,一头橘色卷发,看起像是一个悲伤的奶油泡芙。她慢慢抬起头,透过铁栏看邦德,一根手指头依然压在书上——《真爱故事集》。

"需要帮忙吗?"专为那些不懂内情的人准备的客套话。

邦德对着铁栏后面,虽很谨慎但依然没有掩饰住自己对这里的厌恶,跟那女的期望的一样,说道:"我要洗澡。"

"泥浴还是硫黄浴?"那女的边说边用另一只手去拿票。

"泥浴。"

"您需要多买几张吗?会便宜一些。"

"请给我一张就好。"

"五十块。"她从里面递出一张淡紫色的票,邦德付完钱后才能从她手里接过票。

"往哪边走呢?"

"沿着过道向右走,"她说道,"把你的贵重物品最好先寄放在这里。"说着递出一个白色的大袋子,"上面写上您的名字。"邦德把手表,还有口袋里的东西都装了进去,然后在袋子上面写上自己的名字。那女的一直斜视着袋子上面的名字。

邦德衬衫里还装了两百块,但是他没掏出来,然后把袋子又递回去,"谢谢你。"

"不用谢。"

走过去,房间后面有一个小矮门,两个漆成白色的木制手标,食指下垂各自指向左边和右边。一只手标上写着"泥浴",另一只上面写着"硫黄浴"。邦德穿过小矮门,然后右转,沿着阴冷潮湿的水泥地面的过道,慢慢下坡走到尽头,推开一扇回旋门,来到一间高大宽敞的房间,房顶上有天窗,里面有许多小房间。

房间里很热,蒸汽腾腾,到处弥漫着硫黄味。门口旁边的牌桌上,有两个年轻人在玩纸牌,看上去很柔弱,全身裸着只是裹着一条灰色浴巾。桌子上面摆着两个烟灰缸,里面扔满了烟灰头,还有一个大盘子,里面是一堆钥匙。邦德进去的时候,他们两个抬头看他,其中一位从盘子里拿了一把钥匙递给他,邦德走过去拿到钥匙。

"12号房间,"那人说道,"票呢?"

邦德把票交给他,那人扫了一眼他身后的房间,然后把头转向尽头的一间房,"你先去那里,再去洗澡。"然后两个人又继续玩牌了。

房间里面一股霉臭味,除了一条折叠放好的浴巾,再也没有其他东西了。而且,这毛巾不知道被多少人用过了,上面的毛都掉没了。邦德先脱掉衣服裹上浴巾,把钱叠好装在手绢里,然后塞进外套胸前的口袋里。他想在这种鬼地方,总不会有小毛贼进来偷东西吧。他把枪藏在腋下的手枪套里,最后把衣服挂到一个很牢固的挂钩上,然后走出房间把门锁上。

邦德根本想象不到,待会他会在最边上的那扇门后面看到什么。他的第一反应是,觉得自己走进了一间停尸房。等他还没来得及回神,一个很肥胖的秃头黑人朝他走过来,长着几根稀疏的卷胡子。"先生,你没事吧?"他漠不关心地问道。

"没事,"邦德马上说道,"想来尝试一次泥浴而已。"

"好吧,"黑人说道,"有心脏病吗?"

"没有。"

"那就好！这边走吧。"邦德跟着他，走过湿答答的混凝土地板，来到一张木制长板凳前面。旁边便是两间破烂不堪的淋浴房。有一间里面，一个人全身赤裸，裹满了泥巴，另一个长着菜花耳的人，正在用水管给他冲洗。

"马上就来哈。"黑人随意地说道，一双肥大的赤脚，踩着湿答答的地板，嗒嗒地跑过去忙他的事了。看着眼前这个如橡胶般黏糊的人，邦德一想到待会儿，要把自己交到这些摇摇晃晃、粗糙肥厚的人手里，顿觉毛骨悚然。

邦德天生对有色人种怀有怜悯之心。此时，他觉得相比美国，自己生活在英国真是太幸运了呀。在这里，从学生时代开始你就得一直忍受种族歧视。邦德想起他和莱特在美国一起执行最后一次任务时，莱特跟他说的话，便笑了。当时，有一个很出名的哈雷姆罪犯，他直呼那个老大"该死的黑鬼"。莱特当时就挑刺道："天啦！注意点！詹姆斯。这里人们对种族问题特别敏感的。在酒吧，要点一杯朗姆酒，只能找黑人而不是店主。"

想起莱特当时说的俏皮话，让邦德开始振作起来。他把目光从黑人身上挪过来，看看其他洗高级泥浴的人。

这是一间正方形屋子，墙是用水泥灰裹成的。屋顶挂着四颗电灯泡，上面没有灯罩，所以沾满了苍蝇屎。灯光看起来很昏暗恶心，照到湿淋淋的墙的四周和地板上面。靠墙摆放着搁板桌，邦德数了数总共二十张。每张搁板桌上面放着一只木箱，盖口开到四分之三大小。从木箱里，可以看到伸出来的一张张侧脸，满头大汗，头仰上朝着天花板。有几个人很好奇地转过头打量邦德,其他的大多数人满脸通红,看起来像是睡着了。

有一只木箱是全开的,箱盖一端靠着墙,一端用铰链挂着。看来这口是为邦德准备的。黑人给里面铺了一张厚床单,看起来很不干净,然后用手慢慢抹平,给木箱里面铺上内衬。铺完后,便去房子中央挑了两只大桶,给里面灌满热气腾腾的黑棕色稀泥,然后铿锵有力地提到木箱旁边。他把手伸进桶里,将这些浓稠黏糊的泥浆,慢慢地涂裹到铺在里面的床单上面。他一遍又一遍地往里面裹,直到里面的稀泥有两英尺厚了,才停了下来。然后搁置不管,邦德估计是任它慢慢冷却,接着便去旁边的浴盆,里面装着满满的大冰块。黑人从里面四处摸索,抽出几条湿淋淋的擦手巾,搭在胳膊上,然后去巡视所有里面有人的木箱。他有时停下来,看到有人满头大汗,便把湿毛巾包在他前额上面。

接着,房间里面便是一片安静。邦德只听到,旁边水管冲洗的嘶嘶声,但很快也停止了,有一个声音说道:"好啦!韦斯先生,今天就到此为止吧。"接着,一个一身黑色体毛的大胖子,光着身子,从淋浴房里踉踉跄跄地走了出来。菜花耳帮他把全身迅速擦干,穿上手巾布浴袍,然后把他领到邦德刚刚进来的那扇门前。

不一会儿,菜花耳走到远处角落里的一扇门前,出去了。过了一会儿,灯光照在整个地板上,邦德看到了外面的野草,很幸福地瞥了一眼蓝天。菜花耳提着两桶热气腾腾的稀泥进来了。他一脚把门踢关上,将两桶稀泥提到了房间中央。

黑人走到邦德的那只木箱旁边,用手心试了试里面的泥。然后转身给邦德招手示意道:"先生,好啦!"

邦德走过去,那人解下他的浴巾,把钥匙挂在木箱边上的挂钩上面。

邦德全裸地站在他面前。

"您以前没有洗过吗?"

"没洗过。"

"猜您没有洗过,所以给您弄的是四十三度的泥浴。等您适应了之后,可以尝试四十八度或五十四度,躺进去吧!"

邦德小心翼翼地爬进木箱里,然后躺下来。刚碰到热腾腾稀泥时,邦德感到一阵剧痛,他慢慢舒展开身体,头平躺在盖着干净毛巾的木棉枕头上面。

等邦德躺好之后,黑人双手插进一桶刚刚提过来的热泥,然后继续往邦德身上涂裹。

这泥是深巧克力棕色的,感觉滑滑的、重重的,还黏糊糊的。邦德闻到一股热煤炭的气味,然后看着黑人热气闪闪的一双大肥手,在这座黑色的小山丘上动来动去。邦德觉得很猥琐,这可是自己的身体呀。菲力克斯·莱特知道这些吗?邦德朝天花板咧嘴狂笑。莱特是不是在跟自己开玩笑……

黑人终于忙完了,邦德全身裹满了一层热泥。只有脸部、心脏周围的一小片是原来的白色。邦德觉得自己快要窒息了,大颗大颗的汗从额头上流下来。

黑人动作敏捷地弯下身抓住床单的一边,紧紧地裹住邦德的身体和手臂,然后又走到另一边,抓起肮脏的床单,紧紧地缠住邦德。

邦德现在只能动动手指头和头,比穿了约束衣都行动受限。黑人接着关上木箱开着的另一端,缓缓放下木盖。原来真是这样呀!

黑人从邦德头前面的墙上,取下一块白板。看看远处墙上的时钟,边把时间记下来。现在是六点整。

"等二十分钟,"他说道,"感觉还好吗?"

邦德自然地嘟哝了一声。

黑人离开去忙其他事了,邦德只是默默地抬头望天花板。他感觉头发里面在冒汗,都流进眼睛里面了,心里一边在咒骂莱特。

六点刚过三分,门开了,进来的是骨瘦如柴的叮当贝尔,身体是半裸的。他的脸很尖瘦,一副狡猾的嘴脸。身体真是瘦得可怜,都可以看到骨头了。他趾高气扬地走到房子中央。

"嗨!叮当!"菜花耳说道,"听说你今天遇到麻烦了,真倒霉!"

"哼!他们那帮管事的,就是一对猥琐之徒,"叮当很刺耳地说道,"问为什么我要赶超汤米·吉利?他可是我最好的伙伴呀。再说,有那个必要吗?反正赛事已经结束了。嗨!黑鬼!你这个混蛋!"黑人正在提着一桶泥过来,他伸脚想绊倒他,"你今天必须让我减掉六两,再给我订一份炸牛排吧,明天还要去赛马。"

黑人从他脚上跨过去,特别浮夸地咯咯笑了,"哎哟!放心啦!宝贝,"他深情地说道,"哎呀!保证会折断你的胳膊,那样你就轻多了,等着瞧吧!我马上就来哈。"

门又开了,有人探头进来,是刚刚玩牌的其中一个。

"嗨!博克瑟,"他对菜花耳说道,"梅布尔说她不能打电话给熟食店帮你订吃的了。电话线坏掉了,打不通。"

"真是该死！那就点一份芝士吧，"贝尔抱怨说道，"让杰克下趟班车帮我带来吧。"

"好嘞。"

门关上了。在美国，电话怎么会出故障？真是一件稀奇事。此时，邦德本应该警惕起来了。但是他没有，抬头看了看表，还要在泥里面待十分钟。黑人手上搭着冰镇过的毛巾，慢走过来，把它缠在邦德的头上。那一刻，感觉真是太爽啦，邦德甚至觉得应该支持这种生意。

时间在一分一秒地度过。随着一声噼里啪啦，骑马师当着邦德的面，很猥琐地直接躺进了木箱里。邦德想他洗的应该是五十四度泥温。然后他全身被床单缠起来，砰的一声木盖被关上了。

黑人在骑马师的白板上面写道"六点十五分"。

邦德闭上眼思索，待会儿怎么把钱塞到他手里呢？洗完后，在休息室给他？在这里洗完澡后，总有一个让人躺下来休息的地方吧！或是出去时，在过道上给他，还是在车上？不行！车上还是算了吧，免得被人看见和他在一起。

"听着！全都别动，别紧张，不会伤害你们。"

这声音听起来很凶狠恶毒，摆明是要做交易。

邦德猛地睁开眼睛，这突如其来的危险音调，让人浑身战栗。

去外面运泥的那扇小门豁然洞开。有一个人站在门口，另一个人正往房子中央走。两人手上都拿着枪，头戴黑头套，只露出了眼睛和嘴巴。

房间里突然一片安静，只听到淋浴房里的冲洗声。每一个淋浴房里面都有一个人,脱得光光的,一丝不挂。透过浓浓的水汽,他们一个个凝视着屋子里,嘴里都快喘不过气来了,头发都被冲下来挡住了视线。菜花耳像一根柱子一样,手里拿着水管站在那里一动也不动,吓得直翻白眼,把水都浇到自己脚上面了。

那人手拿枪走到房子中央,旁边就是一桶桶热气腾腾的稀泥。他站在黑人面前,此时,黑人两只手上各拎着一桶泥。他微微颤抖了一下,结果一只桶的把手发出了嘎嘎声。

这人一边死死地盯着黑人,他一边在手里转了一下枪,握住枪管,再反手拿枪,用力地朝黑人的腹部狠狠地捅了一下。

黑人双手一滑,用力抱住自己的腹部,两桶稀泥全都洒到了地板上。他轻轻啊呀一声,然后双腿跪地。剃光的头在灯光下闪闪发光,他把头低下去,低到都快碰到那人的鞋子了,让那人觉得自己很敬奉他。

那人收回一只脚。"那个骑马师在哪儿?"他恐吓道,"贝尔!在哪个木箱里?"

黑人抬起右胳膊指给他了看。

那人放下脚,走到邦德和贝尔一起躺着的那边。

他走近先看了一眼邦德,顿时僵住了:一双亮晶晶的眼睛,隔着头套上面的两个菱形小洞。他向下看了看后,走到左边,站在骑马师的跟前。

他一动不动地在那里站了一会,突然一个急跳,坐在木箱口上面,向下盯着叮当的眼睛看。

"哎呀! 哎呀! 叮当贝尔。"语气中带着一股可怕的友好。

"有……有……什么事吗?"骑马师的声音有些沙哑,被惊吓到了。

"哎呀!叮当,"这人貌似还讲道理,"是什么事呢?你自己难道不知道?"

骑马师倒吸了一口气。

"你从未听说过一匹叫'闭月羞花'的赛马,对吧叮当?对哦!今天下午两点半,有人骑着它犯规了,难道你当时不在场吗?"那声音说完时,语气特别凶狠。

突然,骑马师轻声地哭了起来:"天啦!老板!那不是我的错呀。谁都会碰到那事。"他特别像一个犯了错,受罚的小孩子在抽噎。邦德便缩头一直听着。

"我的朋友怀疑你,这是出卖,"那人弯下身子,他的语气越来越激动了,"我的朋友说,像你这种骑马师,做这事肯定是故意的。他们搜了你的房间,发现在灯座里面塞着一千美元。他们让我问你这钱是哪里来的。"

然后,他狠狠地扇了贝尔一巴掌,随后邦德便听到一声尖叫。

"快说!混蛋,不然老子打得你脑袋开花。"邦德听到又是一次捶打。

木箱里又传来一阵结结巴巴的尖叫声。"啊呀!我所有的钱都放在灯座下面。真的!我发誓!天啊!你一定要相信我。一定要……"他哽咽乞求道。

那人很憎恶地哼了一声,举起枪,邦德这边刚好可以看到。那人拇指的指关节处,长了一颗很大的疣,看起来有点发炎。这个人没再捶打贝尔了,他从木箱上跳下来,看着骑马师的脸,语气开始变得谄媚。

"叮当,最近,你骑得真是太多了,"悄声说道,"看看,状态太不好啦。你需要去疗养院,好好静养一番,我会成全你的。"说罢,便转身慢慢走回去,一边走一边絮絮叨叨个不停。他已远离骑马师的视线,邦德只见他过去提起一桶热泥,提着走过来,还边说边安慰骑马师。

他走到木箱旁边,看着骑马师。

邦德僵住了,好像那桶泥要倒在自己身上一样。

"哎呀,兄弟,听我劝吧,你真需要静养。一会儿也不用再吃东西了。多么漂亮的房子呀,室内如此阴凉。窗帘都遮住了外面的光。"

周围一片安静,他一直在絮絮叨叨地说,慢慢地抬起胳膊,越来越高。

此时,骑马师看到他手里的泥桶,心里清楚地知道要发生什么了,便开始大声呻吟。

"不要,不要,不要,不要,不要……"

房间里本就很热,桶里的泥被慢慢倒出来的时候,还是热气腾腾的。

那人迅速跳到一旁,把桶扔给了旁边傻站着的菜花耳,桶砸在了他身上。他迅速地走过房间,来到门口,另一个人拿枪一直站在那里。

他转身说道:"大爷我没在开玩笑,不准报警,再说电话线也被掐断了。"然后,很邪恶大声地笑道,"快把他挖出来吧!免得眼珠子都被煎熟了。"

砰的一声门被关上了。房间里一片安静,只听到一阵咕咚咕咚声和淋浴房里的冲洗声。

第十四章　容不得犯错

"接着发生了什么?"

汽车旅店里,莱特坐在椅子上,邦德在房间里走来走去。不时地从床头桌上倒一杯威士忌或是水来喝。

"一片混乱啦,"邦德说,"大家都埋怨还没洗完就被赶出来了,菜花耳用水管冲掉叮当脸上的泥巴,喊隔壁屋子里的两个人过来帮忙。黑人跪在地上哭个不停,那些全裸的人从淋浴房里踉踉跄跄地出来,一个个像被砍掉脑袋的鸡。那两个玩牌的冲进来,忙把叮当木箱的盖子抬下来,拆下他身上的床单,然后抬着他去冲洗。我觉得他差点去见阎王爷了,在里面,都快窒息了。泥太烫了,他的脸都肿胀了。真是太可怕啦!有个人恢复镇定之后,过去打开所有的木箱,放里面的人出来。我们二十个男人满身裹满泥,但只有一个淋浴房。不过问题慢慢解决了。有人帮忙开车进城去叫救护车。有人冲着黑人浇了一身水,他渐渐回过神来。没有表现出是特别刻意地去打听,我随口问问他们,是否有人认识刚才持枪的那两个人。虽没有一个人知道,但都认为他们是外乡的暴徒。既然大家都没事,只是骑马师受了伤,就对此都不关心了。他们只想赶快洗掉身上的泥,离开这个鬼地方。"邦德又喝了一大口威士忌,点了一根烟。

"那这两人有谁给你留下深刻印象的呢?"莱特问道,"比如身高、穿着等等?"

"我没有怎么多看站在门口的那个,"邦德说,"他比另一个更矮更瘦。穿着黑色裤子、灰色的衬衫,但没打领带。手里拿的枪像是柯尔特四十五号口径。那个做事的,身材比较魁梧壮实,行动敏捷而且从容谨慎。身穿白色条纹的棕色衬衫、黑色裤子,没穿外套也没打领带。穿着一双黑色鞋子,特别干净,一看就知价格昂贵。手拿柯尔特三十八号口径手枪。没戴手表,噢!对啦,"邦德突然想到,"他右手拇指的指关节上面,长着一颗很大的疣,像是被他用嘴吸过一样,看起来红红的。"

"温特,"莱特语调平淡地说,"另外一个是基德,两人经常联手,是斯潘麾下两员顶级杀手。温特是一个很卑鄙的混蛋,十足的虐待狂,经常吸吮手上的那颗疣,外号叫'瘟弟'。不是为了争面子,他们每个人都有一个疯狂的外号。他最怕旅行,不管坐汽车还是火车,都会晕车。在他眼里,坐飞机就是一个死亡陷阱。若是有工作需要去全国各地跑,那么就会给他额外的特殊奖金。但只要是在地面上,他就特别冷静。基德就是一个奶油小生,人们都叫他'布菲'。他和温特在一起住,是一对黄金杀手搭档。虽然只有三十岁,但基德头上都有白头发了。这也是他们戴头套的原因之一。有一天,温特肯定会后悔自己没有把那颗疣烧掉。你一说到这个,我就想到是他。我得去警察局告发他们。放心啦,绝对不提你。不过,我还得告诉他们关于'闭月羞花'的所有实情,他们会解决这些的。这个时候,温特和他的同伴将要坐火车去奥尔巴尼,咱们再加把火,让警察去追他们也不错呀。"莱特走到门口,"哎呀!别紧张,邦德,一小时后就回来。然后咱们去好好地吃顿晚餐。我得去打听他们把叮当送哪里了,也好把钱给他邮寄过去。但愿可以让他振作一点。唉!可怜的小混蛋呀。回头见!"

邦德脱了衣服,去浴室里洗了十分钟。他全身涂满肥皂泡,试图洗去在顶级泥浴会所的肮脏记忆。然后,他穿上裤子和衬衫,去接待大厅,用公共电话给沙迪·特里打电话。

"先生,电话占线,"接线员重复道,"还要继续拨吗?"

"好的,请快点。"邦德说道,听到驼背还在办公室,邦德松了一口气。现在,他可以如实地跟驼背说,他之前就试着给他打过电话。他想驼背肯定会好奇,为什么他没有打电话跟他抱怨"闭月羞花"的事。看到骑马师的遭遇之后,邦德现在更倾向于用尊敬的态度来对待斯潘黑帮的人。电话里传来一声干脆又轻柔的声音,是标准的美国电话客服声音。

"您要接威斯康星州 7 - 3697 号吗?"

"是的。"

"先生,电话已接通。讲话,纽约,"是驼背尖细的声音,"喂,你是谁?"

"詹姆斯·邦德,刚刚一直在联系您。"

"有什么事吗?"

"'闭月羞花'比赛输了。"

"我知道。是骑马师搞砸的,你想怎样?"

"要钱。"邦德说道。

电话另一头突然安静了下来,然后说:"好吧,我们重新开始。我给你寄一千美元,就是你从我这里赢走的,还记得吗?"

"记得。"

"站在电话旁等着。几分钟后我会打给你,告诉你该怎么做。你现在住哪儿?"邦德告诉了自己的地址,"好啦,明早你就会收到钱。待会儿马上打给你。"然后,电话挂断了。

邦德走过去,到服务前台,翻阅架子上面的平装书。邦德觉得这帮人很有趣,给他留下了深刻的印象。他们对账目计算特别小心谨慎,而且每一步都做了很好的掩护,让这一切都看起来是合法的。一个英国佬,除了赌博他还能从哪里搞来五千美元呢?不知道下一个又是什么赌博?

电话铃声响了,他走进电话亭,关上门,然后拿起听筒。

"邦德,是你吗?现在仔细听着。你要去拉斯维加斯取这笔钱。先坐飞机来纽约,票钱由我出,我会搞定这些。然后再去洛杉矶,那里每隔半小时就有去拉斯维加斯的航班。在冠冕酒店给你预定好了房间。到了之后,你自己去找——你仔细听清楚哈——周四晚上十点过五分,去冠冕酒店,靠近酒吧那一侧的三张赌桌中心。记住了吗?"

"好的。"

"坐下来押最大赌注,总共五次,每次一千元。完后起身离开赌桌。再也别去赌了,记住我说的了吗?"

"好的。"

"冠冕酒店会付给你钱的。赌完之后,就四处转转,等进一步指示。听懂了吗?给我再重复一遍。"

邦德照做了。

"好了,"驼背说道,"别乱说话,也别出现任何差错,你也担待不起。明早看报的时候,你就明白了。"

邦德听到一声轻轻的咔嗒声。他放下话筒,穿过草坪回到房间里。

那是儿童时期常玩的二十一点游戏!瞬间让人回想起,儿童时期一边吃东西,一边玩赌牌;大人把彩色筹码,数开来分成小堆,这样每个孩子就有一先令的钱;如果翻出两张牌,一张十,一张A,那样就会赔掉双倍;还有,如果已经得到了十七点,第五张若能翻出一张四,就能凑成二十一点了,当时是多么紧张期待呀。

现在,他又要玩这种小儿科游戏了。不同的是,这次发牌人是一个骗子,这人手里的彩色赌注筹码,每一个都价值三百英镑。他也不再是孩子了,这次是玩真正的成人游戏。

邦德躺在床上,抬头看屋顶的天花板。等莱特回来的时候,他的心思早已飞到了著名的赌城那里。猜想到时候会是什么样子,他有没有可能见到蒂芙妮·凯丝呢?

在听到外面鹅卵石路上,莱特一瘸一拐回来的声音之前,旁边的塑料烟灰缸里已经堆了五个烟头。他们一起穿过草坪,开着斯图迪拉克来到街上,一路上,莱特告诉邦德他所了解的最新消息。

斯潘黑帮已经给毕莎罗、巴德、温特,还有基德一笔钱,打发走人了。甚至,"闭月羞花"也坐着运马拖车,开始了它漫长旅途的第一程,去内华达州的大农场。

"联邦调查局现在接手该案了,"莱特说,"恐怕也只是搜集到了斯潘黑帮恶行的另一项素材而已。没有你做目击者,没有人会知道那两个持枪的人是谁。要是联邦调查局对毕莎罗,还有他的赛马感到非常不安,那我会很惊讶的。他们肯定会让我和我的机构处理这事。我已经跟总部谈过了,他们安排我去拉斯维加斯。无论如何,都是想要找到真正的'闭月羞花'被埋在哪里了。我还得看看牙齿,验验尸,你觉得怎么样?"

邦德还没来得及回答,车子就停在了"凉亭"外面。这里是萨拉托加最时尚的餐馆了。他们下了车,然后让代驾把车停好。

"真好呀,我们又在一起吃晚餐了,"莱特说,"你以前绝对没有吃过,蘸黄油酱的缅因烤龙虾。不过,要是你邻桌坐着一个斯潘的手下,正在就着蘸酱,大口地吃意大利通心面。那你就没什么胃口吃烤虾了。"

现在有些晚了,许多人都已经吃完了饭,去旁边的拍卖场了。他们选了一张角桌,坐了下来。莱特嘱咐领班,龙虾慢慢地细烤,可以先上两杯用布兰卡苦艾酒兑成的干马提尼酒。

"所以,你要去拉斯维加斯,"邦德说,"你离开得可真巧!"接着他告诉莱特,他和沙迪·特里的谈话内容。

Diamonds are Forever

"当然的,"莱特说,"这根本不是巧合。我俩现在都是顺黑道摸索,而所有的黑道都通向那座危险的城市。目前,我在萨拉托加还要处理一些事情,有一大堆报告等着要写。我在私家侦探里,一半的活就是写报告。在这个周末之前,我就会到拉斯维加斯,先去四周打探打探。在斯潘的眼皮底下,我们就不能经常见面了。我们可以偶尔见个面,或是传纸条信息。告诉你吧,"他又补充道,"那边有我们的一个卧底,是个出租车司机,名叫欧尼·库厄,为人特别好,我会跟他打招呼。你要去那边,到时候他会照顾你的。他对那些脏事无所不知,哪里有大贿赂,有哪些外市的恶棍在这里。他甚至知道去哪里可以花最少的钱找到独臂强盗。他晓得哪一家的老虎机抽头最少,这些可全是价值昂贵的秘密消息呀。小子,等你到了那边,你才真是见世面啦。五个数英里长的大赌窟,霓虹灯照得像百老汇一样,就像小孩子的圣诞树一样炫眼。哼!蒙特卡洛!"莱特扑哧一笑,"就是蒸汽机时代的东西。"

邦德笑了笑:"他们的轮盘赌上总共有几个零呢?"

"两个吧。"

"这是你说的!在欧洲,我们可是按正确的抽头比例玩,从不改变。大街上霓虹灯闪烁,但是用另一个零支付电费。"

"也许吧。在美国,骰子赌博抽头只有百分之一,这是全民游戏。"

"我知道,"邦德说,"'宝贝要买一双新鞋。'老板们经常说这话。我倒巴不得看到,希腊辛迪加的庄主一边发牢骚'宝贝要买一双新鞋',一边坐在贵宾桌上,拿到了九点这样的好牌,而且赌金都是一千万法郎。"

莱特哈哈大笑。"天啦,"他说道,"你已经准备好跟那些混蛋,在赌桌上一决胜负了。到时候可以风风光光地回伦敦,好好炫耀你是如何在冠冕酒店把他们拿下的。"莱特喝了一大口威士忌,向后背靠在椅子上,"不过,以防万一,我还是给你再说一下游戏的相关来历。你记下来,到时候你就押小钱,赢他们的大金砖呀。"

"快讲吧。"

"说到大金砖,"莱特继续道,"詹姆斯,你看哈,众所周知,整个内华达州分为里诺和拉斯维加斯,被誉为彩虹末端的一罐金子,人们眼中的两座金山,可望而不可即。大家都想发横财,就买一张机票飞到拉斯维加斯地区,还有里诺主街,在那里碰运气大赚一笔。真是这样的,不久之前,星星和骰子赌博抽头都还没改变。在沙漠酒馆里头,有个年轻人,在赌桌上完成二十八次一次性通关。二十八次呀!天啦!据酒店老板威尔伯·克拉克先生所说,如果他只押了一块钱赌注,以后一直跟押,他定会赚二点五亿呀!很可惜,他没有这样做。旁边的好玩家最后赢了十五万,而这个年轻人赢了七十五万。之后,他像是被鬼追一样,便溜之大吉,他们从来不知他叫什么名字。如今,那一对红色的骰子,放在沙漠酒馆赌场里的一个玻璃盒子里,下面垫着缎料软垫。"

"肯定是一个很好的招牌吧?"

"那还用说嘛!"莱特说道,"全世界的广告人想都想不到。你在许愿池许愿,它可以让你美梦成真。到时候去了,你就能见到他们在这些赌场里面的许愿了。他们一个人,每二十四小时就能用完

Diamonds are Forever

八十对骰子、一百二十盒塑料纸牌。每天拂晓,就有五十台老虎机被送去修理部。再瞧瞧那些小老太太,戴着手套玩老虎机。她们拿着购物袋,里面装满了五分、一角、两角五分的硬币。她们可以玩十到二十个小时,中间不休息的。你不相信?知道她们为什么戴手套吗?是怕玩多了,磨破自己细嫩的皮肤。"

邦德不置可否地哼了一声。

"好吧,好吧,"莱特同意道,"当然,会有人招架不住倒下去的,比如歇斯底里发作、心脏病突发、中风。她们眼睛里、脑子里满满的都是樱桃、梅子,还有莲雾。不过,所有赌场都有内科医生,二十四小时随时待命。老太太被抬出去的时候还大喊'头奖!头奖!头奖!',就好像是在呼唤死去的情人一般。再看看,还有宾果游戏店、财富之轮、金砖赌场中心的老虎机银行、马蹄赌场。但是,你可别去呀,别头脑发热忘了自己是去干什么的,还有你的女人,甚至连命都不要了。碰巧,我知道所有游戏的基本赔率,知道你好赌。所以,蠢蛋,帮帮忙,一定要记住我说的。到时候,狠狠地扳倒他们。"

邦德兴致大发,从菜单上撕了一张纸条,拿出笔来记。

莱特抬头望着天花板。"骰子之家赔率百分之一点四,二十一点扑克游戏是百分之五,"——他低下头看着邦德,"你那游戏除外,你是个骗子!轮盘赌百分之五点五,宾果游戏和财富之轮都高达百分之十七,老虎机是百分之十五到百分之二十。骰子之家真不赖哈?每年都有一点一千万的赌客,按这些基本赔率,跟斯潘还有他的伙伴们一起赌。假如所有赌客的平均本金是两百美元,你自己算算,这一年下来拉斯维加斯最后得发多少横财呀。"

邦德把笔和纸条装进自己的口袋里："菲利克斯,谢谢你的资料呀。但你别忘了,我不是去那里度假的。"

"好啦,混蛋!"莱特无奈地说道,"但你可别在拉斯维加斯到处闲逛呀。他们在那儿做的是大营生,绝不会姑息任何人耍把戏。"莱特起身,扑到桌子前,"我告诉你吧,前一阵子,在玩二十一点扑克游戏时,有一个发牌的,决定自己也做点买卖。那天晚上,在玩游戏的时候,他往自己口袋里偷偷塞了一些钱,结果被发现了。隔天,一个博尔德城人开车去那里,他发现荒漠上面,有粉红色的东西直直地竖立起来。那绝对不是仙人掌,所以,他停车下去看了看。"莱特用指头戳了一下邦德的胸脯,"老朋友呀,那立起来的粉红色东西,其实是一只胳膊,手里还握着一副打开成扇形的牌。警察带着铁锹赶到现场,在周围寻找,便在埋这只胳膊的另一端,挖出了剩下的尸体。这个尸身分离的人就是那个发牌人,他们从后脑勺枪毙了他,然后埋掉。尸身分离的做法,就是为了杀鸡给猴看,以儆效尤。现在,你觉得怎么样?"

"真不赖。"邦德说道。

"告诉你,"莱特满口烤龙虾,边吃边说道,"那人也太不精明了,知道人家会从监控系统上面抓到他嘛。拉斯维加斯的这些赌场,都有很精明的设计。看看那些天花灯,设计非常摩登时尚!就是天花板上有很多孔,每个孔里有一颗灯,光线直接照到赌桌上面。抛下来的灯光很强烈,侧视并不然,免得让赌客们烦躁。再仔细看看,那些备用孔里面,根本就没有任何灯光。它们看似是一种装饰样式。"莱特慢慢地摇了摇头,"老朋友,其实不然呀。楼上,有一台移动电视摄像机,动过来动过去的。就是穿过这些孔,然后随机监看下面,对玩牌进行抽查监视。如果他们怀疑哪一位发牌师,或是玩家,就会拍下这桌的整个玩牌过程。每一张牌,或是每一次发牌,有人在楼上看得是一清二楚。很聪明,对吧?真是无孔不入,就差用鼻子闻了。那个发牌师其实早就知道,只是抱着侥幸心理,希望当时摄像机在偷看别处,真是犯了致命的错误呀。太可惜了。"

邦德冲莱特笑了笑,然后保证道:"我一定会小心的。但是,别忘了,无论如何,我还得进一步深入那里去,打入他们的核心。其实,我现在得想办法去接近你的朋友,塞拉斯莫·斯潘先生。光靠给他递我的名片,肯定是见不到他的。菲利克斯,我跟你说些事吧。"邦德的语气很谨慎小心,"我忽然很不喜欢斯潘兄弟,还有那两个戴头套的人。想想他殴打黑人的恶行、热气腾腾的浴泥。他若只是把骑马师揍了一顿,我并不会太介意,顶多就是警察和小偷嘛。但是后面的浴泥,真是太卑鄙了。我也不喜欢毕莎罗和巴德。不知道为何,就是不喜欢他们。"邦德的语气里含带歉意,"想想,应该提醒一下你。"

"好吧,"莱特推开吃完的空盘子,"我到时会尽量帮你收拾残局,也告诉厄尼多关照一下你。但是,你要跟他们关系搞砸了,可别妄想去找律师或是英国领事馆来帮你。那里只有一家律师事务所,叫史密斯·维森事务所。"莱特用铁钩敲了一下桌子,"最好,再喝最后一杯溪水兑成的威士忌吧。你要去的可是沙漠呀。现在这个时候,那里特别干燥,跟地狱一样灼热呀。没河流,去哪里打溪水。到时候,你肯定是对着碳酸水,再和着汗滴喝酒了。外面阴凉的地方都是四十七度了。再说了,那里哪有什么阴凉呀。"

威士忌酒端来了。"菲利克斯,在那里,我会想你的,"邦德高兴地说道,不用再苦恼刚才的事了,"从来没有人,像这样教我美国人的生活方式。对啦,'闭月羞花'的事,你做得真是太棒了。怎么样,跟我一起去修理那个斯潘老大吧。我相信,我俩绝对可以扳倒他。"

莱特满怀亲切地看着老朋友。"为私家侦探所效力,做这么暴力的事对你没什么好处,"他说,"我也在追踪他,但是要用合法手段拿下他。要是让我找到真正的'闭月羞花'被埋在哪里,这混蛋就有苦日子过了。对你倒是无妨,在这里,你跟他发生冲突,回到英国便无事了。帮派都不知道你是谁。就目前你告诉我的,他们永远都不会找到你。可是,我必须要在这里生活。我要是跟斯潘发生任何枪战之类的纠葛,他的手下肯定会追杀我,还有我的家人以及朋友。他们绝不会罢休的,会以我伤害他们的百倍来加害我。即使我把他杀了,回家后,发现自己的姐姐连同房子一起被烧掉了,心里绝不是滋味儿。哪怕就是今天,恐怕这里还会发生这些事的。这些混蛋现在都不跟卡蓬一起外出了。看看谋杀公司,还有克福维尔的报告。这些混蛋不再做贩运私酒的勾当了。他们现在是骑在政府头上为虎作伥。虽然文章、书籍、演讲还有布道还在大声疾呼。不过,管他咧。"莱特突然大笑道,"或许你可以用那把老家伙,打响争取自由、家庭,以及美丽的第一枪哦。用的还是贝瑞塔吗?"

"是的,"邦德说道,"还是贝瑞塔。"

"你现在还在00组吗?依旧可以先斩后奏?"

"是的,"邦德冷冷地说道,"我有。"

"那好吧!"莱特站起来说道,"回家睡觉吧,让你那只枪好好休息休息。到时肯定会派上用场的。"

钻石恒久远

第十五章　赌城大道

飞过太平洋,飞机在闪闪发光的蓝色汪洋上空,画了一条大曲线后,掠过好莱坞,上升横越卡容山口,最后,跨过西亚拉山的巍然黄金悬崖。

邦德向下瞥了一眼,看到绵延无尽的大道,两旁种植着棕榈树;漂亮的房子前面是翠绿的草坪,洒水车正在往上面喷水;大型的飞机制造厂;还有电影制片厂的整个外观,以及里面华而不实的杂乱布景——有街道、西部农场,看起来特别像微型赛车跑道,地上有一只跟原物一样大小的四桅纵帆船。接着,飞机又飞过一座座崇山峻岭,来到了绵延无尽的红色沙漠的上空,那就是拉斯维加斯的后方地带。

飞机在巴斯托上空飞行,这里有一个枢纽站,圣达非的单线铁路便经过此地,它长长地伸入沙漠,穿过科罗拉多高原。飞机又向右飞行,它绕过一片白茫茫的群山,再向左飞去,穿越满是尸骨遗骸的死亡谷。前面是越来越多的高山,山体表面还夹杂着红色,像是一口坏掉的牙齿,牙龈上面流血不止,牙缝间沾满了血迹。在枯萎干燥的地面上,还能看到稀稀点点的绿色。飞机开始慢慢地降落。

"请系好安全带,掐灭手里的香烟。"

一下飞机,邦德觉得热气就像拳头一样,捶打到自己的脸上。从凉爽的飞机里下来,走到有空调的机场大楼,中间隔着五十码的距离。这样短的路程,已经让邦德汗流不止了。那是玻璃门,可用导盲光电池来操作。邦德走近的时候,门嘶嘶地开了,进去后,它又慢慢地自动关上。在他经过的地方,邦德看见四排吃角子的老虎机。邦德情不自禁地掏出零钱,猛地拉了一下把手,便等许多柠檬、橘子、樱桃、莲雾图案转动,咔嗒一声机器停下后,没有什么图案,接着,便听到机器发出的叹息声。五分、十分、两角五分,邦德都试遍了。只有一次,机器停在两颗樱桃和一个莲雾的图案上,一声咳嗽声,从机器里吐出来三枚金币,是他刚刚花一枚赢来的。

离开了这些老虎机,邦德在出口扶梯处,等行李运过来。这时,他注意到旁边一台大机器上面的字条,像是用来加工冰水的。上面写着:"氧气筒。"他漫步走过去,看到后面还写着:呼吸纯净氧气,健康无害。让你情绪迅速高涨,缓解过分放纵、困倦、疲惫、紧张等带来的悲痛,以及其他症状。

邦德又把两角五分投进了老虎机,然后蹲下身,把鼻子还有嘴巴伸进一个很宽大的黑色橡皮牙垫里。按上面的提示,他按了一下按钮,然后慢慢地吸气呼气,持续了一分钟。就像是在呼吸超冷空气——品不到，也闻不到任何味道。一分钟后，机器里面咔嗒一声，邦德站了起来。除了轻微头晕之外，再没其他任何特殊感觉了。过了一会儿，邦德发现自己真粗心大意，旁边站了一个人，夹着一个剃须工具皮包。刚才一直站在那里，自己居然还对人家咧嘴一笑。

那人也淡淡一笑，然后转身离去了。

广播通知旅客去拿自己的行李，邦德取回自己的箱子，挤着穿过出口处的回旋门。刚好是中午，外面一片炽热。

"您要去冠冕酒店吗？"有人问道。这人很矮胖敦实，一双棕色的大眼睛正直视着他。此人戴着司机专用的鸭舌帽，嘴很大，里面还含着一根牙签，直接问他问题。

"是的。"

"那好，走吧。"这人没有主动帮邦德拿行李。邦德跟着他来到一辆外观很时髦的雪佛莱前，车里挂着一个吉祥物，下面系着象征幸运的貉尾毛。他把箱子扔进后备厢，上了车。

车子开出机场，驶入公路的内侧然后左转。旁边车辆嗖嗖而过，这位司机一直在里道里面行驶，车开得特别慢。邦德觉得那人从后视镜里面观察他。邦德抬头看前面司机的身份牌，写着：欧尼·库厄，2584号。上面附着一张照片，邦德觉得那双眼睛也正在看他。

车里一股雪茄味，邦德按了一下车窗驱动按钮。一股高炉炼铁般的炽热扑面而来，邦德又把车窗关上了。

司机侧转了一下。"别那样做，邦德先生，"他和善地说道，"车里开空调了，看似不像但总比外面要强。"

"谢谢,"邦德说道,"你是菲利克斯的朋友吧。"

"当然,"司机转过头说道,"他是个好人,嘱咐我好好关照你。很高兴你在这里,能帮你做一些事。要待很久吗?"

"不好说,"邦德说道,"总之要几天吧。"

"这样吧,"司机说道,"千万别以为我是在讹你呀。既然我们要一起做事,况且你也有钱,那最好就按日雇用我这车吧,一天五十块,我也得谋生呀。这样到酒店前面,也好跟那些门童说话。不然,我真不知道该怎么样接近你了。就像这样,他们以为我瞎逛了半天,是一直在等你。他们是一帮狗杂种,总是疑神疑鬼的。"

"太好啦,"邦德立马喜欢上这人了,也愿意相信他,"就这么说定了。"

"好嘞,"司机继续补充道,"邦德先生,你都看到了,这里不欢迎一切与众不同的东西。我说他们疑神疑鬼,你看起来真不像是一个来里大肆挥霍输钱的游客。看看,他们表情很失落。你自己多保重。你还没开口说话,别人瞧一眼你的穿着,他们就认出你是英国人了。那好嘛,一个英国人在这里干什么?他是个什么样的英国人?他看起来像是一条硬汉。走,咱们过去再仔细瞧瞧。"他又侧转过头,"你刚刚有没有看到一个小伙子,在机场里面瞎晃悠,腋下还夹着一个剃须工具皮包呢?"

邦德想起在氧气柜边,那个一直看他的人。"嗯,我看见了。"他说道,那时吸完氧气,邦德才发现自己一时疏忽大意了。

"我敢打赌,他当时一定是在观察你的面貌,"司机说道,"那个剃须包里面装着一个十六毫米的摄像机。只要拉上拉链,用胳膊紧紧地夹住，它便开始工作。他都跟拍你五十英尺路了，既拍了你的正面照，还拍了你的侧面照。下午这些照片就会被交到总部，去做面部识别，还有你包里到底装了什么东西。你看起来不像是会随身携枪的人，只是拿了一个手枪皮套。不过，你若真携带了枪，在机场的时候，就会有人拿枪一直站在你旁边。今晚，整个通道就会得知这个消息。你最好防着那些穿外套的人。这里，没人会穿外套，除非是为了藏枪。"

"哦，谢谢你，"邦德说道，对自己很生气，"看来，我得加倍警惕了。他们这里的机器看起来真不错。"

司机断然地哼了一声，再没作声，只继续开他的车。

车子驶进了著名的拉斯维加斯大道，道路两旁便是空旷的沙漠，偶尔可以看到酒店的巨大广告牌、刚刚修建起来的加油站，还有汽车旅馆。他们经过一家汽车旅馆，里面还有游泳池，四面都是透明的玻璃窗。汽车开过的时候，刚好有一个女孩跳进翠绿色的泳池。她在里面游来游去，溅起一层层的水波。不一会儿，车驶进了一个加油站，旁边有一家很豪华的汽车餐馆——凯斯特利亚汽车餐馆。招牌上写着：停下来，我们让你重新精力充沛！供应热狗！巨型汉堡！高能量汉堡！冰镇冷饮！他们经过时，看到有两三辆车停下来。几个女服务员，踩着高跟鞋，穿着泳衣，在为他们服务。

绵延悠长的六车道公路，两旁满是五彩缤纷的指示牌和炫目的建筑物。公路一直延伸到湖畔，里面是咕咚起舞的热浪。这种酷热天气就像是一颗火蛋白石。烈日烤得混凝土地面中央，如同被油炸一般炽热。四面无一处阴凉，只是在旅馆前面空旷处，有几棵散落的棕榈树。有许多迎面而来的车辆,挡风玻璃反射出炫目的光线,还有烈焰般的明黄色车皮,像炮火一样照射到了邦德脸上。邦德觉得衬衫已被汗浸湿,紧紧地贴在皮肤上面。

"这就是拉斯维加斯大道啦,"司机说道,"又名'赌博街',拆开拼写就是付钱了。开个玩笑,看明白了吗?"

"懂了。"邦德说道。

"看你右边,是火烈鸟酒店,"经过酒店时,欧尼·库厄说道,"这是一家低洼处的现代酒店,外面有一个巨大的霓虹灯塔,现在,灯塔是关着的,它是巴格西·西格尔在1946年修建的。有一天,他从滨海那边过来,到拉斯维加斯四处查看。他手里有一大笔游资,想寻找投资机会。当时,拉斯维加斯主营枪支,还有赌博等生意对外很开放。环境很不错,没花多久,巴格西就抓住了投资机会。"

听完这耐人寻味的话,邦德大笑了。

"先生,是的,"司机继续说道,"巴格西看到商机后,就立马入驻这里了。直到1947年,他被别人从后面用乱枪打死,连警察都数不清到底是多少颗子弹呀。这是金沙酒店,也是数年前有人出资投建的,但不知道具体是谁。门口那家伙是杰克·伊恩特拉特,人很不错,以前打过'纽约杯',或许以前你听说过他?"

"恐怕是没听过。"邦德说道。

"这是沙漠酒店,老板是威尔伯·克拉克,注资是以前的克利夫兰和辛辛那提两家联合出的。那个打着烙铁招牌的便是撒哈拉大赌场,这是最新修建的,投资者是一帮来自俄勒冈州的三流混混。特别有意思的是他们开业的当天晚上,就输掉了五万美元。真是太不可思议啦！那晚，好多大腕腰缠万贯，来这里只是捧捧场，祝贺他们开业大吉，这你懂的。这是这里的传统，开业的当天晚上，会有许多竞争对手聚集到一起。可是，小子，你知道吗，这次东家一点钱都没捞着，客人却拿着五万美元离开了。到现在，大家还在对此津津乐道。再看那儿！"他朝左边挥手示意，霓虹灯被做成马车的形状，车篷大约二十英尺，正在看似奋力地疾奔，"左边就是处女地，那是一个虚拟的西部城镇，很值得一看。那边是雷鸟大酒店，穿过马路便是冠冕酒店了，它是拉斯维加斯最豪华时髦的合营酒店了。估计，你知道斯潘先生吧？"他慢慢地把车停在斯潘家族的酒店对面。酒店顶部是一顶公爵头冠，上面有一闪一闪亮晶晶的彩灯。不过，相比之下，耀眼炫目的阳光要更胜一筹。

"嗯，我知道大概，"邦德说道，"要是什么时候有时间，你再跟我细聊，那就更好了。那咱们现在干吗？"

"先生，全听你吩咐。"

忽然间，邦德觉得自己已经受够了，赌城大道上的富丽堂皇，让人觉得很恐怖。他只想坐到室内，不再受热。然后吃个午餐，再去游游泳，好好放松一下，等到晚上再说。他也这样说给司机听。

"我没问题，"库厄说道，"想你第一天晚上，应该不会给自己惹麻烦的。所以，你要放轻松，表现得自然一些。若你在拉斯维加斯有事要做，建议你最好先缓缓，等你熟悉了这里的路线再去。可以去看看赌博，伙计。"他咯咯地笑了，"你有没有听说过印度的沉默之塔？据说，那里的秃鹰只用二十分钟，就可以将一个人吃得最后只剩下骨头。若是让它们在冠冕酒店待一阵子，估计速度肯定会减慢。"司机将挡换到一挡,"照样地,"他边说,边在后视镜看旁边的车流,"曾经有一个人拿着十万美元离开拉斯维加斯。"他停了一会儿,寻机会穿过公路,"可是,他刚开始玩的时候,手里可是五十万呀。"

车子摇摇晃晃地穿过车流,停在一座粉饰灰泥建筑物前面。玻璃回旋门前面是柱状门廊。礼宾领班穿着天蓝色制服,走过来打开车门,把邦德的包从车里拿出来。邦德下了车,走到热腾腾的外面。

当他过回转门的时候,邦德听到库厄对那个领班说:"这就是个英国疯子,真抠门,居然一天才给我五十块!你相信吗?"

邦德过了回旋门之后,迎面而来的便是一个冷风之吻,非常清爽宜人。这座金光闪闪的宫殿,主人便是塞拉斯莫·斯潘,自己终于来到了这里。

第十六章　冠冕酒店

邦德在一家装有空调的"太阳燃烧"餐厅里吃了午餐。旁边是一个很大的腰子形的泳池（指示牌上写道：救生员鲍比·比尔博——每日都冲洗泳池），邦德发现身材好的顾客不多，其中只有百分之一的人适合穿泳衣。邦德顶着烈日，慢慢走过被烤得发烫的草坪，这块草坪刚好在自己住的那座楼跟主楼之间，大约二十码的距离。他回到自己的房间后，脱光衣服，赤身裸体地躺倒在床上。

加上卧室住区，冠冕酒店共有六栋大楼，全都是以珠宝命名的。邦德住在"绿松石"的一楼。这层楼运用深蓝色和白色的装饰材料，绘成蓝色的卵壳饰图。邦德的房间舒适奢华，配有高档的家具，设计非常精美，这些家具应该是用桦树木制成的。床头有一台收音机，窗户旁边是一台十七英寸的电视。窗户外面，是一个很小的遮阳凉台。周围特别安静，空调虽是恒温器控制，但听不到任何声响。

邦德一沾枕头就睡着了。

邦德足足地睡了四个小时。在此期间,床头柜的下面偷藏着一个铁线记录器,一直都没有动静。真是白白地浪费了几百英尺的钢丝带呀。

他醒来时已是晚上七点了,记录器也开始录音。他拿起电话找蒂芙妮·凯丝,过了一会儿便说:"麻烦您告诉她,就说詹姆斯·邦德打电话找她。"放下话筒的声音、邦德在房间里走动的声音和洗澡声都被录下了。七点半的时候,他走出房间然后锁上门。插钥匙的咔嗒声也被录了下来。

半小时后,记录器又录下敲门的声音,过了一会儿后,便是开门声。一个穿着似服务员的人走进来,手里拿着一篮子水果,上面的便条上写着"管理人员敬赠",然后,他迅速走到床头柜边,扭下两颗螺丝,然后取下记录器转盘上面的细线卷,换上新的细线卷,接着再把水果放到梳妆台上,锁上门出去了。

接下来的好几个小时,记录器只是在空转,没有记录下任何东西。

邦德坐在冠冕酒店的长吧台上,一边抿了一口伏特加马提尼,一边用很专业的眼神,观察这座气派的赌厅。

邦德首先注意到,拉斯维加斯似乎已经自创了一种新的功能性建筑学派,应该称为"赌金的捕鼠器学派"。它的主要目的是,将顾客视同老鼠,吸引他们进入中央的赌场陷阱,然后看他们会不会心甘情愿地吃里面的"奶酪"。

赌场共有两个入口。一个是从外面的街道进来,另一个是从卧室住区还有游泳池那边进来。一旦你从其中任何一个入口进来,不管你要在报摊买报纸还是香烟,去餐馆里喝酒还是吃饭,去'健康俱乐部'剪头发还是做按摩,甚至仅仅是去趟厕所,你都要从那么多台老虎机,还有赌桌中间经过。这时,你便会陷入一片嗡嗡作响的旋涡诱惑中。到处都可以听得见,往金属杯里倒金币时,就像是银白色的瀑布一样,发出清脆迷人的声音。偶尔还能听到一两个换金姑娘大喊"头奖"。此时,你已经在里面迷失了,被完全包围了。听到三张大赌桌上,赌客们激动地相互顶嘴,看到两个大轮盘一直在转动,特别地诱人,赌桌上面形同一个翠绿池塘,银币被撒来撒去的哗哗声,简直就是一个钢铁捕鼠器,谁不想试着咬一小口上面的奶酪,碰碰运气?谁能扛得住就这样离开呢?

邦德又想:也许这些陷阱只是针对那些笨老鼠,他们居然会被最难吃的奶酪诱惑。这个陷阱很明显,也很低俗,吃角子机发出嘈杂的机器声,只会刺激人的大脑神经。它就像一艘被运往废料场的大轮船,既没有人去上润滑油,也没人去维修。一路上发出的吱吱声,只能等着被砸烂拿去当成废铁卖了。

赌徒们站在旁边,用力地撕拉着机器的手柄。如果他们能瞧见自己的那副模样,一定会讨厌自己的。一旦在小玻璃窗口看到他们的命运,还没等轮盘停下来,他们就又投进去一枚硬币,他们抬起右胳膊,熟练地在那儿搁放。这样,机器就会不停地发出咔嗒——叮咚——咔嗒——叮咚的噪声。

偶尔,金属杯里装了太多的银币,会像瀑布一样溢出来。赌客们便会跪下去,在机器下面摸来摸去,就为找到一枚滚出来的硬币。

如莱特所说,赌客大部分是女人,且多是家庭主妇类的富婆。她们站在一排排的机器中间,就像是一群鸡笼里的母鸡。她们一边享受着房间里的清爽,一边听着转动的轮盘声,继续投钱背水一战,直到最后输完所有的钱。

邦德看到,机器旁,一位换金姑娘大叫一声"头奖",那些女人突然抬起头,脸色立马就变了。她们让邦德想起了巴甫洛夫医生养的一群狗,看到危险的"莲雾"口水都流到下巴底下了,但最后还是吃不到食物。想到这些女人空洞的眼神、粗糙的皮肤、半耷拉张开的嘴里流着口水,还有瘀紫青肿的双手,邦德便不寒而栗。

邦德不想再看下去,转过身,抿了一小口马提尼,聆听房子尽头那边传来的音乐,演奏者是一支知名乐队,旁边有六个小商铺。在一个商铺后面,淡蓝色的霓虹灯招牌上写着"钻石之家"。邦德招呼酒保过来,问道:"斯潘先生今晚在吗?"

"没看见他,"酒保说道,"经常首场秀完了之后,他才会来。十一点左右吧。你认识他吗?"

"不怎么熟悉。"

邦德付了钱,晃到赌桌那里。他走到最中间的那桌。十点过五分,自己应该是在这张上面玩。他看了看表,现在是八点半。

赌桌呈肾形,桌面是绿色的,比较窄小平坦。总共有八个玩家,坐在高凳椅上面。对面是发牌师,紧贴着桌边而站。桌上摆着一堆赌注,他给桌布上已编号的八个点,分别发了两张牌。赌注大都是五元或十元的银币,还有二十元的筹码。发牌师四十岁左右,很和蔼可亲,脸上又看起来似笑非笑。他穿着专业制服——白色衬衫,手腕上的扣子是系着的,经典的西方黑色赌客领结,绿色眼罩,黑色西裤。他还系着一件绿色小粗呢围裙,这样免得裤子会蹭到赌桌,胸前一角刺着"杰克"二字。

发牌师发完牌,从容不迫地往前面挪放赌注。此时,桌上没有人说话,除了一位玩家招呼旁边的女服务员,点了一杯酒或是一盒香烟,像是铁定会赢,提前庆祝一番。这些服务员穿着黑丝睡衣,在赌桌圈里最里层,忙来忙去地服务。这里还站着两个眼力特好、很壮实的监管人,腰里别着枪,全程监视赌局。

这游戏虽然高效快捷,但也乏味无趣,跟老虎机一样机械无趣。邦德看了一会儿,便离开去赌场那边的吸烟室和化妆室了。中途,他碰见四位"巡警",穿着很帅气的西方灰色制服,脚穿着中筒皮靴,把裤脚塞在里面。他们只是闲站着,也不太引人注意。他们看似不关注一切,其实对周围了如指掌。在屁股后面敞开的枪套里,他们各佩带两把枪,五十颗擦得锃亮的黄铜子弹,在他们腰带上面闪闪发亮。

挤进吸烟室的回旋门时,邦德发现四处都是保护装置。进去后,在里面花砖墙上贴着一张提示:"请靠近一点,它没想象中的那么长。"原来,这是西方幽默呀!邦德心想要不要把这个也放进给 M 的报告中呢。最后,他觉得,M 肯定会不乐意,还是算了吧。他从里面出来后,穿过赌桌区,朝另一扇门走去,上面的霓虹灯招牌显示着"欧宝厅"。

这是一家圆形小餐厅,浅红色的墙,还有灰白色的家具,里面人还没有坐满。一位"领班"迅速地迎过来,带他到一张角桌旁。她又弯腰打理了一下摆放在餐桌中间的花,好让邦德觉得自己挺拔的胸部,至少不是假的,然后,冲他微微一笑便离开了。十分钟后,一个女服务员端着盘子过来了。一个盘子里面装着面包卷和一块黄油,另一盘里面是橄榄、芹菜搭着橙味芝士的菜品。又过了一会儿,来了一个稍微年长的女服务员,她把菜单递给邦德:"稍等,我马上就来。"

邦德已经坐下来二十分钟了。他点了十二只圆蛤、一份牛排,但为了再延长点时间,就又叫了第二杯伏特加干马提尼。"酒马上就来。"女服务员说道,然后就去厨房了。

"礼节很到位,上餐太慢了。"邦德心想,然后慢慢适应这种服务。

最后,东西终于做完端上来了,邦德一边享受美餐,一边思索接下来的夜晚,如何加快完成任务的步伐。一想到自己是个试用期的骗子,邦德整个人都烦透了。待会儿,他就会得到第一份试用酬金,若是斯潘先生欣赏他的话,说不定还会安排他和其他帮派里的小混混一起做杂事。他非常生气,当时没有主动要求派他去萨拉托加,结果被派到这个恐怖的骗人狼窝里。更可恶的是,由一帮一流的骗子说了算。现在,他在他们的地盘上吃饭、睡觉。而且,在暗中,他还被人监视,对他进行各种权衡,看他是否意念坚定,值不值得信任,身体是否强健,能否胜任一些非法活动的脏活。

邦德用力地咀嚼着牛排,好像是在嚼塞拉菲莫·斯潘的手指一样,然后心里默默地咒骂自己扮演的这个丑角色。过了一会儿,他才渐渐地平静下来吃晚餐了。他到底在担心什么鬼东西呀?这么大的一项任务，目前一切进展顺利。他已经开始渗入走私集团的核心，进了塞拉菲莫的老巢。斯潘和他在伦敦的弟弟，还有那个神秘的 ABC，他们几个不正是在做世界上最大的非法走私买卖的幕后指挥者吗？邦德的个人感受又算得了什么呢？只不过是一时的自我嫌弃，自己突然间变成了一个陌生人，而心生厌恶。他已经跟这些肮脏的美国黑帮势力在一起搅和了好几天了，还有这些黑帮贵族们的奢靡生活，也许是这个恶魔大本营里充满着的火药味让他很恶心。

喝咖啡时邦德发现，自己开始怀念自己的真实身份了。他耸了耸肩，去他妈的斯潘暴徒，还有骗子横行的拉斯维加斯。他看了看表，刚好已经十点钟了。他点了一根烟，起身慢悠悠地走出餐厅，回到赌场。

接下来跟他们玩的游戏，有两种玩法，要么不采取行动，一切顺其自然；要么就主动出击，速战速决，最后完胜。

Diamonds are Forever

第十七章 赌场完胜

赌场里的气氛似乎发生了一些变化,安静了不少。乐队已经撤离了,那些玩老虎机的女人们也回家了,赌桌旁边只剩下几个玩家了。轮盘上面添加了两三个新的"诱饵"——特别美艳撩人的美女,穿着晚礼服,她们是花了五十美元雇来撑场面的。有一个赌客喝得烂醉,贴着一张赌桌的高围墙,然后对着骰子大喊鼓劲。

离吧台最近,中间赌桌上面的发牌师也换了,现在是蒂芙妮·凯丝。

原来,她在冠冕酒店是干这差事的呀。

邦德发现,所有赌桌上的发牌师都换成了清一色的漂亮姑娘。她们也穿着帅气的西方灰黑外套,灰色的超短裙,系着黑色宽金属腰带,后面背着一顶黑丝系带的墨西哥宽边帽。脚上穿着肉色尼龙长袜,然后是黑色中筒皮靴。

邦德又看了看手表,慢悠悠地走了进去。看来,是蒂芙妮给自己发假牌,让自己赢得那五千美元。他们提前就把时间选好了,现在刚好轮到她值班。隔壁白金套房里面,那些大腕还在欣赏小歌剧。赌桌上面,他和她可以独处了。旁边再无其他人,免得她在下面换牌的时候被发现,给搞砸了。

十点过五分,邦德很悠闲轻松地走到赌桌旁,面对她坐下来。

"晚上好。"

"嗨!"她很端正地对他浅浅一笑。

"最大押多少?"

"一千元。"

邦德把十张一百元拍在桌上,扔过了下注线。这时,赌场大班过来溜达,站在蒂芙妮旁边。他看都没看邦德一眼。"蒂芙妮小姐,给这家伙儿换一副牌吧。"说着边递给她一盒新牌。

女孩撕下上面的封条,然后把旧牌交给了赌场大班。

赌场大班便退后了几步,似乎没有观看的兴趣。

女孩手法熟练地将一副牌洗完散开,一分为二摆在赌桌上,真是一套完美无缺的斯卡耐洗牌演绎呀。邦德发现,这两份半副纸牌并没有错开,接着她把牌拿到桌子下面,再重新洗一遍。她应该是在把牌洗回原来设定好的顺序。这样重复了好几次,然后把牌放到桌面,邀请邦德来切牌。邦德切完牌后,特别赞许地看着凯丝,看她熟练地进行单手搬牌,真是所有诈赌中,最艰难的一次优胜开局呀。

这样,一副新牌便整理好了。每次游戏公平玩完之后,都要进行例行整牌,其实她眼前的这副跟原来包装盒中的次序是一样的。

不过,女孩手法干净利落,特别有把握,邦德对她这种高明的瞒天过海的做法甚感钦佩。

他望着她那双灰色的眼睛。心想他俩现在算不算沆瀣一气呢?隔着这块狭窄的绿色面板,在他们玩游戏的过程中,能感到淡淡的欢乐吗?

她把两张牌发给他,然后给自己也发了两张。忽然间,邦德意识到自己必须要时刻谨慎了,决不能乱来失手,否则就会打乱已经提前准备好的牌序。

赌桌桌面上印着"庄家必须抽够十六点,但不得超过十七点"。他们或许给了他一张十分安全的王牌。但是,为了以防有其他玩家,或是有多管闲事的人在场。所以,他们得让邦德赢得自然一些,全靠他运气好。比如,每次给他发二十一点,而给女孩自己十七点。

他瞄了一眼那两张牌:一张是 J,一张是十。看着女孩,他摇了摇头。她翻开自己的牌,总共十六点,于是再抽了一张牌,结果是一张 K,这样便超额输掉了。她旁边放着一只木箱,里面除了银币,还有二十元的筹码。不过赌场大班很快给她拿过来一块价值一千美元的大筹码。她拿过来扔给了邦德。他把它压在下注线上,将纸币又装回自己的兜里。她又丢给邦德和自己各两张牌。邦德这次总共还是十七点,又摇了摇头。她翻开自己的,总共十二点,于是又抽了一张三,还有一张九——总共是二十四点,又涨死了。赌场大班又走上前,递给了她一块价值一千美元的大筹码。邦德把它装进了自己的兜里,原来的赌注原封不动。这次,邦德总共是十九点,她翻开了一张是十点和一张是七点的两张牌。这样,按照游戏规则,她就不能再抽牌了。就这样,又一块价值一千美元的大筹码再次掉进了邦德腰包里。

这时,赌场的大门开了,刚刚用完晚餐的赌客们从外面涌了进来。很快他们便会占满所有赌桌,现在,还剩下最后一场牌局了。结束后,他必须离开赌桌,离开她了。她特别焦急地看着邦德。他拿起发好的两张牌,总共二十点。她也同时翻出二十点,邦德看到他们这样煞费苦心的安排,笑了笑。她很快又发给他两张牌,这时,来了三个新玩家,提腿坐在高凳椅上面。这次他是十九点,她是十六点。

就这样,他又赢了。赌场大班嫌麻烦,直接把第四块价值一千美元的大筹码扔给了邦德,脸上一副很不屑的表情。

"天……天啦!"其中一位新玩家说道,邦德起身把筹码装进兜里。

邦德看着对面的女孩,"谢谢你,"他说道,"你的牌发得太绝妙啦。"

"当然!"那位新玩家又说道。

蒂芙妮·凯丝很仔细地看着邦德,"不客气。"她说道,她盯着他看了数秒钟,然后又低头,将牌重新彻底地洗了一次,递到一位新玩家面前,让他来切牌。

邦德转身离开赌桌,准备离开赌场,他边走边想她。间或回头再看一眼,那穿着西方制服的傲挺身姿,让人心动不已。显然,跟邦德一样,其他人也觉得她特别漂亮迷人。不一会儿,她那桌便来了八位赌客,旁边的人只是站着看她。

邦德心生一阵醋意。他到吧台,点了一杯威士忌——是用溪水兑成的——庆祝自己刚刚赢了五千美元。

服务生弄了一瓶水,上面还盖着瓶塞,放到邦德面前。

"这水是哪里来的?"邦德问道,想起莱特跟他说的那些。

"从博尔德水坝运过来的,"服务生特别严肃地说道,"卡车每天都会装运过来。放心吧,"他补充道,"绝对是真材实料。"

邦德往吧台上扔了一枚银币,"我当然相信,不用找零了。"

背靠吧台,他手里举着酒杯,思索着下一步的打算。现在,他已经拿到酬金了,而且沙特·特里嘱咐他,绝对不要再回到赌桌上面去。

邦德喝完酒,径直走到最近的一张轮盘赌桌旁。只有几个寥寥可数的赌客,而且都是押小注。

"这里最大可以押多少注?"邦德问管理员,这是个快秃顶的中年人,眼神死气沉沉的,主要负责把象牙球从轮盘里取出来。

"五千美元,"那人冷漠淡然地说道。

邦德拿出兜里的四块大筹码,还有十张一百元的纸币,放到庄家旁边,"押红色。"

庄家从椅子上端坐了起来,侧眼看了一下邦德,把四块大筹码丢到红色那里,用手杖固定住,又数了数那十张纸币,塞进桌面上的一个投币器里,然后从木箱里拿出第五块筹码,跟轮盘里的其他四块扔放到一起。邦德看到他膝盖顶着桌子下面,按响了电铃。就在这时,赌场大班听到了电铃声,便走了过来。此时,管理员已经开始旋转轮盘了。

邦德拿出一根烟点上,他看上去很沉着镇定。此时,邦德感到一种特别美妙的自由感,终于从这帮人手中重获主动权了。他知道自己必赢,轮盘停转的时候,他连看都没看一眼。象牙球最后转进了那个槽里。

"三十六,高单双色,买红的赢钱。"

管理员迅速把桌上输掉的筹码和银币收起来,再加些纸币,全都扔给了赢家。接着,他又从木箱里拿出另一个差不多薄的筹码,然后轻轻放到邦德旁边。

"押黑色。"邦德说道。掌盘人扔放了一块筹码在黑色上,那是块价值五千美元赌注,把邦德原来的赌注从红色,挪到黑色上面。

赌桌周围开始有人低声交谈,越来越多的人凑过来参观。邦德觉得大家都在用好奇的眼光看自己。但是,他只是看了一下,赌场大班的眼神像蝰蛇一样充满敌意,看起来挺恐怖的。

邦德朝他温和平静地笑了笑,轮盘又开始转动了,能听到象牙球开始转动发出的嗖嗖作响声。

"十七,黑色,低单,买黑的赢钱,"管理员叫道。周围一片叹息声,都用很渴望的眼神,看着大块的筹码不停地从木箱里拿出来,最后放到邦德的眼前。

邦德决定再玩一次,但不是这局。

"这局,我退出。"他对管理员说道。那人抬头望了一眼邦德,拿出钱耙,把邦德的赌注从轮盘里钩出来,递给了他。

这时,赌桌旁边又来了一个人,站在赌场大班旁边。他的双眼像摄像机镜头一样明亮,他仔细打量着邦德,嘴唇中间叼着一根大

Diamonds are Forever

雪茄,像一把枪直指着邦德。这人体形宽大壮实,穿着深蓝色燕尾服,站在那一动也不动,浑身散发出一种紧张的平静气息,就像是老虎在观望一头被拴住的驴,但仍然感觉到会有危险存在。他的脸色如象牙一样苍白,气势汹汹的笔直眉毛间,倒跟在伦敦的弟弟很像。两人都是一头硬而粗糙的黑发,剪得像刷子一样短,而且,下巴都凸出来了,看起来很冷酷无情。

轮盘又开始转动了,那人也弯下身察看轮盘的情况。

轮盘上有两个绿色槽,象牙球掉进了其中的一个。邦德心里咯噔一下,庆幸自己刚刚及时退出了。

"双零。"管理员叫道,然后,将桌面上的所有钱收起来。

现在,邦德决定玩最后一局,卷走斯潘家的两万美元,离开这里。他看着对面自己的老板,那双形同摄像机镜头的眼镜,还有嘴里叼的烟,依旧直指着他,但是他脸色苍白,面无表情。

"我买红色。"他把价值五千元的筹码递给了管理员,然后看着它滑到桌面上。

最后一搏,会不会押得太大了? 不会! 邦德万分确定,绝对不会的。

"五,红色,低单,买单的赢钱。"管理员很顺从地叫道。

"我要拿回赌注,"邦德说道,"谢谢你,帮忙发财。"

"欢迎下次再来。"管理员冷冰冰地说道。

邦德摸了摸外套口袋里的四块筹码,然后挤出身后的人群,径直穿过房间,来到出纳台前面。"兑换三张五千美元的汇票,和五张一千美元的现钞。"他冲着吧台后面的人说道,那人画着绿色眼影,接过邦德的四块筹码,把钱如数兑换给他。邦德把钱装进口袋,然后走到前台。"请给我一个航空信封。"他说道,然后挪到靠墙的一张书桌,坐下来,把三张大额票据装进了信封。在信封正面写道"私人信件。英国伦敦摄政公园全球出口公司总经理:N.W.1。"然后,在那里买了一张邮票,把信塞进了信箱,上面标示"美国邮政"。这里是美国最神圣的信件寄放处,应该会比较安全。

邦德看了看表,再有五分钟就到子夜十二点了。他扫视了大赌场最后一眼,发现一个新发牌师接替了蒂芙妮·凯丝。斯潘先生也不知道去哪了。从玻璃大门出来,邦德离开了赌场,来到闷热的夜空下面,穿过草坪,回到"绿松石"的房间里,把门锁上了。

第十八章　夜幕下的激战

"你干得还顺利吧?"

第二天早上,欧尼·库厄正沿着大道,缓缓地开着车去拉斯维加斯市区。邦德等得有些不耐烦了,打电话叫来私家侦探的人,建议大家一起商酌一番。

"还不错啦,"邦德说道,"能从轮盘上面卷走点他们的钱。但我想,人家才不会心疼这点小钱呢,他们有的是钱。"

欧尼·库厄扑哧一笑,"那是,"他说道,"每天出门开车的时候,这家伙随身装备的东西太多了。听眼科医生的建议,他把凯迪拉克挡风玻璃全装成了眼镜。"

邦德大笑问道:"除了这个,他还花钱干什么?"

"他就是个疯子,"司机说道,"他特别迷恋美国旧西部生活。在95号公路那里买下了一座废城。他把那里重新整修了一番,修上了木制人行道，建了一家豪华酒吧，还有护墙板酒店，用来安置手下们，甚至连着的火车站都改建了。那附近有一个鬼城，叫斯佩克特维尔城，以前那里的银矿特别发达。三年内，他们从那里挖掘了价值上百万的银矿，修建了支线，然后将货物运往奥利特城，那是另一座鬼城，大约就在五十英里开外处。现在变成了一个游客中心，专门有一个生产威士忌酒的地方，以前那是一个铁路中转站，可以将货物运往海岸。知道吗？斯潘还给自己买了一列'高地灯'款老火车，不知道你听说过没有？他把它停在斯佩克特维尔城的火车站，每到周末，他便会带着手下去奥利特城，然后再返回来。他自己亲自驾驶，车厢里面有香槟、鱼子酱，乐队演奏，美女们跳舞，特别地刺激。我也只是道听途说，从来没有亲眼见过，因为你根本就接近不了那地方。好啦，先生，"司机放下侧窗，直接转向大道，"斯潘先生就是这样花钱的。就像我说的，是个疯子。"

邦德心想，原来是这样，怪不得一整天都没听到斯潘他们的任何动静。周五他们都去老板的鬼城玩火车了，自己却在冠冕酒店里游泳和睡大觉，瞎晃悠了一整天，还等着什么事发生呢。但是，邦德的确已经在不经意间，吸引了斯潘的注意力。就在他房间附近，经常有一些冒牌服务生，或是穿制服的巡警，到处闲逛。真是煞费苦心，看起来根本就是无所事事。估计，在他们的眼里，只是把邦德当成了一个普通顾客吧。

邦德瞥了一眼那个高个子家伙，倒让他得到了一种反常的乐趣。

大约早上十点钟，游完泳吃完早餐后，邦德去理发店剪头发。

理发店附近人很少,店里除了邦德,只有另一位顾客。那人身形高大,穿着紫色毛巾布浴衣。但是,他背靠椅子仰躺着,热毛巾遮住了整个脸,右手耷拉在椅子扶手上,旁边有一个非常漂亮的美甲师,在给他做护理。她长着一张娃娃脸,皮肤粉嫩白皙,奶油色的蓬松短发。她坐在那人旁边的小凳子上,膝盖上面放着一个大碗,里面装满了护甲用具。

邦德看着眼前的镜子,满怀兴致,看到理发师特别灵巧地揭起热毛巾的一角,用小剪刀,特别小心地剪掉那人的耳毛。在揭起毛巾的另一边,换到另一只耳朵之前,理发师弯身,毕恭毕敬地问道:"先生,您需要剪鼻毛吗?"

隔着热毛巾,那人很断然地"嗯"了一声。理发师掀起鼻孔附近的毛巾,用小剪刀,又继续小心翼翼地修理。

理发店是白色的瓷砖房,面积狭小。这般礼毕之后,房间里一片寂静。只听见理发师给邦德剪头发时,轻轻的剪刀唰唰声。偶尔还有,美甲师往搪瓷碗里扔器具,发出的叮叮当当声。接着就是一阵嘎吱嘎吱声,理发师小心翼翼地摇扶手椅的把柄,这样椅子就慢慢直起来了。

"先生,怎么样?"邦德的理发师,拿着一面手镜站在他后面问道。

就在邦德端视后面的头发剪得如何的时候,事情发生了。

估计是因为扶手椅被调高,那女孩一时失手。突然,传来一阵低沉的咆哮声,那人穿着紫色浴衣,忽地从椅子上站起来,扯掉脸上的热毛巾,把一根指头塞进嘴里,然后,又拿出来,弯身狠狠地扇了那女孩一巴掌。凳子被打翻了,碗里的护甲用具也撒了一地。那人直起身,火冒三丈地转身看着理发师。

"给我开除这个婊子。"他怒骂道,把受伤的那根指头又放进嘴里。他穿着拖鞋,踩到散落满地的护甲用具上面,嘎吱嘎吱作响。随后,他气冲冲地大步走出理发店,消失不见了。

"是,斯潘先生。"理发师结结巴巴地说道,开始痛骂怒斥那个女孩,她一直在哭泣。邦德转过头,很平稳地说:"住嘴!"他从椅子上站起来,扯下围在脖子上的毛巾。

理发师特别惊讶地看了他一眼,很快说道:"是,是,先生。"然后,蹲下来帮女孩把工具都拾起来。

邦德过去付钱,听到刚刚跪在地上的那女孩伤心地说道:"卢西恩先生,真不是我的错。他今天很心神不安,手一直在颤抖。真的!从来没见过他这样紧张过。"

一想到斯潘这样紧张不安,邦德心里窃窃暗喜了好一会儿。

一路上,邦德都在想上午发生的事,欧尼·库厄的大声讲话突然打断了他的思绪,"先生,有人在跟踪我们,"他说道,"是两辆车,一前一后。别往后看!瞧见前面那辆黑色雪佛兰没有?里面有两个人。车上有两个后视镜,他们一直在监视跟踪我们,有好一会儿了。再看后面,有一辆小型老式美洲虎模型车,是无篷车座,里面坐了不止两个人。后面载着高尔夫球杆。真巧!我认识他们,是底特律紫色黑帮的人,喜欢穿淡紫色的衣服,说话一口娘娘腔。他们不玩高尔夫球,他们唯一能用手拿的铁具,都装在兜里了。你就四处望望,假装是在欣赏风景。我来把他们引出来,注意他们手里的枪哦。准备好了吗?"

邦德依他所说照做了。司机突然脚踩油门,关掉电门,排气管开到大约八十八毫米大小,后面冒出一股白烟。邦德看到有两个人把右手伸进明亮色的运动外套里。邦德随意地转头向后看,"你说对了,"他说。过了一会儿,他又说,"库厄,让我下车吧,我不想拖累你。"

"放屁!"司机厌弃地说道,"他们不能把我怎么样。车子要是有什么损坏,就都算你的。我来甩掉他们,行吗?"

邦德从钱包里拿出一张一千元钞票,凑过来,塞进司机的衬衣口袋里,"事后再给你一千,"他说,"谢谢你,库厄。那看看你到底有什么能耐。"

邦德从枪套里掏出贝瑞塔手枪,握在手里。心里暗想,等得就是这一时刻。

"好!伙计,"司机振奋地说道,"我一直在寻找机会,好好教训一下这帮龟孙子。我最讨厌被人胁迫,他们已经逼迫我和我的朋友们很久了。抓紧了!出发!"

前面是一段宽敞平坦的大道,没有太多车流。已是日落时分,远处的山脚被晚霞映成橘黄色。暮色笼罩下,才十五分钟,马路上的光线开始变得越来越弱。此时,司机们拿不定主意,要不要打开车灯。

他们以时速四十英里的车速,稳稳地向前行驶。矮小的美洲虎紧跟着其后,黑色雪佛兰在他们前面行驶。突然,邦德的身体向前猛地甩了一下,司机将刹车拉到底,把车突然停下来,在干燥的路面上,能听到车轮打滑的咪咪声,后面的美洲虎撞到了车后面的护泥板上面,接着,便听到金属和玻璃撞碎的掉落声。刹车仍然没有被松开,一个趔趄之后,司机突然松开刹车,摇掉撞碎的铁片,摆脱后面被撞碎的水箱,抽身出来后,加速离开了。

"让他们好好尝尝被撞的滋味,"欧尼·库厄非常满意地说道,"他们现在情况怎么样?"

"水箱面罩撞破了,"邦德看着后车窗说,"两个前定风翼被撞扁了。护泥板撞得松松垮垮的,挡风玻璃看起来很花,估计是被撞破了。"天色太暗了,邦德看不到后面的车,所以转过头来,"他们下车了,在路边,把前定风翼从轮胎上取下来。但用不了多久,他们就能追赶上来了。不过,咱们这个头开得不错。你还有什么这样的绝技?"

"现在棘手啦,"司机咕哝道,"我们已经宣战了。注意了!把头最好低低一点。那辆雪弗兰就停在前面路边,他们说不定会开枪,冲吧!"

邦德感觉车子在向前疾驰。欧尼·库厄在前座,身体倾斜着,单手握着方向盘,眼睛注视着前方。

当他们急速地行驶超过那辆雪佛兰时,邦德听到了叮当声和两声剧烈的破裂声。接着,邦德看到周围溅起的一些玻璃碴。欧尼·库厄一边咒骂,一边突然转向,车子斜着打滑了一段路后,又继续向前行驶。

邦德跪在后座上面,用枪尾敲破后车窗。那辆雪弗兰正在追赶他们,车前灯特别亮眼。

Diamonds are Forever

"抓紧了,"库厄低声说道,语气有点奇怪。"马上要急转弯了,下一个街区好作掩护,我们就停下来。等他们全都围上来了,你就瞄准开枪。"

邦德打起精神做准备,便听到轮胎的爆破声,车子只能依靠两个轮胎向前趔趄前行,在右转弯时,停了下来。他下了车,举着手枪蹲伏在地上。雪弗兰的车灯照在了路边上,邦德听到一声轮胎尖叫声,这帮傻子把车停错边了。邦德心想:现在就开枪,趁他们还没转向之前。

噼啪——停了一会儿,噼啪、噼啪、噼啪,总共四发子弹,二十码之外,全都正中目标。

那辆雪弗兰没来得及转向,就驶向了公路另一边,和一棵树猛烈碰撞,弹开后又撞向一根灯杆,车子完全失控,最后,在公路那边翻车了。

邦德看着眼前的这一切,听到车翻转时撞裂的刺耳声。火焰开始从引擎盖慢慢溢出来,有人在乱刨车窗,想从里面爬出来。火随时都会烧到真空泵,点燃整个汽车底盘,最后蹿烧到油箱那里。到时候,里面的人就真没得救了。

邦德就要过公路了,突然听到一阵呻吟声,是从出租车前座传来的,他回头一看是欧尼·库厄,滑落在方向盘下面。邦德忘了那辆燃烧的汽车,赶紧打开出租车门,俯身看司机怎么样了。车里到处是血,司机的右胳膊被血浸透了。邦德使劲地拖他起来,让他坐在前座上。司机睁开眼睛,咬紧牙关地说道:"哎呀,兄弟,先生,你快坐到前座上,把车拼命向前开。一会儿,那辆美洲虎又得追杀我们了。然后,快带我去看医生吧。"

"库厄,好的,"邦德边说边挪到驾驶座上,"包在我身上。"然后,启动车,向前飞驶而去。离开旁边熊熊燃烧的废铁堆,里面的人都快被吓死了,还有周围的旁观者,只能用手捂着嘴,看熊熊燃烧的大火蔓延,却束手无策。

"快,继续往前开,"欧尼·库厄低声说道,"赶紧逃离这里,去顽石坝公路。你看看后视镜,有什么动静没有?"

"后面有一辆矮小汽车,亮着聚光灯,正在快速追赶我们,"邦德说道,"应该是那辆美洲虎,再差两个街区的距离,估计就能追上我们了。"邦德猛地一踩油门,出租车嘶嘶作响地穿过废弃的路边街道。

"再往前开,"欧尼·库厄说,"咱们得先找个地方藏起来,然后甩掉他们。这样吧,这里有一个露天汽车电影院,就在前面这条路的出口和95公路的汇合处。开慢点,马上就到了,向右急转弯。看到前面的那些灯了吗?赶紧开进去,熄掉前灯,好的,现在慢慢停下来。"

清晰的大屏幕前面停了很多车辆,总共排成了六排。出租车停在了这群车的后排。屏幕特别大,上面一个男人正在告诉一个女人一些事。

邦德转过身,看到排到车旁边的金属电线,像停车计时器一样井井有条。只需将电线插入汽车的扬声器里,即可听到上演电影里的声音。邦德看到,后面又来了一两辆车,排在了后排。但是,都没有比那辆美洲虎更矮小。天太黑了,根本看不清楚。邦德只好转过头坐在车里,眼睛盯着入口处。

一个女服务员走过来,长得非常漂亮,打扮得像一个男童,脖子上面挂着一个托盘,"每人收费一美元。"她说,边往车里面瞧,看里面是否还有第三个顾客。她的右胳膊上面有很多听筒,取下来一个插到最近的插孔里,接着将听筒的另一边递给了邦德。大银幕上,那个男人和那个女人开始热情地聊天了。

"要可口可乐、香烟,还有糖果吗?"那个女孩一边问,一边接过邦德给的钱。

"不用了,谢谢。"邦德说道。

"不客气。"那女孩说道,然后跑去招呼其他刚到的顾客了。

"先生,看在上帝的分上,您能把那狗屁东西关掉吗?"欧尼·厄尔咬着牙请求道,"继续监视,再等他们一会儿。然后带我去看医生,把这子弹头取出来。"他的声音特别虚弱,女服务员离开后,他头靠着车门半躺着。

"等不了多久的,库厄。坚持住。"邦德摆弄着那听筒,终于找到了开关,关掉了声音。大银幕上面,那个男的似乎要打那个女人,她正在张开嘴,看似要尖叫。

邦德转过头,仔细地扫了扫身后黑压压的一片,依然没有任何动静。他瞥了一眼旁边的车,有两个人贴在一起,后座上都挤得不成样了,前面两个人表情呆滞,聚精会神地凝视着大屏幕,手里还拿着酒瓶子。

邦德闻到了一股润肤膏的麝香味,突然,一个黑色身影从地上冒出来,拿枪顶着他。车的另一侧,有一个声音在库厄耳旁轻声说道:"好啦,伙计,放轻松点儿。"

邦德看着自己旁边的那张大肥脸,眼神里透露出阴笑。嘴唇湿答答的,在他耳旁细语道:"下车!臭英国佬,否则让你的伙计变成冷火鸡。老实点,我的枪有消音器,跟我们走一趟吧。"

邦德回头一看,一把枪顶在欧尼·库厄的脖子后面。于是,他下定了决心,"好啦,库厄,"他说道,"留一个总比两个都走要好。我跟他们去,会很快赶回来,带你去医院。你先保重。"

"这家伙真有趣,"大肥脸说道。他打开车门,一直用枪顶在邦德脸上。

"哥们儿,对不起,"欧尼·库厄有气无力地说道,"我想……"接着,便听到砰的一声,他们在库厄耳背后面开了一枪。他向前倒下去,再也没说出话来。

邦德恨得咬牙切齿,全身的肌肉都快要绷开了。他不知道自己能否够得着贝瑞塔。他瞥了一眼,目测了两把枪之间的距离,算了算有没有可能性。那两双眼睛也在狠巴巴地盯着那两把枪,想寻借口杀掉他。那两张嘴在阴笑,只要他敢动,就让他尝尝吃枪子的滋味。他觉得体内的血液冷却不动了。思考了一分钟,他举起双手,慢慢地下了车,牢牢地记住了凶手的模样。

"走,去大门,"大肥脸轻声命令道,"老实点,我在后面看着你。"他把枪收起来了,但是手一直揣在兜里。另一个人走过来,右手叉在裤腰带上面,站到了邦德的另一侧。

不一会儿,三个人迅速走到了出口。此时,月亮从高山那边露出脸来,白色的沙滩上面,可以看到他们长长的影子。

Diamonds are Forever

第十九章 幽灵城

那辆红色的美洲虎靠墙停在影院入口的外面。邦德被缴了枪，上车坐在了司机旁边。

"老实点，别耍小聪明，小心一枪崩了你的脑袋。"大肥脸边说边上车坐到后面的无篷座位上，旁边有好多高尔夫球杆。

"这辆小轿车真漂亮啊。"邦德说道。挡风玻璃被撞破了，现在是放平的，水箱那里有一片铭合金，像一面小锦旗插在两个无翼前胎之间。"我们这是要去哪里？"

"待会儿你就知道了。"司机说。这人骨瘦如柴，嘴巴鬓角看起来很残忍。他把车转向，开到了公路上，然后加速，原路返回城里。不一会儿，他们便看到琳琅满目的霓虹灯，美洲虎飞速穿过，驶入一条双车道公路。这条路就像一条丝带，绵延伸入洒满月光的沙漠里，前方即是群群高山。

邦德看到一个很大的路标指示牌,上面写着"95号公路",便想起了欧尼·库厄跟他讲的一切,现在,自己是在去幽灵城的路上。周围扬起许多的尘土,还有小飞虫。邦德蜷缩地护着眼睛,坐在前面,思考着下面会发生什么,如何为库厄报仇。

如此看来,这些人还有驾驶雪佛兰的那两个人,都是派来抓他去见斯潘的。可是,为什么必须派四个人呢?莫非,这是听说了他在赌场上的全胜表现后,觉得邦德很厉害?

车子沿着直线向前疾驶,路特别平坦,速度计上面的指针在八十英里左右摆动,一路上,两旁有很多电线杆。

忽然间,邦德觉得自己心里没底。

难道他已经完全暴露,成为斯潘黑帮的敌人了吗?关于轮盘赌,他可以为自己辩解,就说自己没有理解他的命令。现在自己惹麻烦了,有四个人来抓他,至少他可以假装以为是黑帮敌人在跟踪他,"你若想见我,为何不打电话到酒店呢?"邦德可以听到自己委屈的声音。

最起码,他已经向斯潘先生证明,自己是一条壮汉,可以胜任任何工作。邦德安慰着自己,无论如何,现在开始是要完成最主要的任务——潜入走私集团的内部。无论如何都要找到塞拉菲莫·斯潘,跟他伦敦的弟弟之间的所有联系。

邦德蜷伏地盯着前面的发光刻度盘,全神贯注地想着即将到来的审问。他不知道可以从中猎取多少关于走私集团内部的有用佐证。过了一会儿,他又想起欧尼·库厄,还有怎么替他报仇。

依他的性格,一旦这两个目标全都完成,他才不担心自己到时如何脱身呢。他并不担心自己的安危,对这些人也无任何敬意,仅有的就是蔑视和厌恶。

一路上,邦德一直在脑中演练,待会如何跟斯潘先生交谈。车子已经行驶了两个小时,邦德觉得车子在慢慢地减速。他抬起头,不再看仪器表,车子正在驶向一段很高的铁丝栅栏,前面有一个大门,上面写着一个很大的提示语。借着车上的反光灯,邦德看到上面写着:幽灵城,城市的边缘,闲人免进,谨防恶狗。司机把车子开到标牌下面,旁边水泥坪上有一个铁门哨所。铁柱子上面有一个门铃按钮,还有一个铁丝格子,上面写着红色的大字:请按门铃,道明来意。

大胡子司机没有下车,直接伸手去按下按钮。过了一会儿,里面有一个金属般的声音问道:"什么事?"

"是弗拉索和麦戈尼格尔。"司机大声回答道。

"好的。"那人说道。一声剧烈的咔嗒声,铁丝门就慢慢地打开了。车子开了进去,前面是一条脏乱的小道,上面有一条铁带。邦德回头看看,后面的大门关上了。他还注意到,麦戈尼格尔的脸上,沾满了灰尘和飞虫的血迹。

车子在小路上行驶了大概一英里,周围更是惨不忍睹,那是一片多石碎砾的荒漠。一路上偶尔才会看到一丛貌似在招手的仙人掌,再无其他植物。不久,前面便看到一丝亮光,他们绕山脊而上,又顺势下山,最后来到一个散落的建筑群前。这里,大约有二十座建筑物,周围灯火通明。远处,有一条单轨火车道,明亮的月光洒在上面,笔直地延伸到遥远的天边。

他们把车停在了灰色的隔板房中间,周围有好多店铺,上面标着"药店""理发店""普朗特尔斯银行",还有"富国银行"。嘶嘶作响的煤气灯光下,有一座两层楼的房子,房子的上方挂了一块金字招牌,上面的字句已经有些褪色,上方写着"粉色嘉德音乐沙龙",下方是"供应啤酒和葡萄酒"。

这个沙龙的前面是一扇老式回转门,里面射出一道道黄光,照亮了整个街道,也照亮了路边停放的一款 1920 年产的亮银黑色斯图兹勇士车。旁边的一家酒吧里传来蹩脚的钢琴声,演奏着像《不知谁在吻你》的通俗歌曲,一听便觉很低俗。邦德脑中浮现出西部电影片里的场景:满是锯末屑的舞厅,里面供应着烈酒,还有穿着宽松的麻纱袜、大腿外露的姑娘们。

"下车,臭英国佬。"司机说道。三个人特别僵硬地下了车,邦德弯下身,一边按摩已经坐得发麻的一条腿,一边窥视着那两个人的脚。

"快点,胆小鬼。"麦戈尼格尔嚷道,用手里紧握着的枪,推了他一下。邦德一边慢慢直起身子,一边目测二人脚的尺寸,然后一瘸一拐地跟着他们来到酒吧门前。当门往他这边回转时,邦德停了一下,感觉到弗拉索在后面拿枪戳着他。

就是现在!邦德直起身子,迅速地跳跃穿过还在回转的门。麦戈尼格尔背对着他,站在他眼前,里面是一间灯光明亮的酒吧间,摆着一架正在弹奏的自动钢琴。

邦德迅速地出击,两手抓住麦戈尼格尔的胳膊肘,把他用力举起,甩到回转门里面。弗拉索已经过了一半门,结果他和麦戈尼格尔撞在了一起。整个隔板房在两人碰撞的那一刹那间，左右摇晃。弗拉索先是倒在了门口，随后又滚撞到了人行道上。

麦戈尼格尔被门又弹了回来，七倒八歪地看着邦德，他慢慢地举起手中的枪。邦德迅捷地用左手擒住他的胳膊，同时张开右手狠狠地朝枪猛拍。麦戈尼格尔向后蹲坐，甩到了门侧上，咔嗒一声响，枪掉在了地上。

透过回转门的玻璃，邦德看清了弗拉索手里的左轮枪，像一条势在必得的长蛇，吐出蓝黄色的舌头，正在朝邦德迂回爬来。整个搏斗让邦德全身血液沸腾，他扑倒在地，去缴麦戈尼格尔脚边的那把枪。够到枪后，邦德趴在地上，朝上迅速连放两枪。这时，麦戈尼格尔用脚连踩邦德开枪的那只手，转身骑在了他背上。邦德彻底地趴倒了，他瞥见弗拉索朝着天花板一直射击，形成了一道弹药弧线。接着，他便听到弗拉索又滚撞到外面路上了，不过，这次他是彻底地死翘翘了。

随后，麦戈尼格尔抓住他，邦德低头跪在地上，以防伤到眼睛。那把枪还在地上，就看谁先够得着了。

两个人像动物一样，沉默了几秒。突然，邦德单腿跪起，用力挣脱双肩，向上奋力甩动。他一眼瞥见麦戈尼格尔的脸，便把他从后背甩了下来，然后赶紧双腿跪起下蹲。然而此时，麦戈尼格尔用膝盖狠狠地墩了邦德的下巴，邦德被打翻在地，牙齿咯噔一声，整个头骨都要被震散架了。

邦德还没来得及清醒头脑，那恶棍大哼一声，低头过来，胡乱挥舞双拳，殴打邦德。

邦德扭转了一下身子,以防伤到肚子。恶棍用头撞打邦德的肋骨,双拳狠狠地打到他的身上。

邦德顶着疼痛,用嘴轻轻地呼吸,双眼一直盯着眼前的麦戈尼格尔的脑袋。突然,邦德纵身一扭,从麦戈尼格尔手里挣脱出双肩,然后,左手狠狠地扇了过去。此时,恶棍的头又撞过来了,邦德狠狠地用右拳猛击他的下巴,然后用力地甩开了他。

重重的两击之后,麦戈尼格尔站直了身子,但又摇摇晃晃地退了回去。邦德却像一只黑豹一般,扑到他的身上,一边把他一直往后挤,一边双拳不停地暴打他,直到他瘫到地上。邦德一手抓住他的一只乱挥舞的手腕,一手抓住他的一只脚踝,拖着他,使尽全身力气,抡一个很大的圈,最后攒足了劲,狠狠地把那恶棍扔到了一边。

砰的一声,那恶棍朝架自动钢琴飞砸了过去,便听到一阵噼里啪啦的金属爆破声、琴身散架的木头咔嚓声,最后整架钢琴彻底被砸翻了,麦戈尼格尔四肢展开,重重地摔在了地上。

邦德站在屋中央,听着渐渐变弱的砸破声,双腿不停地打战,他感到筋疲力尽。站着喘息了一会儿,他慢慢地用瘀紫的一只手,捋了一下湿淋淋的头发。

"停。"

这时,一个女孩的声音从酒吧那边传来。

邦德晃动了一下,慢慢地转过身去。

大厅里面已经进来了四个人,他们背靠用桃花心木和黄铜做成的吧台,站在那里。后面是一排排耀眼的酒瓶,跟天花板都快碰着了。邦德完全不知道他们来这里多久了。

站在其他三个人前面的那人,便是幽灵城的城主。他的着装雍华亮丽,趾高气扬地站在那儿,一动也不动。

从服装到擦得锃亮的黑色皮靴,斯潘先生一身西部打扮,鞋上面还有长长的银色靴刺。衣服还有宽松的皮护腿套裤,全都是黑色的,只用银色来做点缀。大腿上面各有一个枪套,里面各有一支长左轮手枪凸出来。他那两只大肥手稳稳地放在象牙色的枪尾上,黑色的皮腰带上面挂着一串弹药。

斯潘先生看起来很滑稽,但并非如此。他的那颗大头微微前倾,眼睛眯成一条细缝,眼神冷漠凶猛。

斯潘右边站的是蒂芙妮·凯丝,她的双手背放在屁股上面。她也是一身白色和金色混搭成的西部打扮,特别像《飞燕金枪》里的一个角色。她站在那里,注视着邦德。她的眼神闪闪发亮,大红色的嘴唇微微张开,像是被人吻过一样,气喘吁吁的。

四人组的另外两个人,就是上次在萨拉托加戴头套的那两人。每人手里拿着三十八口径枪,对准邦德上下起伏的肚子。

邦德慢慢地拿出手绢,擦了擦脸,觉得头晕目眩。大厅里灯光闪亮,四周装修成了金铜色,还有广告宣传单上的各种啤酒和威士忌酒。霎时间,这一切让人突觉毛骨悚然。

斯潘先生的一句话打破了沉默,"把他带走。"他的下巴看起来凶神恶煞,一字一句却说得非常清楚响亮,如同在将一块肉细心切成薄片一样,"派人去给底特律那边打电话,交代他们,这人有一两下子。让他们多派两个人过来,一定要比之前那批人还强。找人把这烂摊子收拾掉,明白了吗?"

斯潘先生离开了大厅,走时能听到靴刺碰到木地板的叮当声。他看了邦德最后一眼,那眼神不单单是在警告邦德,还藏着其他信息。女孩跟在他后面。

剩下两个人走到邦德这边,壮实的那个说"听到了吧"。邦德慢慢地跟在女孩后面,另两个人并排走在他后面。

酒吧后面有一扇门。邦德进去之后,发现是火车候车室。里面有长凳,各种关于火车的旧启示,还有警示语,比如严禁吐痰等。"向右走。"其中一个人呵斥道。邦德穿过一扇老式回转门,走到木站台上面。

邦德停站在那儿,吃惊地看着眼前的一切,甚至忘了有人拿枪顶在自己的肋骨处。

这是世界上最漂亮的一列火车呀。机头是1870年的老款"高地灯"火车头,邦德曾经听说,这款火车是有史以来最美观的蒸汽机火车。黄铜色的扶手特别光滑,月台上面有沟纹,挂着一个巨大的警铃,下面是长长闪亮的锅炉桶。在车站,在微微的煤气灯光下面,全都闪闪发亮。火车火炉里烧的是木头,高高耸起的气烟囱里,冒出一缕缕的蒸汽。清扫排障器特别庞大,顶部有三个黄铜灯——烟囱底部有一个导向射束,向外高高凸起,下面还有两个防风灯。在两个大驱动轮下面,写着几个大字"炮弹飞车",是早期维多利亚时代的金黄色,字迹特别精美。煤水车外面是黑金色的,里面堆满了桦木,在其侧面也可以看到这几个字。煤水车前面是驾驶室,外形高大呈方形。

煤水车后面连接的是栗色卧铺车厢。窗户镶板比较狭窄,是桃花木制,上面是点缀成奶油色的拱窗。中间有一块椭圆匾额,上面写着"塞拉美人"。窗户上端是深蓝色的筒形屋顶,向上高高凸起,上面写着几个奶油色大字"托诺帕和泰德沃特"。

"英国佬,以前从没见过吧,"其中一个守卫很自豪地说道,"走吧。"由于他戴着黑丝头套,声音有点含混不清。

邦德慢慢地走过去,站到黄铜色的铁路观察台上,中间便可看到司闸员的操作盘。邦德生平第一次享受到了百万富翁的待遇。这也是邦德第一次觉得,这位斯潘先生绝没有想象中的那么好对付。

卧铺车厢里是奢华的维多利亚时代装饰,四处金碧辉煌。顶部挂着小型水晶吊灯,灯光铺洒在精美的桃花木车厢里,所有的银具、雕花玻璃花瓶,还有灯台变得晶莹剔透,亮光闪烁。下面是酒红色的地毯和窗帘帷幕,上面是奶油色的穹顶天花板,形似百叶窗上的板条。天花板上面有许多椭圆形框画,里面有天使头戴花环;蓝天白云下面,百花争艳。

进去之后,首先呈现在眼前的是一间小小的餐厅,餐桌上面还摆着两个人享用剩下的晚餐,有一篮子水果和一瓶打开的香槟酒。接着便是一条狭窄的过道,通向三扇房门。邦德心想,那该是卧室和厕所了。邦德一边思考这种布局,一边被打手押着,进了特等舱。

就在头等舱的尽头,有一个小壁炉,两侧是书架,上面摆满了黄金镶边的皮革封面书,远看着金光闪烁。斯潘先生背对着壁炉,便站在那里。车厢中央摆着一张小书桌,旁边有一把红皮扶手椅,蒂芙妮·凯丝直挺挺地坐在上面。邦德根本没有在意她拿烟的样子,只觉得她很紧张,在故作安然,像是被吓坏了。

邦德向前往车厢里走了几步,找了把椅子坐下,然后转身面对他们,跷着二郎腿坐了下来。他掏出烟盒,从里面抽了一根点着,美美地深吸了一口,然后再惬意地、轻松地吐出一大口烟。

斯潘先生嘴中央,一直叼着一根没点着的烟。他取出烟吩咐道:"温特,基德,你俩在那儿候着,听我命令行事。"下命令的时候,他就像是在咀嚼一根芹菜,然后再狠狠地吐到地上。"现在,该你了,"他满眼怒火看着邦德,"你到底是谁?你想干什么?"

"既然我们要进行谈话,我想喝一杯酒。"邦德说道。

斯潘先生冷冷地看着他:"去,温特,给他拿杯酒来。"

邦德稍微侧转了一下,"要溪水兑成的波本威士忌,"他说道,"水酒各一半哈。"

那人很生气地"哼"了一声,从车厢里出去了,邦德听到地板发出的咯吱咯吱的响声。

邦德不大乐意回答斯潘的问题。他在脑袋里梳理了一下自己要编的故事,听起来蛮像那么回事。他一边坐着吸烟,一边看着斯潘先生,好好地琢磨他。

护卫拿来了酒,狠狠地塞到邦德的手里,有些洒到了地板上面。"谢谢你,温特。"邦德说道。他先喝了一大口,酒性很烈也很好喝,又接着喝了一口,然后把酒杯放在旁边的地板上。

他又抬起头,看了看那张紧张、冷酷无情的脸,"我不喜欢别人胁迫我,"他轻松自在地说道,"事做完了,钱也拿到了。去赌博,那是我自己的事。因为我没输钱,你的手下就开始找我茬,真是忍无可忍了。你若想和我交谈,为什么不直接打电话呢?派人跟踪真是太不光明正大了。他们一旦毛了,就开枪打人,我再不开枪岂不是等死呀?"

斯潘背靠泛着金光的书架,苍白的脸被气得发黑,却毫无退让之意。"兄弟,你这是搞错了吧,"斯潘先生轻轻说道,"告诉你最新消息吧,昨天收到了伦敦来的加密信件。"他从黑色西部衬衫的胸前口袋里,一边看着邦德的眼睛,一边轻轻掏出一张信纸。

邦德知道这肯定是坏消息,绝对是坏消息,他现在的感觉就和平常打开电报看到"深表遗憾"几个字时的感觉一样,估计事情不妙。

"这是我伦敦的一位朋友寄来的,"斯潘先生说道,然后慢慢把视线从邦德转向那张信纸上面。"上面写着'据可靠消息,皮特·弗兰肯斯被警察给抓住了,具体罪项不明。你们要不惜一切代价,抓住那个冒牌的送货人。倘若买卖出现任何危险,马上除掉他,并快电来报。'"

车厢里突然一片寂静。斯潘先生慢慢抬起头,急眼地看着邦德,像在说"好啦,某某先生,看来你今年流年不顺,要倒大霉了"。

邦德知道早晚得面对这个,他脑子里一边梳理刚刚得到的消息,想接下来该怎么应付。同时,他发现已经得到了追踪已久的答案,也是来美国想要揭开的谜底。斯潘兄弟就是整个运线的源头和结尾。既然他已经知道了,交给他的任务也就算是完成了。但是,无论如何,他都得尽快把真相传达给 M。

邦德又端起地上的酒,美美地喝了最后一大口,空酒杯里的冰块咣当作响。然后他放下酒杯,抬头看着斯潘先生。"我是从皮特·弗兰肯斯手里把活接过来的,他不喜欢干这个了,而我当时急需用钱。"

"少给我来这套,"斯潘先生直接说道,"你要不是警察,要不就是私家侦探这类货色。我会查出你到底是谁,替谁办事,还有,你和那个狡诈的骑马师,一起在高级浴所干什么勾当;你为什么随身携枪,在哪儿学会打枪的;为什么会跟私家侦探搅到一起去,就是那个冒牌的出租车司机。种种这些,我都会查清楚。你的所作所为,就是一个十足的侦探,"突然,他转过身,火冒三丈地对着蒂芙妮·凯丝嚷道,"我真是想不通,你居然会看上他,你这个蠢贱人。"

"你简直是放屁,"蒂芙妮·凯丝突然发怒道,"人是 ABC 交给我的,而且都经他同意。你觉得,我应该让 ABC 再去重新找一个人,对吧。可是,大哥,轮不到我来说呀。我清楚自己在这里是什么位置。还有,别以为你可以一直欺负我。你怎么知道他说的不是实话。"她很生气地扫了一眼邦德,邦德从中看到了害怕和恐惧。

"行嘛,都会一一查出来的,"斯潘先生说道,"我会让他跪地求饶,再彻底地断气。看看他到底有什么能耐,"他抬头,看了看后面的打手,"温特,叫上基德,去把皮靴拿回来。"

皮靴?

邦德静静地坐着,一边恢复体力,一边鼓足勇气。无论是和斯潘瞎狡辩,还是尝试逃往沙漠五十英里以外的地方,都是浪费时间,白折腾!他已经摆脱了最险的困境,只要他们不杀他,还有他不泄露任何机密。他曾获得欧尼·库厄和菲利克斯·莱特的帮助,或许现在身边的蒂芙妮·凯丝会助自己一臂之力。他抬头看了看她。此时,她低着头,专心地看自己的指甲。

邦德听到那两个打手又回来了。

"把他带到站台上去,"斯潘先生说道。邦德看到他吐了一下舌尖,轻轻地碰了碰嘴皮,"布鲁克林的规矩,整个八成,怎么样?"

"是,老板。"这是温特的声音,听起来很贪婪。

上来了两个戴头套的人,肩并肩地坐在一张深红色的躺椅上面。这张椅子一直延伸到邦德对面的车厢里。他们将两双足球靴放在厚厚的地毯上面,接着便开始解鞋带。

第二十章　起大火了

邦德在蒙眬中觉得有一件黑色的潜水服紧紧地裹在身上,浑身上下都很疼。真是见鬼啦!海军部在制作潜水服时,为何不按照他的尺寸做呀?海底一片漆黑,水流冲击又很强,随时都能把他冲撞到珊瑚礁上。所以,他必须奋力向前游,才能躲开这些暗礁。但是,这时有什么东西抓住了自己的胳膊。啊呀,到底是什么呢……

"詹姆斯,天啊,快醒醒,詹姆斯。"凯丝从他耳朵边挪开,然后使劲掐着邦德裸露的胳膊,胳膊上染满了血。终于,邦德睁开了眼睛。原来,他躺在木地板上,全身都在发抖,他抬头看了看她,微微地叹了一声气。

她使劲地拉拽着他,怕他再从自己手里滑下跌倒。邦德似乎明白了她的意思,他翻过身,努力用手和膝盖支撑自己。他的头一直耷拉着,就像一只伤得很重的动物。

Diamonds are Forever

"你可以走动吗?"

"等一等。"他的嘴唇破裂了,说话的声音低沉沙哑,自己听着都觉得陌生。她也可能没听懂。"等一等。"他又说了一遍。他检查了全身上下,看是不是缺胳膊少腿了。他的手和脚都有知觉,头也可以左右转动,能看得见洒在地上的月光,也能听得到她说话。一切都还好,但他就是不想再挪动了。他所有的意志力都消失不见了,现在就想睡一觉,甚至就想这样死去,只要能够减轻他全身上下、里里外外的疼痛——刀刺之痛、乱拳捶打之痛、各种折磨之痛;只要让他不再想起,他们用双脚踩踏扎刺他的场景;还有忘掉那两个戴头套的人的号叫声。

但是,一想到那两个打手和斯潘,邦德全身又充满了斗志,他说道"好了"。接着又说了一遍"好了,没事"好让她明白他的意思。

"这里是候车室,"女孩悄悄地说道,"我们得去车站的尽头,出去后再左转。詹姆斯,你听到了吗?"她伸手擦了擦他额头上的汗,用手拨开他额头上湿答答粘在一起的头发。

"咱们得爬过去,"邦德说道,"我跟在你后面吧。"

女孩站起来,推开前面的门。邦德咬紧牙关,慢慢地爬到外面的站台上面,看到地上的黑色血迹,一股怒火和复仇的欲望涌上他的心头。他攒足了劲,笨手笨脚地站起来。头上鲜血淋漓,邦德摇了摇头,让血不再往下滴。蒂芙妮·凯丝在旁边搀扶着他,他一瘸一拐地沿着木板往前走,一不小心便滑倒在了铁轨旁边,周围亮光闪烁。

就在单线侧轨的旁边,停着一辆铁路压道车。

邦德停了下来,看着它,含含糊糊地问道:"有汽油吗?"

蒂芙妮·凯丝指着车站围墙下面的一排油桶,悄声说道:"给它加点油就可以了,他们用这个来巡线。我会开,那我先去扳岔道制动柄。快点,你赶紧上车,"她气喘吁吁地傻笑道,"下一站就是赖奥利特城。"

"天啦,你可是个女孩子呀,"邦德悄悄说,"待会儿,一旦启动,它肯定会有警铃声。等等,我有个好办法。有没有火柴?"邦德身上的疼痛已经减轻了一大半,呼吸也顺畅了许多。他转过身,注视着眼前的大木板房,四周一片悄然宁静,像一堆一点就燃的干柴火。

女孩下身穿着宽松长裤,上身穿一件衬衫。她从裤兜里掏出打火机,"你要干吗?"她问道,"我们得赶紧离开这里。"

这时,邦德踉踉跄跄地蹿到油桶那边,打开桶盖,把里面的油全都喷洒到木板墙上,还有站台上面。他倒光了大概六桶油后,回到她身边说道:"快发动引擎吧。"然后,他忍着疼痛,蹲了下来,从车轨旁边捡起一张烂报纸。随着一声启动器的隆隆声,小小的二冲程发动机启动了,压道车开始急急忙忙地捶打转动起来。

邦德打燃打火机,点燃报纸,赶紧扔到那边的油桶中间。火焰噗的一下爆开了,差点喷到邦德身上,连自己也被烧着了,他赶紧纵身扑到了车上面。女孩踩紧离合器,压道车急速向前驶去。

车子一路咔嗒咔嗒地响,摇摇晃晃地让人恶心想吐。不一会儿他们便上了主线,速度计左右摇晃,上面显示是三十英里。邦德趴在后面,女孩的头发就像一面金黄的旗帜向后飘扬。

邦德回头一看,后面熊熊燃烧的大火,几乎可以听到干木板燃烧的咔嚓声,还有睡觉的人从房间里冲出来,声嘶力竭的尖叫声。但愿能烧死温特、基德,还有卧铺车厢里的奶油画,最好将"炮弹飞车"上煤水车里的木头全部点燃,干掉这帮混蛋所有的玩意儿!

现在,他和凯斯也陷入了困境。几点了?邦德深深地吸了一口夜晚的凉气,清醒一下脑袋,下一步怎么办?月亮低挂在空中,难道已经凌晨四点了吗?邦德忍着疼痛,慢悠悠地从车台挪到前面的两个靠背座椅后面,翻过身去,坐到女孩的旁边。

他用一只胳膊搂住她的肩膀,女孩转头冲他笑了笑。她提高嗓门淹过了发动机的嘈杂声和铁轮子在车轨上面的捶打声,"这逃离真是太精彩了,简直就跟巴斯特·基顿电影里拍的一样。你还好吧?"她看着那张伤痕累累的脸庞,"你看起来很可怕。"

"还好,骨头没事,"邦德说道,"估计这就是所谓的八成效果吧。"邦德忍着疼痛咧嘴笑道,"挨打总比挨枪子好吧。"

女孩仍心有余悸,"我必须得坐在那里,装作什么都不在乎。斯潘留下来一直监视我。他们两个人把你打累了,就出去找绳子,把你捆绑在了候车室里。然后,大家高高兴兴地回去睡觉了。我在房间里等了一个小时后,才开始忙活起来,最麻烦的就是怎么把你叫醒。"

邦德搂紧了她,"以后,你会明白我对你的一片心的。但是,蒂芙妮,你呢?他们一旦追上我们,那你可就惨啦。那两个戴头套的人谁,是温特和基德吗?他们接下来会怎么处理?要是再看到他们,绝对不会客气。"

女孩侧视邦德,看着他青肿发紫、上卷得厉害的嘴唇,"从来没见过他们不戴头套的样子,"她如实说道,"据说是底特律那边派来的,全都是狠角色,专干各种暴力活,还有卧底的勾当。到时,他们都会来追杀我们,不过你不用担心我。"她又抬头看他,眼睛闪闪发亮,眼神里透着幸福快乐,"当务之急,就是赶紧去赖奥利特城,扔掉这破东西,咱们再找一辆好车,然后去加州。我身上带了很多钱,到时先带你去看医生,然后洗一洗澡,再换件新衬衫。对了,你的枪在我手上。你在酒吧跟那两个人搏斗完后,他们忙去收拾那两人的物件,捡到了这把枪,等斯潘回去睡觉后,我就偷偷地拿出来了。"她边说边解开衬衫下面的扣子,把手伸进裤腰带里。

邦德拿着贝瑞塔,上面有她的体温。他卸下弹匣,里面还剩三发子弹了,一发已经上了膛。邦德重新填满弹匣,为了安全起见,他把枪别到了裤腰上面。这时,他才发现自己的外套不见了,衬衫的一只袖子被撕烂耷拉下来,他直接撕下来扔掉了。他摸摸右边的裤子口袋,里面的烟盒也不见了。但是,左边口袋里的护照和钱包都还在。他掏出钱包和护照,借着月光,看到它们都被踩皱压破。他摸摸钱包里的钱,也都还在,然后,又把它们装进了兜里。

这一路,他们开了很久,夜空下面的一切若隐若现,周围一片死寂,只能听到发动机的咕噜咕噜声,还有车轮的咔嗒咔嗒声。他们只能看到前方狭窄的银色铁轨一直绵延辗转到天边,中间偶然看到一个扳道杠杆,还有一条岔线,弯弯曲曲地伸入到右边的幽灵山,山里是漆黑一片。左边便是一望无际的沙漠,黎明的曙光照在盘绕成丛的仙人掌上面,把它们染成了蓝色。两英里开外,青铜色的月亮微光洒在95号公路上面。

压道车沿着铁路线快速前进。车子配置很简单,只有一个刹车操纵杆,还有一个手握制动杆,上面有一个转把式加速器。女孩让车子火力全开,以三十英里的时速向前行驶。时间在一分一秒地过去,他们也越走越远,邦德忍着疼痛在座位上回头,看着身后漫天铺开的红光。

他们已经行驶了快一个小时,突然不知从天空中,还是从铁轨上面,传来一声低沉的嗡嗡声。邦德顿时僵住了,又回头向后看。刚刚难道是萤火虫在闪光,还是因鬼城起大火,而造成一片赤色黎明的假象呢?

邦德头皮感到一阵刺痛,"你刚刚有没有在后面看到什么?"

她往后看了一眼,一声不吭地放慢引擎,然后靠边悄悄地停了下来。

两个人都仔细地听了听那嗡嗡声。对,就是铁轨上的声音,是一种微微的颤抖声,比远处的叹息声都小。

"是'炮弹火车',"蒂芙妮直接说道,然后,她猛地扭转加速器,手摇车又开始向前极速前进。

"'炮弹飞车'一小时最多能跑多少英里?"邦德问道。

"大约六十英里。"

"离赖奥利特城还有多远?"

"还差三十英里了。"

邦德自己默默地估算了一下数字。现在,算是死里逃生了,但不确定火车到底离他们有多远。"你还能从中判断出什么信息吗?"

"再也没有了,"她很冷酷地说道,"虽然我的真名叫凯西·琼斯,而不是凯丝。"

"我们会没事的,"邦德说道,"你继续向前开。说不定火车待会就爆炸了,或发生别的什么灾难。"

"对呀,就是,"她说道,"说不定弹簧突然松开,他又忘了拿发动机的钥匙,扔在家里的裤兜里了。"

两人又一路沉默,压道车向前继续行驶了十五分钟。这时,透过漆黑的夜空,邦德清清楚楚地看到了火车的信号灯,就在后面不足五英里处。火车上面一直在疯狂洒水,烟囱顶部火花四处乱蹿。邦德感觉整个铁轨都在颤抖。刚刚远处的叹息,实则是预示危险来临的低沉嘈杂声。

邦德心想,说不定一会儿它就没有木头再烧了。然后,一时冲动,他对女孩随口说道,"咱们的油足够用吧?"

"哦,肯定呀,"蒂芙妮说道,"我加了满满一桶。虽没有指示器可以看得到,但是只要加一加仑油,这种车就能永远跑下去。"

她话音刚落,像是要做一番评头论足,发动机突然发出了不以为然的咳嗽声,喀喀,喀喀……喀喀。接着继续轻快地向前跑了。

"天啦,"蒂芙妮说道,"你听到了吗?"

邦德没有作声,只觉手心捏一把汗。

接着又是,喀喀,喀喀……喀喀。

蒂芙妮小心翼翼地安抚了一下加速器。

"哦,我亲爱的发动机,"她哀怨地说道,"我漂亮,又聪明的发动机呀,你就行行好吧。"

喀喀……喀喀,喀喀……喀喀,嘶嘶,喀喀,嘶嘶……突然间,车子开始向前空挡滑行了一会儿。速度计上面时速先是二十五,后接着是二十…十五…十…五。蒂芙妮特别狂怒地扭转了一下加速器,踩了一下发动机罩,车子便停下来了。

"呃……"邦德说了一声,然后强忍着疼痛下车,站到轨道边上,再一瘸一拐地去看车尾的油箱。他从裤兜里拿出沾满了血污的手绢,然后,打开油箱盖,把手绢一直伸到箱底部,再抽出来,拿着摸了摸,闻了闻。

"就这样吧,"他对女孩说道,"我们现在就仔细合计合计。"他看了一下四周,左边根本没有可藏身之地,离公路还差两英里了。右边是山,离这有四分之一英里的距离。他们去哪里躲起来,要藏多久呢?不过,这是最好的选择了。邦德感到脚下一直在晃动,他不安地看向后面的铁路。火车离这还有多远呢?两英里?斯潘会不会马上就能看到手摇车呢?他会停下来吗?还是火车已经跑出轨了?突然,邦德想到排障器是凸出来的,它可以完全不费吹灰之力,把车像一根草一样清扫掉。

"快来,蒂芙妮,"他喊道,"我们得进山里去。"

她人去哪儿了?邦德一瘸一拐地在车的周围找她。这时,只见她从铁路前方跑过来,气喘吁吁地说:"前面就有一条岔线,我们把车推到那里,然后你去弄转辙器,这样咱们就能甩掉他们了。"

"天……啦,"邦德慢慢说道,对蒂芙妮充满了敬畏,"还有比这更好的办法,过来帮帮我。"他咬紧牙关,忍着疼痛弯下腰开始推车。

车子一旦推动了,便可以很轻松地向前滚动了。他们只需在后面倚着,让它一直往前动就行了。他们把车推到了扳道杠杆的位置,但是,邦德还要继续往前推,一直推了有二十码的距离。

"你在搞什么鬼呀?"蒂芙妮气喘吁吁地说道。

"快点吧,"邦德说道,一边跟跟跄跄地跑到铁轨那边,旁边是扳道杠杆,有些生锈了。"我们得把'炮弹火车'引到岔线上面去。"

"哦,天啦!"蒂芙妮·凯丝诧异敬佩地说道。两个人站在扳道杠杆上面,邦德使劲向上抬的时候,全身上下青肿的肌肉,感觉都要爆裂掉了。

慢慢地,他们把那块锈铁从滑床板上挪开,它已经在那里有五十年时间没被动过了。就这样,一毫米接着一毫米,铁轨上面出现了一道裂缝。邦德拉紧了道岔拉杆,那里便成了一个很大的裂口。

做完这一切之后,邦德低着头跪到地上缓了缓,只觉头晕目眩,都快吞噬掉自己了。

突然,铁轨上面传来一道亮光,蒂芙妮·凯丝搀扶着他,跌跌撞撞地回到车上。此时,空中充满一片轰隆声,传来一连串低沉的警铃声,叮叮当当的。这头硕大无比、大火熊熊的铁兽,正朝他们咆哮飞奔而来。

"快下车,待着别动,"周围噪音很大,邦德使劲大喊道,一边把她猛推到了劣质的车篷后面。然后,他自己赶紧一瘸一拐地跑到轨道另一侧,手里拿着枪,特别像一位角斗士。邦德眯着眼睛看向后面,火车横冲直撞了过来,上面简直就是一个火山,满是火焰浓烟的旋涡。

天啦,这火车简直是魔鬼!它会驶到岔线上面去吗?会不会直接朝他们撞过来,把他们碾成肉酱呀?

它过来了。

砰!有什么东西砸了下来,邦德看到车厢里还有一个亮晃晃的东西。

嘣嘣嘣……又是一道闪光,随后铁轨上面被乱枪扫射,夜空下面一片"噼啪"声。

噼啪,噼啪,噼啪。枪声淹过了火车发动机的声音,突然耳边传来一阵特别刺耳的声音。

邦德没有开火,只剩下四发子弹了,关键时刻才能开枪。

此时,就在不足二十码距离处,火车极速穿过,轰隆隆地驶到了岔线上面,选择了旁边的侧轨。此时,车身突然猛地一倾斜,上面的劈柴朝邦德方向统统散落了下来。

火车的驱动轮有六英尺高,轮缘狠狠地栽进裂口,变弯曲了,发出一阵刺耳的金属碰撞声。这一切都深深地印在了邦德的脑海里。他看了一眼车厢,瞥见了斯潘黑色的身影,像老鹰一样四肢张开,得意扬扬地一手抓住车厢里的栏杆,另一只手紧紧地握住油门杆的长铁柄。

邦德对准车厢连射了四枪,刹那间,邦德看到那张苍白的脸,猛地一颤抖仰天顿住了。庞大无比的黑金色火车已经驶过,朝漆黑一片的幽灵山冲撞过去了。车头的大灯照亮了漆黑的夜空,自动警铃一直发出低沉的哀鸣声,叮咚、叮咚、叮咚、叮咚……

邦德把贝瑞塔别进裤子里,注视着前面的火车。对斯潘而言,它现在就是一口棺材。浓烟飘过他头顶,挡住了月光。

蒂芙妮·凯丝跑过来，他们肩并肩站在那里，一起注视着高高的烟囱上面着火的旗帜，仔细地倾听火车冲撞进山里传来的回声。火车突然转弯，女孩抓住邦德的胳膊，看着它消失在石脊后面。接着，便从山里可以听到遥远的碰撞声，"炮弹飞车"撞进狭窄的路口，驶进岩石地带，红红的火光照亮了所有的岩石峭壁。

突然，山里亮起熊熊大火，传来特别恐怖的金属坠毁声，如同一艘战舰撞到了礁石上面一般。接着是一阵低沉的哀鸣声，像是从他们脚下传来的。终于，从远处传来一阵震动天地的爆炸声，接着是一连串各种各样的混杂回声。

不一会儿，所有噪音渐渐消失了，大地夜空又恢复了平静。

邦德如梦初醒一般，深深地叹了一口气。斯潘兄弟中的一个就这样完蛋了，一位斯潘氏黑帮老大就这样戏剧性地死了，摊得个如此残忍的下场。他喜欢演戏，用道具来包装自己。无论如何，都不可否认，他曾经想杀死邦德。

"咱们快离开这儿吧，"蒂芙妮·凯丝催邦德，"真是受够这些了。"

邦德慢慢地放松下来，疼痛又席卷而来，"好的。"他简短地答道。想起火车向前冲撞时，漂亮的黑色车厢里，那张向上仰起的苍白脸庞，邦德很高兴地转过身，但觉得头晕目眩，不知道自己还能不能坚持得住，"我们得走到公路上面。那又是一段艰难的路程，快走吧。"

他们花了一个小时，走完了剩下的两英里路。一到那里，邦德便彻底瘫倒在了水泥公路旁边的土堆上，他已经神智昏迷了。一路上,女孩把他搀扶到公路边上。若是没有她,他肯定会在有仙人掌,岩石间,还有云母的地方,跌跌撞撞,蹒跚前行,直到他筋疲力尽,最后在炎炎赤日下面一命呜呼掉。

此时,她小心轻柔地抱着他的头,跟他细声细语地说话,一边用衬衫的衣角拭掉他脸上的汗珠。

她还时不时停下来,抬头看眼前笔直的混凝土路。此时已是清晨,天气炎热如一股热浪,地面上已经开始亮光闪耀了。

休息了一个小时后,她跳起来系紧衬衫,走到公路中央。前方雾霾缭绕遮住了视线,前方就是拉斯维加斯城。这时,过来了一辆矮小的黑色轿车。

轿车停在她眼前,里面有人探出头来。他长着一张鹰脸,淡黄色的头发乱蓬蓬的,看起来很脏。他用一双犀利的灰色眼睛扫视了一下她,又看了看路边土堆旁瘫倒的邦德,最后,目光又回到了她身上。

这人用得克萨斯口音慢吞吞地说道:"我是菲利克斯·莱特,小姐,来此听候您的差遣。在这个美丽宜人的早晨,我能为您做点什么吗?"

第二十一章　患难见真情

"进城之后,我马上就给欧尼·库厄打电话。他是我的朋友,邦德也认识他。库厄躺在医院里时,他老婆歇斯底里,不知所措。所以,我就直接往医院赶,听他说了事情的来龙去脉。我想邦德肯定急需援军,于是,我赶紧跳上我的黑母马,连夜开车赶了过来。快到幽灵城的时候,我看到天空中亮光闪烁。当时,我还猜想,斯潘先生这是在举办烧烤夜宴吧。看到栅栏门大张开着,我就决定进去蹭一顿晚宴。唉!不管你信不信,里面连个鬼影都没有。只看到地上有一个人,拖着条折断的腿,全身青一块紫一块的,看到我,便赶紧爬着,想逃走。欧尼·库厄告诉我说,是两个戴头套的年轻人把邦德带走的。看样子,他很可能就是其中一个,名叫弗拉索,来自底特律。那小子都那副德行了,就全都招了。我心里大概有数了,接下来得赶去赖奥利特城。我把那小子拖到了大门口,告诉他消防队马上就会赶到,然后就离开了。没过多久,就看到沙漠中央站着一个女孩,灰头土脸,像是从大炮里射出来一样。然后,我们就碰面了,现在,你来说说吧。"

邦德听完后,心想,原来我这不是在做梦呀。我现在躺在斯图迪拉克的后座上面,头枕着蒂芙妮的大腿。这是菲利克斯的跑车,我们正开车沿着公路,向安全地带飞驰而去。然后去看医生,洗个澡,好好地吃一顿,接下来就能美美地睡一大觉了。邦德动了一下身子,蒂芙妮一边抚摸他的头发,一边告诉他,这一切如他所愿,都是真的。邦德继续闭目养神,一句话也没说。就这样,邦德享受着每一分每一秒,静静地听他们说话,听窗外公路上啸啸的轮胎声。

听蒂芙妮讲完之后,菲利克斯·莱特很崇敬地吹了一声口哨,"我的妈呀,小姐,"他说道,"这次,你们俩是捅了斯潘兄弟这个大马蜂窝呀。天晓得接下来会发生什么呀?马蜂窝里面还有好多大黄蜂,他们可不光只是在马蜂窝旁嗡嗡叫嚷,肯定会展开行动进行报复的。"

"是呀,"蒂芙妮说,"斯潘是拉斯维加斯的黑帮头目之一,这帮混蛋经常在一起厮混,关系非常铁。还有沙迪·特里和那两个杀手,温特跟基德,我都没有见过他们的真实面目。所以,我们要尽快穿过州界,越快越好。你有什么想法?"

"目前,一切都没问题,"菲利克斯·莱特说道,"十分钟后,我们就到达比蒂镇,再花半小时,穿过58号公路。要开很长的一段路程,先横穿死亡谷,再越过高山,到达奥兰恰。那里便是6号公路,我们就可以停下来了。带邦德先去看医生,然后吃点东西,把自己收拾干净。接下来,就要一直在6号公路上面往前开,直到我们到达洛杉矶。这真是一段地狱般煎熬的车程。估计午饭时间,我们就会到达洛杉矶。好好休息一下,再看下一步怎么走。我想,当务之急是赶紧把你和邦德送出城。这帮混蛋肯定会想尽一切手段,使出浑身解数捉拿你们两个。一旦被发现,谁都救不了你们。所以,最好你俩今晚先连夜坐飞机去纽约,明天再启程去伦敦。到了伦敦之后,詹姆斯就能处理一切了。"

"你说得有道理,"女孩说道,"但是话又说回来,邦德到底是谁呀?他是干什么的?是不是间谍?"

"小姐,你还是自己问他吧,"邦德听到莱特很谨慎地说,"不过,有一点你可以放心,就是他绝对会好好照顾你的。"

邦德心里暗自发笑。接下来,车里一片沉静,邦德昏昏沉沉地睡了过去。他们已经行驶完了大半个加州,车子在一扇白色小门前面停了下来,上面写着"奥蒂斯医师诊所"。

医生给邦德涂上红药水,再用胶带把他的胳膊缠好。然后,邦德去洗了澡,把胡子刮干净,最后,美美地吃了一顿早餐。他们回到车上,重新回到这个现实世界中来。蒂芙妮·凯丝又恢复了她原先对邦德的态度,冷嘲热讽,孤傲强硬。莱特一直以八十码的时速向前开车,邦德只好帮忙留意超速警察。公路前面一望无际,一直慢慢延伸到远处的云雾线,让人眼花缭乱,云雾后面便是高高的西亚拉山。

他们一直沿着日落大道向前行驶,道路两旁是茂密的棕树林和翠绿的草坪。在来来往往的车辆中,有许多辆闪闪发亮的雪佛兰还有美洲虎,斯图迪拉克车身满是尘土,夹在中间,显得格格不入。傍晚时分,他们终于在贝弗利山酒店的酒吧落脚了,里面光线较暗但极其凉快。大厅里面有很多好莱坞的演员们和各种装扮的人。邦德一脸的伤并没有引起其他人的注意,估计把他当成一名特技演员了。

他们点了马提尼酒,旁边桌子上就有一台电话。菲利克斯·莱特刚刚跟纽约那边通完电话,这是他们到这儿后,他给那边打的第四个电话。

"好啦,都搞定了,"他一边说,一边放下听筒,"我的兄弟们,他们在办公室做事,给你们订了伊丽莎白女王号的船票。但是,码头在闹示威游行,给耽搁了,推迟到明晚八点才起航。明早,有人会拿着机票在拉瓜迪亚机场跟你们碰面,你们下午随时都可以登机。哦!詹姆斯,他们去阿斯特酒店把你的东西取回来了。一个小箱子,还有出过风头的高尔夫球杆。华盛顿方面为蒂芙妮准备了护照,还会派一位国务院的工作人员到机场。到时候,你俩都需要填一些表格,我在中央情报局的一位铁哥们会帮你们处理的。另外,中午的时候,整件事已经被传得沸沸扬扬,说是'鬼城付之一炬'等等。不过,他们似乎还没有找到斯潘的尸体,也没有听人提你们的名字。我的手下来报,警方还没有发出任何抓你的通缉令。但是,有一个我们的卧底传来消息,黑帮正在四处寻找你,张贴画报,悬赏一万美元捉拿你。所以,既然你现在腿脚利索了,最好两个人分头登船离开,逃到国外去。尽量掩饰自己的身份,少抛头露面,老老实实地待在房舱里。那帮混蛋绝不会善罢甘休的,现在比分是三比零,他们肯定会恼羞成怒。"

"私家侦探真是厉害呀,平克顿社的效率真高,"邦德崇拜地说道,"只要我们俩能离开这里,真是感激万分啊。以前,在我眼里,黑帮就是一帮来自意大利的外国佬。一群酒囊饭袋,每天只知道吃比萨派,喝啤酒。周六闯进一家车库,或是杂货铺,砸抢敲诈一笔再拿着去赌场。他们人手这么多,肯定会为了钱干很多坏事。"

蒂芙妮·凯丝大声嘲笑道:"你疯了。我们能够平安地登船,就算是奇迹了,他们人多势众,就是这么厉害。幸亏有这位铁钩大侠帮忙,不然我们早就没命了,就不多说了。哼,你才是外国佬!"

菲利克斯·莱特咯咯地笑了,"行了,你们这对冤家,"他边说边看了看手表,"我们得出发了。晚上我还得赶回拉斯维加斯,去找我们的老朋友'闭月羞花'的尸体了,真是一匹蠢马呀!你们就去赶飞机,到时候在两千米的高空,你俩可以接着吵,顺便一览高空的美景,说不定就成了形影不离的一对。常言道,不打不相识,一回生二回熟嘛。"说完,他招呼服务生过来。

莱特把他们送到了机场。离开时,蒂芙妮·凯丝热情地和他拥抱告别,然后莱特一瘸一拐地又回到车上。看着他消瘦的身影远去,邦德觉得喉咙哽咽,想要哭出来了。

"真是一位好兄弟呀,"蒂芙妮说道,两人一同看着莱特关上车门,听着汽车的启动声,他又要一路飞奔,原路返回,驶向沙漠了。

"是啊,"邦德说道,"患难见真情啊!菲利克斯就是这样的好哥们呀。"

莱特挥手向他们告别,月光照在他的那只铁钩上面,闪闪发亮,汽车扬起一阵尘土便离去了。这时,喇叭里面传来一段僵硬的声音,"飞往纽约和芝加哥的环球航空93号航班现在开始登机,请在5号登机口上飞机。"他们随人群挤过玻璃门,开启了漫长旅程的第一步。他们要绕大半个地球,才能最后到达伦敦。

客机在漆黑一片的大陆上空呼啸飞行。邦德躺在舒舒服服的铺位上面,等待入睡,以便能暂时带走全身的疼痛。他想着睡在下铺的蒂芙妮,还想着自己任务的进程。

邦德的脑海里浮现出蒂芙妮漂亮可爱的脸蛋,这时,她正侧枕着手而睡。睡梦中的她,看起来多么单纯脆弱呀。那双灰色的眼睛里,没有了蔑视的眼神。嘴唇是那么热情性感,那种傲慢不羁也从嘴角慢慢地褪去了。邦德心里清楚,自己已经八九不离十地真心爱上她了。那她呢? 自从旧金山那晚,那些男人闯进房间玷污了她之后,她到底有多么抵抗男人呢? 那晚之后,她呼吁姐妹们一起来抵抗男人,有人最后放弃了吗? 经过这么多年的孤独和逃离,她还能从那坚硬的壳中走出来吗?

自从得知真相后,邦德记住了这二十四小时里,每一个动情的瞬间。虽然戴着黑帮恶棍、走私犯、骗子,还有发牌师的面具,每次女孩都是温暖深情,眼神里充满幸福爱意地看着他,像是在说:"牵着我离开这里,去青天白日下面。你放心,我会跟紧你的脚步。我的思绪一直和你连在一起,只是你迟迟不来,让我一个人独自等待了好久。"

对呀,一切会好的,邦德心里想道。可是,他准备好去面对这一切的后果了吗? 倘若牵起她的手,那就是承诺一生一世。他便是女孩情感的治疗师和分析师，她已经把爱全都给了他，只有他可以胜任如此的重托。倘若牵起了她的手，最后又要撒开，世上没有比这更残忍的事了。他真的准备好去面对自己生命里最重要的东西，这会给自己的职业带来什么样的影响呢？

邦德在铺位上辗转反侧，决定暂且不想这事了。再说，现在想这些有点操之过急了。静观其变，走一步算一步吧。他打算把这事搁置一边，把精力转向 M 和任务上面。在没有彻底完成任务之前，他还不能只操心个人的私事。

好啦，蛇身的一部分已经斩碎。到底是蛇头还是蛇尾呢？目前还很难确定。但是，邦德觉得杰克·斯潘，还有那个神秘人 ABC，才是整个钻石走私的真正操作人。塞拉菲莫只负责接收最后的货物，找人替代塞拉菲莫，不是不可能。蒂芙妮的出逃对他们的影响不会太大。至于沙迪·特里，若蒂芙妮被抓，蒂芙妮可以证明他与钻石走私有牵连，但他暂且可以避避风头，等风暴过后再露面。估计在他看来，邦德现在就是那股风暴。但是，没有任何事情可以牵扯到杰克·斯潘或是"钻石之家"。唯一能查到 ABC 的线索，就是他在伦敦的电话号码。邦德才记起，要赶紧从女孩那里探得电话号码。但是，估计沙迪·特里已经发现邦德带着凯丝一起离开了，肯定会通知伦敦方面，改变联络方式。如此一来，邦德决定下一个目标就是杰克·斯潘，再通过他搞定 ABC。要查清楚走私集团在南非的源头在哪里，只有通过 ABC 才能揭晓谜底。在临睡之前，邦德觉得当务之急是，登上伊丽莎白女王号后尽快把详情上报给 M，让伦敦那边来接手工作。瓦兰斯的手下们到时就开始忙活了。再说了，他回去之后也没多少事可做了。无非就是写一大堆的报告,跟往常办公室的工作一样。到了晚上呢,自己的公寓就在英皇大道旁边,蒂芙妮可以住在里面的空房里。他得给马伊发一封电报,让他早点安排好一切。

先想想看,要吩咐他摆花,买弗洛里斯浴精,还要晒晒床单……

离开洛杉矶后,他们坐了十个小时的飞机,到达了拉瓜迪亚机场,准备着陆。

这是星期天的晚上八点钟,机场里面人很少。他们从柏油道上往前走的时候,一名官员拦住了他们,把他们带进了一道侧门。两个年轻人正在里面候着,一位是私家侦探的人,另一位是国务院派来的。就在他们闲聊航班的时候,行李被送过来了。他们又从另一道侧门出去,外面停着一辆栗色款旁蒂克车,外形很漂亮,发动机正在嗡嗡作响,车尾的百叶窗也是摇下来的。

在接下来的几个小时中,他们在房间里闲待,私家侦探那边的人负责保护他们。大约下午四点钟,相互告别了十多分钟之后,他们踏上舷梯,安全地登上了巨大的黑色英国伊丽莎白女王号,终于坐进了 M 船舱,锁上舱门,暂时告别了外面的世界。

但是,就在蒂芙妮·凯丝和邦德刚刚进入舷梯口时,一个码头工人赶紧跑到海关里面的公共电话亭里,他是阿纳斯塔西娅码头装卸工会的人。

过了三小时,两个开着黑色小轿车的美国商人,在码头停了下来,刚好赶上移民局和海关的最后安检。在广播通知船要起航时,他们登上了舷梯。

这两人中其中一位很年轻,长得很英俊却过早地长了白头发,头戴一顶有防水盖布的牛仔帽。他提着一个公文包,标牌上写着基特·里奇。

另一个体形高大壮实,眼睛很小。他戴着一副双光眼镜,眼神看起来很紧张,脸上一直在飙汗,他用一只大手帕不停地擦。

他手里紧握的包上面,有名片写着温特,名字的下方还写着一行红字:"我的血型是 F。"

第二十二章　充满爱意的蛋黄酱

晚上八点整,伊丽莎白女王号的汽笛发出了震耳欲聋的巨大轰鸣响,周围摩天大厦的玻璃窗都在咣当作响。这艘巨轮被拖船拖离码头,转到河流中央。目前,是平潮时段,伊丽莎白女王号以每小时五海里的航速慢慢地驶向前方。

在阿姆布鲁斯灯站,拖船的领航任务完成,轮船停下,领航员下船。这时,巨轮的四螺旋桨把大海搅成一团奶油状,伊丽莎白女王号全力启动,迅速向前冲进。轮船在四十五度到五十度之间的海域,沿着平面弧线向前航行,它的目的地是英国的南安普顿港。

邦德坐在房舱里,一边聆听着轮船破浪前行的声音,一边注视着梳妆台,上面放着梳子和护照,一支钢笔在他的手中被拨过来又拨过去。此时,邦德不由得想起了战争年代,自己也曾经坐过这艘船。当时,欧洲战火熊熊,他们要坐轮船,穿过大西洋南部,返回欧洲。结果,在途中遇到了德国的潜水艇,伊丽莎白女王号便和他们玩起了捉迷藏的游戏。虽然面对的是同样的冒险,但相比之下,这次要轻松许多。现在的伊丽莎白女王号上面,装有各种导航电子装置、先进的雷达声控设备,前面还有领航船护驾。邦德担心,这次旅行最大的危险就是疲惫和消化不良。

他打电话找凯丝小姐。听到他的声音,凯丝夸张地呻吟道:"水手们都是望洋生'怨'。才出海不久,我就已经晕船了。"

"没事的,"他说道,"你就待在房舱里,喝点晕海宁和香槟酒。我身体恢复还需要两三天。我现在去看医生,找一位蒸汽浴的按摩师,帮我再重新包扎一下。少露面,别让其他乘客看见,没什么坏处。很可能他们会在纽约抓咱们。"

"好吧,但你得答应每天给我打电话,"凯丝撒娇地说道,"要是我很想吃鱼子酱了,你得带我去大餐厅吃饭,行吗?我会乖乖地听话的。"

邦德笑了。"那好吧,我们就先讲讲交换条件吧!"他说道,"现在,作为交换呢,我想让你好好回忆关于 ABC 的所有信息,还有这次伦敦交易方的情况。比如他的电话号码这些情况。一旦时机成熟,我会告诉你,我为什么对这些感兴趣。现在,相信我就行了。可以吗?"

"哦,行呀。"女孩冷冷地说道,好像觉得自己的一切并不重要,邦德在电话上又与她聊了十多分钟。除了了解到一些细节情况之外,邦德对于 ABC 的整个计划还是一无所知。

挂了电话,邦德按铃叫来服务生点了晚餐,然后,就坐下来开始写报告。今晚就得把报告连夜寄出去。

海上一片漆黑,这艘钢铁巨船静静地向前航行。此时,这是一座船上小城镇,里面住了三千五百名市民。在未来的五天里,这里会发生很多事情,比如:盗窃、打架、卖淫、醉酒、通奸等,说不定还有人会生小孩,有人会自杀。但在大部分人眼里,这些都很正常,横越大西洋每一百次航行中,就会发生谋杀事件。

这座铁城正迎着大西洋的波涛涌浪向前欢快航行,轻柔的夜风吹打着桅顶,呼呼作响。此时,值班话务员正在通过无线电天线,把莫尔斯电码传输到波蒂斯黑德的接听员那边。

值班话务员发送电报时,刚好是美国东部标准时间晚上十点钟。电报的接收地址是:伦敦汉顿公园"钻石之家"ABC收;电报内容为:目标找到,是否彻底解决,速告,若现金支付,告知酬金。温特。

一个小时后,伊丽莎白女王号上的接线员长叹,这回他要一次性传输五封五百字的电报,接收地址是:伦敦摄政王公园全球出口公司总经理。这时,波提斯黑德电台发来一份简报,接收人是:伊丽莎白女王号头等舱乘客温特。上面写道:速除凯丝,酬金两万,余人抵伦敦之后再处理,ABC。

接线员在乘客名单上找到温特,把简报装进一个信封里,派人送到A等舱,这也是邦德和女孩所在的船舱。服务生下去时,看到两人穿着衬衫,正在玩金罗美牌。他从房舱里出来时,听到那个胖子对白头发的那个神秘兮兮地说道:"你懂个屁呀,蠢货,这两万元够咱们花一阵子了。哦,天啦,老天呀。"

直到第三天,邦德和凯丝才约定见面,去观景厅喝鸡尾酒,再去大餐厅吃晚餐。正午时分,海上风平浪静。吃完午餐后,在房舱里,邦德接过来一张很蛮横霸道的纸条,那是用船上的信笺写的,上面写道:"今天必须和我见面,必须。"从那圆润的笔迹判断,出自女人之手。看完后,邦德马上伸手去打电话。

才刚分开三天,他们就渴望赶紧见到彼此。邦德在船头一家半圆形酒吧里,选了一个比较隐蔽的角落。里面很亮堂,蒂芙妮一坐下来就开始跟他辩论了。

"这算什么餐桌呀?"她冷嘲热讽地质问道,"你是嫌和我在一起丢人,还是怎么的?我今天穿的可是好莱坞最流行的,你居然把我藏到这地方,好像是1914年的莱因戈德小姐。我想在这艘老破船上找点乐子,你倒好,把我塞到这角落里,好像我得了传染病会祸害别人一样。"

"好啦,"邦德说道,"你就是想让全天下的男人拿你没办法,是吧?"

"不然,你想让一个女人在伊丽莎白女王号上干吗?去钓鱼?"

听她这么说,邦德不由得大笑起来,一边唤服务生过来,点了两杯伏特加干马提尼,外加柠檬皮,一边说道:"我可以给你一个选择。"

凯丝说:"我给我的一个姐妹写了一封信,你听听。亲爱的姐姐,"她说道,"我正在跟一个英国帅哥,共度很美好的时光,可是他现在追查我们家的钻石了,你说我该怎么办呢?真的感到困惑了。"突然,她的身体向前倾,把手搭在他的手上。"听着,邦德,"她说道,"我现在就跟一只蟋蟀一样幸福,我喜欢在这里,和你在一起。我也超爱这张黑色小餐桌,没有人会看到我碰你的手。不要介意我说的那些,我只是幸福得过头了。不要介意我讲的愚蠢笑话,好吗?"

她上身穿着一件鲜奶油色的丝绸衬衫,下身是棉毛混织的炭色短裙。这种中和色搭配,更是凸显了她晒成浅褐色的皮肤。手腕上戴着一款小方形卡地亚手表,黑色的表带,是她身上戴着的唯一首饰。棕色的小手搭在他的手上面,指甲剪得很短,上面没有涂色。外面的太阳光反射到屋里,照在她厚厚垂下来的浅金色头发上面,照到深邃明亮的灰色眼睛里面,还有那白白发亮的牙齿上面。她的嘴唇很饱满也很性感,刚刚问完问题,嘴还是半张开的。

"不会的,"邦德说道,"不,我不会介意的。蒂芙妮,你很完美。"

她很满足地看着他的眼睛。酒端上来,她把手抽了过来,透过玻璃酒杯的边缘,疑惑地观察着他。

"现在,你告诉我一些事吧,"她说道,"你到底是干什么的?为谁效力呀?刚开始,在酒店我以为你是一个骗子。但是,不知道怎么的,你离开之后我就觉得你不会是一个骗子。我本应该提醒一下ABC,这样得免去多少麻烦呀。但我还是没有这样做。说吧,詹姆斯,开始交代吧。"

"我为政府做事,"邦德说道,"他们让我来阻止这起钻石走私交易。"

"是间谍吗?"

"一个文职人员吧。"

"好吧,那等我们到了伦敦之后,你打算怎么处理我呢?会把我锁起来吗?"

"对呀,把你锁在我公寓的空房子里。"

"这还差不多。我会和你一样,成为伊丽莎白女王陛下的臣民吗?我蛮喜欢这样的。"

"我也这么想,我想我们会搞定这一切的。"

"你结婚了吗?"她停了一会,"还是有其他恋情?"

"没有,偶尔会寻花问柳。"

"这么看来,你就是那种守旧的男人,只喜欢和女人睡觉。可是,你为什么不结婚呢?"

"我想,我更喜欢单身生活吧。大多数婚姻最后并不是一加一等于二,相反是一减一等于零。"

蒂芙妮仔细想了想。"或许会是这样,"最后她说,"但是,也得看你到底想怎么算。比如人和非人的东西,你自己一个人不可能算完整。"

"那么,你呢?"

女孩没想到他会问这问题。"我可能过去过着一种非人的生活,没有考虑此事,"她简短地答道,"不过,你认为我该和谁结婚呢?和沙迪·特里?"

"世上可嫁的男人多着呢。"

"好啦,没有,"她生气地说道,"或许,你认为我不应该跟这些人搅和到一起。唉,是我一开始就走错路了。"渐渐地怒火消掉了,她用自辩的眼神看着他,"这真是会发生的,詹姆斯,不骗你。有时候,人走错路是被逼的。"

詹姆斯·邦德用手紧紧地握住她的手。"我懂,蒂芙妮,"他说道,"菲利克斯已经告诉了我一些,所以我就再没问你。别再想了,今天我们一起在这里,别管昨天了。"然后,他转移了话题,"现在,换你说了。比如,你为什么叫蒂芙妮?在冠冕酒店当发牌师是什么感受呀?还有,你是和谁学的?怎么那么熟?你玩牌的时候,真的是太精彩了。你连那个都学得会,你就能做任何事了。"

"谢谢夸奖,哥们,"女孩讥笑道,"像什么呢?就像是划船?我之所以叫凯丝,是因为我出生后,我老爸特别痛心我不是个男孩。就给母亲留了一千块钱,送了一个蒂芙妮粉盒,离家去当海军了,结果,在硫磺岛丧了命。因此,母亲就叫我蒂芙妮·凯丝,带着我出去谋生。先是招一批应召女郎,后来就越来越有野心了。也许,你听起来觉得很不好吧?"她一边用自辩的眼神,另一边又用诉求的眼神看着他。

"不用担心我,"邦德冷冷地说道,"你又不是那些女孩。"

她耸了耸肩。"接着,那帮混蛋就砸了妓院。"她停下来,喝了一口剩下的马提尼,"我自己赶紧匆匆地离开了,做一些女孩常干的普通工作。后来,我去了里诺。他们在那里有一所职业发牌学校,我报了名,开始拼命地学习。接受一系列的完整练习后,我精于掷骰子、轮盘赌还有玩二十一点牌。你不知道,发牌你可以挣好多钱,一个礼拜就能挣两百块。男人都喜欢让女人洗牌,女人们也更自信些。他们觉得女人会友好一些,毕竟女人温柔嘛。而男发牌师让他们感到害怕。别以为这差事有多么好混,时间久了,便也是冷暖自知了。"

她停下来,笑着看向邦德。"现在,又该你啦,"她说道,"再给我买杯酒吧,告诉我什么样的女人才能和你加到一起。"

邦德让服务员再拿酒过来,点了一根烟,转过来对着她,说道:"我想她首先要爱我,而且会做酱汁蛋黄酱。"

"天哪!任何一个愚蠢的臭巫婆都能办到,既会做饭又能陪你睡觉。"

"噢,不是!她只需拥有其他平常女人该有的一切。"邦德试探着她说道,"要有漂亮的头发、一双灰色的眼睛、一张能说会道的嘴巴,还有完美的身材。当然,她还要会开各种有趣的玩笑,会打扮自己,会玩牌。就这些平常物。"

"要是找到她,你就会结婚吗?"

"未必,"邦德说道,"事实上,我和一个男人算是已经结婚了。他的名字是以 M 开头。所以,要娶另一个女人,那我就必须先和他离婚。我不确定我想不想这样做。她肯定会让我在 L 形状的客厅里,给她端各种小吃。伴随着婚姻而来,还有那些可怕的、没完没了的吵架声,'是的,你就是做了——不,我没有'。肯定维持不了多久,我就会得幽闭恐惧症,最后遗弃她,自己一个人去日本,或是哪儿。"

"想要孩子吗?"

"会想要几个孩子,"邦德简短地说道,"但也得等我退休之后要,不然对孩子也不公平。我的工作不是那么安全。"他看着杯里的酒，一口气喝光了，"你呢，蒂芙妮？"他把话题转移到她身上。

"每个女人都想回家之后可以看到客厅桌上面有一顶帽子，"蒂芙妮深情地说道，"问题是，可惜我还没有在那顶帽子下面，找到倾心的那副面孔。或许，是我不够努力，或者是找错了地方。你也知道，当你一旦习惯于老一套的生活方式后，自己都觉得很安逸，懒得再伸脖子向外张望了。所以，我就这样跟斯潘氏黑帮混在一起。心里知道，永远都不用发愁，会有人给你供吃供穿，还有钱花。可是，在这帮人里，女孩子不可能会交到知心朋友。你要么在门口贴一张明示'请勿打扰'，要么就破罐子破摔吧。我想我是厌倦了独自一人。你知道歌舞团女郎是怎么评价百老汇吗？'如果你在衣服堆里都找不到一件男人的衬衫，那洗衣服真是无趣至极。'"

邦德笑了笑。"好吧，你现在摆脱俗套了，"他说道，很疑惑地看着她，"那塞拉菲莫先生呢？卧铺车厢里的卧室，还有为两个人准备的香槟晚餐……"

他还没说完，她眼中就一片怒火，猛地站起来，离开餐桌，从酒吧里走了出去。

邦德在心里咒骂自己。把钱放到餐桌上后，他赶紧跑去追她。在散步的甲板上，追上了她。"听我说，蒂芙妮。"他先说道。

她很鲁莽地转过身面对着他。"你怎么可以这样？"她很生气地说道，眼睫毛上都能看到闪烁的泪水，"你为什么要说那么伤人的话，破坏这一切呀？哦，詹姆斯，"情急之下，她转身向窗户那边，在包里找到手绢，然后轻轻擦了擦眼睛，"你根本就不懂。"

邦德用一只胳膊搂住她。"我亲爱的，"他知道，只有在身体上的爱跨出一大步,才可以化解这些误会,当然,还是得需要花些时间,说些安慰话,"我不是有意要伤害你,只是想确认一下而已。在火车上的那一晚,真的很糟糕。看到餐桌上的那顿晚餐,真的比后面所发生的一切更让我痛心。所以,我必须要问你。"

她怀疑地抬头看他。"是真的吗?"她看着他的脸问道,"你是说你已经喜欢上我了吗?"

"别像个小傻瓜似的,"邦德耐心地说道,"难道你真一点都看不出来?"

从他身边转过身,她远眺窗外一望无际、碧蓝色的大海;还有那几只低飞的海鸥,伴同这艘浪子之船向前航行。过了一会儿,她说道:"你读过《爱丽丝梦游仙境》吗?"

"很多年前读过,"邦德说,感到有点惊讶,"为什么问这个?"

"我经常想起里面的一段话,"她说道,"书中写道:'哦,小老鼠,你知道怎么逃出这个泪池吗?我已经在这里面游得筋疲力尽了,哦,小老鼠。'还记得吗?好吧,我本想让你告诉我怎么走出去。你反而把我按进了池子里。这就是我为什么会难过。"她抬头瞥了一眼他,"我知道你不是故意要伤害我的。"

邦德静静地看着她的嘴唇,用力地吻她。

她没有回吻,反而逃开了,可是眼睛里又分明满是欢喜。她的一只胳膊挽着他,转头指着前面电梯的方向,说道:"送我下去吧。我得去重新打扮一番,换一身漂亮衣服,才会去公共场所抛头露面。"她停下来,嘴唇凑到他耳边轻轻说道,"詹姆斯·邦德,长这么大,我还不是你口中所说那种阅人无数的女人。"她一边扯着他的胳膊,一边直率地说道,"好啦,来吧。你也快去冲个热水澡吧。作为女王陛下的臣民,最起码的礼节该做到吧。你们英国人不是最会标榜浴室文明嘛。"

邦德把她送到她房舱里后,回到自己的房舱里,洗了一个热腾腾的盐浴,又冲了一个冷水澡。然后躺倒床上,一个人乐呵呵地回想她刚才说的那些话。想象她现在躺在浴缸里,一边抬头看着水龙头,一边想他这个英国人会有多疯狂呢。

忽然,有人在敲门,一看是服务生。他端着一个盘子,进来后,放到桌子上。

"这到底是什么鬼东西呀?"邦德说道。

"厨师刚刚做好端上来的,先生。"服务生说道,转身出去,又把门关上了。

邦德从床上下来,走到桌子旁,看盘子里面到底装的是什么。他一个人笑了。盘子里面有一个酒瓶,装了有四分之一的宝林歇香槟酒、一只保暖锅、四碟牛排加烤点心,还有一小碗调味汁。旁边有一张纸条,上面用铅笔写道:"这盘酱汁蛋黄酱是凯丝小姐独立完成,我没有搭手。"后面签名是"主厨"。

邦德倒了一杯香槟酒,往牛排上面沾了很多酱汁蛋黄酱,一边小心翼翼地用力咀嚼,一边走到电话旁边。

"是蒂芙妮吗?"

他听到电话那边传来细细的笑声。

"好啊,看来你绝对可以做出最棒的酱汁蛋黄酱……"

然后,又把听筒放回电话机上。

第二十三章 爱情至上

在公共场合,第一次,两人以恋人的身份,在一起了,这是一个多么令人如痴如醉的时刻呀。无论是在餐厅还是在电影院,男人悄悄地把手放在女孩的腿上,女孩也把手搭在他的手上,他们紧紧地偎依着。这个姿势说明了一切:两人已是两相情愿,不用再斗嘴,也不用试探彼此的海誓山盟。此时,两个人沉默着,却因为爱,全身的血液在沸腾。

晚上十一点,大餐厅里只剩下零零散散的几个人,坐在角落里。窗外,海上月光斑驳,听到柔风低吟,巨大的班轮似一把镰刀,正在往前锄割大西洋这片黑漆漆的草坪。当巨轮急速向前航行时,在船尾处,泛起了长长的轻柔波浪。粉红色的阴影灯光下,两人紧紧挨着,坐在了一起。对他们而言,海浪是沉睡的大海,每分钟慢慢地发出十二次心跳。

Diamonds are Forever

服务生拿着账单过来,他们才松开了对方的手。现在,他们有充足的时间来谈情说爱。无须再说安慰的话,无须试探性的接触来确认彼此了。服务生收拾餐桌的时候,女孩看着邦德的脸,开心地笑着,他们彼此偎依着,一起离开了餐厅。

他们乘电梯去了甲板。"现在干什么呢,詹姆斯?"蒂芙妮问道,"我想再喝点咖啡,一杯白薄荷鸡尾酒,再去看看'拍卖池',类似于赛马赌法,以前就对它耳闻很多,说不定咱们还可以赚大钱呢。"

"好嘞,"邦德说道,"全听你的。"他紧紧地搂着她的胳膊,两个人漫步闲逛地穿过大休息室,里面还有人在玩宾戈游戏。路过舞厅等候室时,里面的乐师还在试弹新和弦。"你可别让我喊价哈。这纯粹就是赌博,最后只有百分之五的抽头用于慈善了。和拉斯维加斯的赔率一样能坑人。不过,要是有好的拍卖师,那还是蛮有意思的。听说,这次船上有很多有钱人。"

吸烟室里面几乎没人,他们选了一张离站台较远的餐桌坐下来。总管事正在往站台上摆放拍卖师的随身用具:有装着所有航程号纸条的盒子、拍卖师用的小锤子及一瓶水。

"电影院管这个叫'幕后装扮'。"蒂芙妮说道,他们坐在了中间位置。邦德向服务员点完单,通向影院的所有门都打开了。很快,吸烟室里便坐了快一百人。

拍卖师是个大腹便便、生性快活的商人,来自英国中部地区。他身穿晚礼服,扣眼里还别着一朵红色的康乃馨。在站台上,他敲了敲桌子,让大家安静下来,然后宣布船长对明天航程的预测,大概可以航行七百二十到七百三十九英里。低于七百二十英里的数字便属于低场,高于七百三十九英里的数字便属于高场。"好啦,女士们,先生们,让我们拭目以待,看能否打破这次航行的拍卖纪录,达到两千四百英镑的这个惊人数字呢?"(台下一片隆隆掌声)。

服务生把盒子里折好的数字,端给一位屋子里看起来是最富有的女人,然后又把她写的纸条交还给拍卖师。

"好啦,女士们,先生们。现在,我们就以一个相当不错的数字738开始吧,刚好贴近最高值。今晚,在这里,有很多新面孔(哈哈大声笑),看来大家都觉得海上是相当风平浪静呀。女士们,先生们,大家会为738出价多少钱呢?五十英镑怎么样?有人愿意为这个幸运数字喊价五十英镑吗?先生,你刚喊的是二十英镑吗?好吧,看来我们得另起价了。还有谁要加价?……二十五英镑,谢谢您,夫人。服务生,那边有三十英镑,四十英镑。我的好朋友罗斯布兰特喊价四十五英镑。谢谢您,查理。还有人为738出比四十五英镑更高的价钱吗?五十英镑。谢谢您,夫人,好吧,我们又回到原来的起价了。(哈哈笑声)还有人出比五十英镑更高的吗?没人敢再冒险了吗?数字很大,海面平静。五十英镑呀,有人要喊五十五英镑吗?还是五十英镑,五十英镑一次,五十英镑两次。"然后听到一声敲槌声。

"好吧,谢天谢地,他真是一位出色的拍卖师,"邦德说道,"是个吉利的数字。但是,倘若天气一直这么好,也没人落水的话,这价格有点便宜了。高场区的人,今晚看来要花大钱啦。这样的天气,大家都希望可以航行超过七百三十九英里。"

"你说花大钱是什么意思呀?"蒂芙妮问道。

"两百英镑,或是稍微多一点。我预期寻常号大约叫价一百块钱。第一个数字往往喊价比其他要低。大家都还没热身呢。玩这游戏,唯一明智的选择就是买第一个号。无论怎样,你都会赢,只不过就是便宜一些。"

邦德刚说完,第二个号就被一个非常漂亮的女孩,以九十英镑抢到手了。她看起来非常兴奋,旁边那个男人显然就是帮她出钱的。他头发花白,但看起来气色很好,仿佛是《时代先生》杂志里的一幅老色迷漫画。

"去嘛,给我也买一个号,詹姆斯,"蒂芙妮说道,"你真不会对女孩子好一点。看看人家这位好男人是怎么疼自己的女人的。"

"他早就超了法定婚龄了,"邦德说道,"他肯定有六十岁了。四十岁之前,玩女孩不用太花钱。一旦过了四十,那你就得开始花钱,要不就是编故事了。两者之间,编故事是最伤人心的。"他笑看着她的眼睛,"反正我还不到四十岁呢。"

"别这么自大,"女孩说道,盯着他的嘴唇,"他们说,老男人可以成为最好的情人。至于你呢,就是一个守财奴。我敢打赌,肯定又是因为在伊丽莎白女王号上面,赌博是违法的吧。"

"一旦轮船离岸到海上三英里处,那倒也无妨。"邦德说道,"即便如此,丘纳德公司时时刻刻都警惕着,丝毫不让公司被牵扯其中。你听听这个。"他拿起桌子上的一张橘色卡片,"航船日行航程彩票拍卖,"他读道,"鉴于调查方便,有必要再次声明,本公司就拍卖会的立场。这并非公司意愿,限制本船管理人员和其他工作人员参与航程彩票的拍卖活动。"邦德抬起头。"你看看,"他说道,"太小心谨慎了吧。再看他们还说些什么:'因此,本公司建议乘客们,在自己中间选出一个委员会,来制定管理细节问题……若有此需要且其职责允许,当委员会进行数字拍卖时,本船相关管理人员才可以提供这种协助工作。'"

"太精明啦,"邦德评价道,"倘若出什么麻烦,委员会就得承担责任。再听听这个,开始谈麻烦事了。"他继续读道,"本公司特别提示:要严格遵守英国金融监管制度,拍卖会上的货币金额不得超过国家有关外币及英镑支票进入国境之最高限额。"

邦德放下卡片,说道:"等等,他们还有许多名堂。"他冲着蒂芙妮笑道,"如果我刚才为你买下那张头号,万一中奖,你定会赢两千英镑的。这可是一沓钞票,怎么花,怎么带?那么,唯一可以保留这些英镑的途径,就是把支票装在你的吊袜腰带里混出海关。那样,我们又回到干非法勾当的老本行上啦。不过,你这个淘气鬼呀,这次和你一起冒险,我乐意。"

女孩并没有被感动。"以前,黑帮里有一个叫阿巴达巴的人,"她说道,"他是个特别聪明的骗子,知晓赌博行数。精通赛马的赔率比,还有定号头的百分比,专职所有的脑力工作。他们都叫他'胜算怪才'。结果,在杀死黑手党徒达基·舒尔兹时,被误杀而死,"她附带说道,"我猜你就是另一个阿巴达巴,费舌劳唇地解释自己为何不给女孩子花钱。唉,好吧,"她听从地耸了耸肩,"那你愿意给你的女人再买一杯鸡尾酒吗?"

邦德唤服务生过来点了酒。等他走后,女孩靠了过来,头发刷到了邦德耳朵,然后轻轻说道:"其实,我不想再要酒了。你的还在这儿呢,我要保持跟星期天那晚一样清醒。"说完,她直接站起来。"现在又搞什么名堂呀?"她不耐烦地说道,"真想好好看点热闹。"

"快看,来了。"邦德说道。拍卖师提高了嗓门一喊,屋子里顿时一片安静。"那么,女士们,先生们,"他令人敬畏地说道,"现在,我们来提一个很关键的问题。谁敢要价一百英镑,选择高场还是低场呢?我们都知道,肯定要选高场嘛。我发现鉴于外面那么美好的天气,今晚大家都爱选这个(哈哈笑声)。那么,谁先来喊价一百英镑来高场还是低场呢?"

"谢谢您,先生!然后一百一十英镑,一百二十英镑,一百三十英镑,谢谢您,夫人。"

"一百五十英镑。"他们旁边不远处,一个男的喊道。

"一百六十英镑。"这次喊价的是一个女的。

还是那男的,继续跟着喊一百七十英镑。

"一百八十英镑。"有人喊道。

"两百英镑。"

邦德突然想到了什么,转过身又看了看刚刚喊价的这个人。

这人是个大胖子,圆头圆脑,长着一双灰色鼠眼。他戴着一副双光眼镜,黑色的小眼睛透过镜片,冷冰冰地望着拍卖师的站台。这时,所有人都扭脖子转过来看他。他满头汗水,一头黑藻色的小卷发,乱蓬蓬地打结在一起。此时,他摘下眼镜,拿起一张餐巾纸擦掉汗。他先擦左半边脸,慢慢地回转去擦后脑勺,再用右手擦完另一边,还有他的鼻子,汗珠滴答不止。就这样,他从左到右地擦完了脸。"两百一十英镑。"又有人喊道。那人晃动了一下下巴,然后张开紧闭的嘴巴,用平稳的美国腔调喊道:"两百二十英镑。"

看着这人,邦德总有一种似曾相识的感觉。他一边注视着这张大脸,一边搜索大脑里的记忆库,看能否找到一点头绪。见过这脸?听过这声音? 在英国,还是在美国?

最终,邦德还是放弃了,他把注意力转到桌子上的另一个人。同样,那张脸邦德也觉得似曾相识。长相古灵精怪,非常年轻帅气,一头光滑的白头发,在长长的睫毛下面,长着一双浅棕色的眼睛。总体效果看起来,还是比较英俊的。不过,这一切都被肉鼻子给毁掉了。他的嘴巴大但嘴唇薄,此刻,他正张开嘴成方形,特别空洞地笑着,那样子看起来像是一只邮筒在咧着嘴笑。

"两百五十英镑。"那个大个子面无表情地叫道。

邦德转过身,看着蒂芙妮。"你以前见过这两个人吗?"他问道,她也注意到他眼神之间的担忧。

"没有,"她斩钉截铁地说道,"从来没见过,我觉得像是从布鲁克林来的,或者是两个曼哈顿服装区的服装商。怎么了? 他们跟你有什么关系吗?"

邦德又瞥了他们一眼。"不是,"他怀疑地说道,"不,我觉得不是这么回事。"

突然,房间里响起一阵鼓掌声,拍卖师大笑着敲了敲站台。"女士们,先生们,"他得意扬扬地说道,"真是太大快人心了。这位穿着粉色晚礼服,特别迷人的女士喊价三百英镑。"(所有人都转身,伸长了脖子在看,邦德看到他们都张开嘴说"她是谁呀?"。)"那么现在,先生,"他把目光移到胖子坐的那桌,"我可以喊三百二十五英镑吗?"

"三百五十英镑。"胖子说道。

"四百英镑。"穿着粉红色衣服的那位女士尖叫道。

"五百英镑。"这个声音听起来特别沉默冷淡。

那女的特别生气,对着旁边的陪同者喋喋不休地说着。那男的觉得特别烦恼,看着拍卖师,他摇了摇头。

"还有比五百英镑更高的吗?"拍卖师说道。他知道这已经是最高的喊价了,要不再等等看。"五百一次,五百两次。"砰!"出售给那边的那位绅士啦,大家都为他鼓掌。"他拍手叫好,大家也跟着做,其实他们更愿意那位穿粉红色衣服的女孩赢。

那个胖子站起来,往前走了几步,又坐下来了,光彩焕发的脸上,没有显示一丝对大家鼓掌的感谢之意,他的眼睛依旧一直盯着拍卖师看。

"那么,我们还是得走走程序,问问这位绅士他会选哪一场呢。先生,你选低场还是高场呢?"拍卖师的语气听起来有些讥讽。问这问题简直就是浪费时间。

"低场。"

吸烟室里,人群中瞬间一片死寂。但是,很快便听到一阵嗡嗡的低语评论声。毫无疑问,这人明显应该选高场呀。这么好的天气,女王号肯定可以每小时航行三十海里。莫非他知道什么,还是贿赂了舰桥上的船员?暴风雨即将要来临了吗?轴承运转太热了吗?

拍卖师敲槌让大家安静。"对不起,先生,"他说道,"你刚刚是真选了低场吗?"

"是的。"

拍卖师又敲了一次槌。"既然是这样,女士们,先生们,那我们再继续拍卖高场。女士,"他转身看向穿粉红色衣服的那女孩,鞠了一躬,"您愿意开始出价吗?"

邦德转向蒂芙妮。"这事可真奇怪,"他说道,"太不寻常了吧,明明大海和这玻璃杯一样平静呀。"他皱了皱眉头,"唯一的解释,就是他们肯定在捣鬼,知道什么内幕。有人肯定告诉了他们一些事情。"他转头漫不经心地看了他们一眼,又把眼神转回来,"他们貌似对咱俩很感兴趣呀。"

蒂芙妮看他的肩膀后面。"他们没在看我们呀,"她说道,"我想呀,他们就是两个笨蛋。那个白头发的看起来傻了吧唧的,那个胖子一直在吸咬大拇指。他们真是太疯狂了,估计都不知道自己买了什么。一个劲地乱喊价。"

"吸咬大拇指?"邦德说道。他心烦意乱地用手捋了一下头发,脑袋里面模模糊糊地想起什么。

要是,她别管邦德,让他自己一直就这样想下去,他肯定可以记起来的。但是,她把手放到他的手上,紧紧地贴过来,头发又刷到了他脸上。"别想了,詹姆斯,"她说道,"别为这些笨男人费神了。"她的眼神突然变得很热情,像是要苛求什么,"真是受够了这个地方,你带我去其他地方吧。"

再没多说什么,他们起身离开桌子,从乱哄哄的房间里出来到楼梯间。当他们下楼走到甲板的时候,邦德搂着女孩的腰,她把头依偎在他的肩膀上。

来到蒂芙妮的房舱门口,但是她推开了他,跑到下面的长走廊里,那里还能听到轻轻的嘎吱声。

"我想在你的房间里,詹姆斯。"她说道。

邦德什么都没说,一脚踢开他的房门,反锁上。他们在房间里缠绵。就在这个如此美妙、隐秘又无人知晓的小房间里,两个身体紧紧地搂在一起。他们站在了中央,他轻柔地说道:"宝贝。"一边抚摸着她的头发,一边肆意地亲吻她的嘴唇。

过了一会儿,他用另一只手拉开她裙子背后的拉链。这次,她没有躲开,而是蹬掉了自己的连衣裙,跟他在狂吻之间,气喘吁吁地说道:"我全都要,詹姆斯。你跟其他女孩干过的所有,我现在就要,快点儿。"

邦德弯下身,把她抱起来,又温柔地放她平躺在地上。

第二十四章　永恒的死亡

一阵急促的电话铃声响扰醒了邦德,他只记得他们在床上,临睡前,蒂芙妮伏在自己身上,一边亲吻一边轻声细语道:"宝贝,你别朝左侧睡觉。这样对心脏不好,会停止跳动的,转过来吧。"邦德很听话地转过身去。最后,门咔嗒一声关上了,邦德又开始熟睡了,耳边萦绕着她的声音、大西洋的叹息声,船轻轻地摇晃向前航行。这一切都将他拥抱入怀。

黑乎乎的房舱里,电话铃响起,一刻不停。邦德嘴里一边咒骂,一边起来去接电话,听到里面说道:"不好意思,先生,打扰您了。我是无线电报员,刚刚收到一份您的加密电报,上面还加了'特急'两字。请问要我读给您听,还是给您送下去呢?"

"送我房间里来吧,可以吗?"邦德说道,"谢谢你。"

又有什么紧急情况?邦德打开灯,下了床,使劲摇了摇头,让自己变清醒。刚刚的两情相悦被抛到了九霄云外。

他走进浴室,任水冲了自己足足一分钟,擦洗完全身上下,穿上了衣服。

有人敲门,他走过去拿来电报,坐在桌子旁,点了一根烟,开始认真工作。当看完所有电文之后,邦德的眼睛眯成一条小缝,头皮开始发紧,全身上下隐隐作痛。

电报是英国情报局办公室主任发来的,电文写道:

第一,在秘密搜查塞伊的办公室时,我们发现了一份加密电报,上面接收人是质检工程师ABC,发件人是伊丽莎白女王号的温特,说他们已在船上发现你和凯丝,请求后续指示。ABC签字回复命令温特,除掉凯丝,薪酬两万美元。

第二,我们怀疑塞伊就是ABC,因为,凑巧他的法文名字叫哈达什·贝达什·塞伊,缩写之后便是ABC。

第三,也许是察觉到了调查的蛛丝马迹,他昨天逃往法国。据国际刑事警察组织来报,他现在达喀尔。所以,这再次证实了我们的怀疑,钻石源于塞拉利昂矿产区,然后绕过边境走私进入法属几内亚。此外,我们还怀疑塞拉利昂的一名国际口腔外科医生,现在,他已被监视了。

第四,英国皇家空军堪培拉会在博斯科姆比等你,明晚立即飞往塞拉利昂。

办公室主任

看完电报,邦德僵硬地在椅子上坐了一会儿。忽然,脑袋里不经意间闪现一句所有诗歌中最恶毒的诗句:"弃我者,其为计拙也。背我而高飞者,不如我即其高飞之翼也。"

如此看来,船上有斯潘黑帮的人,一路追踪他们。是谁呢?在哪儿?

他抓起电话。

"帮我接凯丝小姐房间。"

邦德在电话里听到她床边的电话咔嗒一声,一直在响,但没人接。邦德扔下电话,冲出房间跑到上面走廊,进去她房舱一看,里面空无一人。床上压根没人,灯是开着的。她的晚宴包扔在门旁边的地毯上面,里面的东西都撒了一地。她肯定是回过房间,有人藏在门后面,用棒把她打晕了,接下来又会发生什么呢?

舷窗全都是关上的,他去浴室里面看看,也没发现任何东西。

邦德站在房舱中央,此时的他,非常冷静。他问自己——邦德,黑帮将要干什么?在杀她之前,那人肯定会拷问她,查明她到底知道什么,对自己泄露了什么,还有邦德到底是何来路。他会把她带到自己的房舱里,拷问她,折磨她,没人会打扰。要是有人碰见他背她去那里,只需眨一下眼、摇一摇头就搞定了。"今晚喝太多香槟了。不用,谢谢你,我自己能行。"但是,到底会在哪个房舱里呢?他离开多久了呀?

走廊里一片寂静,邦德一边跑下去一边看表,现在是凌晨三点钟。她是两点以后离开他的。要不给船长打电话?让他们拉警报?邦德想到,到时还得费力解释,引来怀疑,最后耽误了时间。即使报了警,他们肯定会说:"亲爱的先生,这很难办到呀。"然后,例行公事地安慰他,"当然,先生,我们会尽力而为的。"警卫官会很有礼貌地看着他,露出一副怀疑的神态,心想这人恋爱受挫,喝醉酒了。他甚至会怀疑是想耽搁航行,这样就能赢得航程拍卖的低场拍卖了。

对呀!低场!有人落水了!航船被延迟了!

邦德返回房间,关上房舱门,坐在里面开始查看乘客名单。对呀,肯定是温特,A49号房舱,就在下一层甲板。忽然,邦德的大脑如一台康普托计算机咔嗒一声,恍然想起一切,温特。原来是温特和基德,这两个杀手,戴头套的那两个人。他再看了一眼乘客名单,上面有基特·里奇,也在A49号房舱。就是乘坐英国海外航空公司,从伦敦来的那个白头发年轻人,还有那个胖子,"我的血型是F",他们是监视蒂芙妮的秘密陪送人。他还想起了莱特曾经的描述。"他曾经被叫作'温弟',是因为他害怕旅行。总有一天,那颗大拇指上的疣会让他暴露自己的。"第一指关节那里有一颗疣,当时他拿着枪顶着叮当贝尔。还有,蒂芙妮当时说:"他们就是两个笨蛋。那个胖子一直在吸咬大拇指!"这两个人当时在吸烟室,他们早就做好安排,来制造一起谋杀命案,这完全就是趁火打劫,想赚一笔横财。到时候有一位女人落水了,他们再匿名去上报。如此一来,船就会停下来,掉头搜救。这样,凶手就可以赚得三千英镑了。

温特和基德,这两个杀手来自底特律。

这一瞬间的意外发现,所有零零散散杂乱的画面,在邦德脑中开始哗哗闪过。邦德一边在脑中过滤检索,一边打开小公文包,从暗袋里抽出短消音器。然后,从抽屉里的一件衬衫里面掏出贝瑞塔。习惯性地检查了弹匣,把消音器拧到枪口上面。同时,他也权衡自己会有多大胜算,计划接下来的行动。

他找到船舶平面图,跟船票附在一起。然后摊开,边穿袜子边看。A49号房舱就在他的房舱下面。有没有可能,他直接把门锁射掉,抢先一步干掉他们呢?唉,根本就不可能。他们肯定把门闩锁上了。要不,告诉船上的员工蒂芙妮现在处境很危险,说服他们和他一起去呢?在交涉期间,听到"对不起,打扰一下,先生们",他们肯定会把她从舱窗扔出去。然后,又故作无知地看书,或是玩牌,说道:"干吗如此兴师动众呀?"

邦德把枪塞在腰带上,房里共有两个舱窗。邦德猛拽开其中一个,先探肩膀出去,看到外面至少空出一英尺的地方,便放心地往下降。邦德看到下面有两个暗淡的光线圈。还差多高呢?目测大概八英尺吧。夜晚,依然是风平浪静,根本没有风。他现在在船黑暗的这边,望台上面的灯会不会照到他呢?他们的舱窗有打开的吗?

邦德又爬上来,回到房舱,扯下床单打了一个死结,这下应该很安全啦。但是,为了有足够的长度,他得把床单撕成两截。倘若他赢了,他还得再拿一些A49号房舱里的床单。他们的服务员,到时候也得困惑床单怎么没了。倘若他输了,那什么都不重要了。

邦德全身心地弄好了绳子,应该扛得住。他把绳子的一端缠系在舱窗的铰链上面,然后看了一下手表。从读完电报开始,到现在,只浪费了十二分钟。绳子会不会太长了?他咬紧牙关,把绳子扔出去,掉到另一端,接着先探头爬了出去。

别乱想!别往下看!也别抬头看!别管打的绳结!慢慢地,稳稳地,手一把一把往下推。

夜风轻轻地吹打着他,碰到了黑色的铁铆钉上面。下面,传来一阵低沉的隆隆声和大海的浊浪呼啸声。顶桅杆处还能听到呼呼的风声。遥远的天空,四周星星璀璨高挂,绕着桅杆顶处四周移动。

这床单拧成的绳子到时不会断吧?他会不会眩晕过去呢?还有他的胳膊撑得住吗?哎呀,不要想这些了。忘掉巨大的舰船、澎湃怒吼的大海,还有等着刺切自己的四螺旋桨船。你就是一个小男孩,从苹果树上面往下爬。多么简单呀,果园里面有草坪,掉下去也很安全。

邦德不再胡思乱想,注意力转到两只手上,感觉到了粗糙的船壁面。双脚如同触须一般敏感,在下面摸索,第一次碰到了舱窗。

瞧!他的右脚趾已经触到了凸出来的窗边。他必须停下来,不能着急,耐心点,让左脚再往里面摸索一下。舱窗是大张开的,然后,然后感觉碰到了窗帘,不过是拉上的。好啦,现在可以继续往下爬了,马上就到了。

最后,抓了两下绳索,邦德便正好面对着窗户。他一手抓住铁窗边,这样能减轻绷紧的白绳的受重。谢天谢地,这只胳膊终于能缓缓地抓住了舷窗的凸缘,接着放下了两臂,这样就能减轻全身的重负了。邦德觉得,全身的肌肉都要绷裂了。他打起精神,攒足了劲慢慢地拉起,准备最后纵身前扑。这时,他的一只手里紧紧地握着手枪。

邦德一边聆听,一边盯着慢慢晃来晃去的窗帘,他努力让自己忘掉,刚才像苍蝇一样,黏附在伊丽莎白女王号一侧的半中腰上,他使劲不去听下面呼啸的大海，努力平静自己沉重的呼吸，和怦怦的心脏狂跳声。

这时，听到里面有嘀嘀咕咕声。一个男性的声音说了几句话，然后便是一个女孩的哭喊声："不！"

安静了一会儿，便听到一声巴掌声，像鸣枪一般那么响亮。这声音如同是里面的一根绳子往下拉了一下他，邦德提起了身子，便被拽进了舱窗里。

不知怎么的，邦德向前俯冲翻过了三英尺长的玻璃框，一边想他会撞到什么东西，一边用左臂护住头，右手握紧枪。

还好，邦德撞到了舱窗下面的一只行李箱上面。整个人顺势翻了一个跟头，身子一大半探进了房间里，他赶紧站起来，蜷伏着身子往舱窗旁后退。他嘴唇紧闭，拿枪的那只手，由于握得太紧而发抖。

透过狭长的眼睑，一双冷酷的灰色眼睛，左瞧瞧右瞧瞧。那把黑色手枪，刚好竖在了那两个人的正中间。

"别动。"邦德喝道，然后，慢慢现身站直。

事实就是这样，邦德已控制了整个局面，黑色的枪口才是王道。

"谁派你来的？"胖子问道，"这里没你什么事吧？"

言语中还有所保留。不慌不忙，甚至一点都不感到惊讶。

"难道是来凑数，四个人一起喝松子酒吗？"

他侧坐在梳妆台前，系上衬衫的袖口，面色湿润，一双小眼睛闪闪发光。眼前是蒂芙妮，背对着邦德坐在一张软垫椅上。她几乎是全裸，只穿了一条肉色内裤，膝盖被紧紧地夹在胖子的大腿中间。她转身看邦德，一脸苍白，上面还有红色印记。她的眼神，如同一只被困的动物眼睛一样狂热。两片嘴唇最大地张开,似乎难以相信刚才发生的一切。

白头发的那位一直很惬意地躺在床上。此时,他坐起来,把另一只手放到衬衫半中腰,去拿腋窝下面装在黑色皮套里的手枪。他全无好奇地看着邦德,嘴巴张成方形,如一只邮筒咧嘴而笑。就在他的笑的时候,从紧闭的牙齿中吐出一根牙签,像是蛇吐芯子一样。

邦德举着枪,对准两个人的中间位置。他说话的时候,声音又低沉又紧张。

"蒂芙妮,"他缓慢但很清楚地说道,"跪下去,慢慢从他身边移开,把头一直低下去,挪到中央的位置。"

他根本就没有看她,一双眼睛一直瞧过来瞧过去。看看椅子上那人,再瞧瞧床上那人。

现在,她终于摆脱那两个目标了。

"我到这边了,詹姆斯。"声音里充满了希望,激动不已。

"站起来,径直走到浴室里去。把门锁上,进去后,躺在浴缸里面。"

他用眼睛瞟了她一眼,看到她是否照吩咐的去做。她站起来,看了他一眼,走进浴室,咔嗒一声,浴室的门关上了。

现在,她没有吃枪子的危险了。但是,她不能目睹这一切。

这两人之间隔着五码的距离。邦德估计如果他们拔枪快射,那他必死无疑。面对这类人,就算是他能秒杀掉其中一个,另一个肯定会拔枪就射。自己来不及开枪,岂不是等着挨枪子啦?不过,只要开了第一枪,那局面发展就难以预料了。

"四十八,六十五,八十六。"

这是美国打橄榄球时喊的黑话密语,他们用这种方式传递信息。胖子嘴里一直在数一个五十多分的组合,他们肯定在一起练了数千次了。同时,胖子瞬间卧倒在地,另一只手迅速去拔枪。

床上那人,一个迅速打个大转,把腿甩到侧面。他离邦德较远,这样全身上下,只有头部的小部分还在邦德的目标之内,他胸前的手迅速抬起,伸向腋窝。

"砰。"

邦德的枪里只是发出了一声低沉的咕噜声。白头发的那位头顶正下方,便被打开了一个锁眼孔。

"嘣。"

是从白发小子的手枪里传来的,临死前,将一枚子弹射到了床上。

卧倒在地上的胖子,尖叫了一声。他抬起头,眼睛死死地盯着黑黑的枪口,生怕它开火。他现在已陷入重重包围,只有祈祷能够侥幸找到一个逃生的机会。

他把枪举到了邦德膝盖的位置,但一切都是徒劳无益。

"把枪放下。"

枪掉到了地毯上,发出一点小噪音。

"站起来。"

胖子爬着站起来,一直盯着邦德的眼睛,眼神里充满恐惧又有期待。

"坐下。"

看着对方已被降服的眼神,邦德有没有顿时松了一口气呢?没有,他还是跟一只被困的小猫一样紧张。

胖子慢慢转过身,双手抱头,虽然邦德没有让他这么做。然后,他两个大跨步走到椅子旁边,又慢慢转过身来像是要坐下去。

他面对邦德而站,双手很自然地垂在身体两边。突然,他的两手很轻松地又甩上来,右手比左手甩得更快。他的右臂猛地绷紧,向前迅速一闪,飞刀像白色的火焰一般,从指尖盛开飞了过来。

"砰。"

子弹和飞刀都从空中,悄无声息地飞过。用武器攻击的时候,两人不约而同地躲闪到一边。

只不过,胖子这一躲闪,结果是向后倒了下去,一只手乱抓心脏,两只眼珠子向上翻起。邦德只是受了一点轻伤,他不在乎地看着自己衬衫上洒开的血迹,一把折叠刀的平刀柄正松松垮垮地挂在上面。

胖子倒在了椅子上,接着是一声椅子散架的咔嚓声,又接着是一阵很刺耳的叫声,最后,便是一阵嗡嗡声。

邦德朝他看了一眼,转身走到敞开的舱窗旁。

他背对着房间,在那里站了一会儿,默默地注视着慢慢晃来晃去的窗帘。他深深地吸了一大口气,聆听着船外轻柔唯美的大海声。这一切都还属于他和蒂芙妮,但不再属于那两个人了。慢慢地,他绷紧的神经放轻松了些。

过了一会儿,他把刀从衬衣上面拔下来。他看都没看一眼,直接伸手把窗帘拉到一边,把刀远远地扔了出去,外面是一片漆黑。

他继续眺望外面静谧的夜空,收好贝瑞塔的保险箱。他用自己的一只手,此时重似一块铅,慢慢地将枪塞进裤子上的腰带里面。

他很不情愿地转过身,目视舱房里的一片狼藉。他若有所思地扫视了四周,无意识地,用身体两面擦了擦手。然后,他小心翼翼地绕道走到浴室门口,用疲惫平静的声音说道:"是我,蒂芙妮。"打开浴室门,走了进去。

她都没有听到他的声音。她的脸朝下,躺在空浴缸里,双手捂着耳朵。当邦德把她从里面半拉起来,双手抱住她时,她依然不敢相信这是真的。她只是紧紧地依靠着他,双手慢慢地抚摸查看他的脸庞,还有胸膛,确保这一切都是真的。

当她的手碰到被割烂的肋部时,他闪躲了一下。她从他怀里挣开,先看看他的脸,接着看到自己手指上的血迹,再看到他鲜血染红的衬衫。

"哦,天啦。你受伤了。"她说道。然后帮把他的衬衫脱掉,用香皂和水把砍得很严重的肋部洗干净,再用其中一个死人的剃刀片,将毛巾割成一条一条的,最后再包扎好。

邦德把她的衣服从房舱地上捡起来,拿给她的时候,她依然没问任何问题。邦德告诉她先不要出来,等他把一切都清理干净,擦拭完所有她碰过的东西,消灭掉上面的指纹再出来。

她一直站在那里,两眼闪闪发光地注视着他。邦德去亲吻她嘴唇时,她依然什么也没说。

邦德冲她笑了笑,示意让她放宽心。出来后,他关上了浴室的门,自己继续忙活着。他做每一件事都特别深思熟虑,开始每一步之前都要停下来仔细斟酌一番,假想要是侦探们看到了这些,该作何推断。一到南安普敦,他们就会登船破案。

首先,把烟灰缸系到被血染透的衬衫上面,这样可以使它变重。然后走到舱窗旁,使劲将衬衫远远地丢出去。门后面挂着死者的燕尾服,邦德从胸前的口袋里掏出手巾,缠在手上面。然后他在柜子还有抽屉里面搜寻,直到找到白头小子的西装衬衫。于是,拿出来一件给自己穿上,然后在房舱中央,伫立了一会儿。随后,咬紧牙齿使劲地将胖子拉起,成坐立的姿势。再脱掉胖子的衬衫,拿着走到舱窗旁,掏出贝瑞塔。衬衫上面心脏部位有先前打穿的小孔,邦德对准那里又开了一枪。现在,弹孔周围有火药的污迹,这样看起来就像是自杀。他又给死者穿上衬衣,彻头彻尾地将贝瑞塔擦干净,再将死者的右手指全都按在枪上面。最后,把枪塞到死者的手里,让他食指按在扳机上面。

于是,邦德又停下来,在房中央站了一会儿。他把基德的燕尾服从挂钩上取下来,给死者穿上,再把尸体拖到舱窗旁边,加了一把劲,满头大汗地把尸体托举起来,从舱窗里面推了出去。

他擦掉舱窗上面所有的指纹,然后停下来,好好地喘了一口气。他环视了房舱周围,然后,走到房墙旁边的牌桌旁,上面一片凌乱,一盘游戏还没有玩完。他将牌桌掀翻,上面的纸牌散落了一地。事后他又萌生了新想法,他走到胖子的尸体旁边,从他屁股口袋里掏出一沓钞票,然后撒在纸牌中间。

一看这画面,绝对可以瞒天过海了。唯一的谜团就是基德临死之时,射进被子里的那一枚子弹。不过,这就是他们扭打过程中乱射的嘛。贝瑞塔总共射了三发子弹,地上也总共有三枚子弹壳。有两枚子弹是在基德的尸体里面,但是他现在已经被扔到大西洋里去了。他还得从第二张床上,再偷走两张床单,那这个损失就成了未解之谜。或许,是温特拿来用作裹尸布,将基德裹在里面扔到舱窗外面。这样,那就是他们因为玩牌出现拌嘴,发生了枪战。最后,温特懊悔不已,自杀了。所有的一切都可以一一对上号了。

邦德想,所有的一切都可以瞒天过海。等警察抵达码头时,他和蒂芙妮早已下船离开了。在房舱里,唯一能够让人发现他们踪迹的,就是那把邦德的贝瑞塔。和所有情报局的手枪一样,根本就没有注册号码。

他长叹了一口气,耸了耸肩。好啦,现在去拿床单吧,再带蒂芙妮回他的房舱里,免得被人看见了,再把从他房舱窗掉下去的绳子剪断,连同贝瑞塔备用的弹匣,还有空枪套一起扔到海里去。啊,终于能怀抱着她那美丽可亲的身体,就这样永远地和她一直熟睡下去。

永远?

当他慢慢穿过房间去浴室的时候,邦德看到地上死者翻白的目光。

这位血型是 F 的死者,那双翻白的眼睛似乎在对他说:"先生,世上没有什么是永久不变的。只有你给予我的死亡,才是永恒不变的。"

Diamonds are Forever

第二十五章　交易结束

在南非三国交界处,有一片很大的荆棘灌木丛。但是,现在灌木丛下面看不到蝎子了。眼前没有任何事物,可以吸引那位矿区的走私犯的注意力。除了一群又一群的行军蚁,在公路旁边的矮墙脚下面匆匆窜过。公路有三英尺宽,兵蚁们在两旁筑起了一堆堆矮土墙。

天气湿热难耐,那人藏在荆棘丛下面,开始心急焦躁,局促不安。这是他最后一次来干接头碰面的事了。绝对不会再干了。他们得另寻他人了。当然,他也会很公平地对待他们。他会预先告知他们他要退出,以及退出的理由——员工里面加入了一位新的牙医助手,但是他对牙科学并不了解。那人肯定是个间谍,目光那么的机灵,长着姜黄色的胡须,叼着烟斗,手指甲特别地干净。是不是兄弟中,有人被抓了呀?他会不会招供对我们不利的证据呢?

走私贩移动了一下位置。真是见鬼了,飞机到底在哪儿呀?他抓起一把土,扔到了正在蠕动的蚂蚁群中间。蚂蚁们犹豫了一会儿,被迫向土墙两侧分散,后面的蚂蚁大队伍相继涌来。兵蚁们开始疯狂地挖土搬运,几分钟后,公路上便干干净净了。

那人脱下鞋,朝正在移动的蚁群身上,狠狠地砸下去。蚁群暂时陷入了一片混乱。但是,它们很快狼吞虎咽地吞食袭击掉其他蚂蚁的尸体。再次清出一条道路,黑乎乎的蚂蚁群又开始流动了。

那人一边咒骂,一边穿上鞋子。哼!一帮黑色的混蛋!得给它们点颜色看看。他蹲下来,一只胳膊举起靠在荆棘上面,然后沿着蚂蚁群狠狠地跺脚,把它们赶到月光下面去。这下,让你们好好尝尝厉害。

此时,他忘掉了对所有黑色事物的憎恶,昂首望向北边。真是谢天谢地呀!他绕开荆棘丛,去拿手电筒,还有工具箱里的一包钻石。

一英里开外的低灌木区,检声器已经停止了搜索工作。驾驶员一直在朝下面军用卡车旁站着的三个人喊叫,然后说道:"三十英里,速度一百二十,高度九百英尺。"

邦德看了看表,"好像是在午夜满月的时候碰头吧,"他说道,"他看来要迟到十分钟了。"

"好像是这样,长官,"一名站在邦德身边的军官说道,他来自弗里敦驻军部队。邦德转向第三个人:"下士,去确认一下,伪装网里面没有露出任何铁器迹象吧。在月光下面,什么都可以被看到。"

以低灌木丛为掩护,卡车停在一条泥土小道上面。这条路横跨平原，通向法属几内亚的泰勒巴顿村庄。那晚，一听到定位器探测到牙医在平路上骑摩托车经过的声音，他们就赶紧从山上动身出发。他们一路上都没有开车灯，摩托车一停下来，他们也赶紧停下来。已经无法再掩护发动机的声音了。所以，他们给卡车、定位器，还有旁边安装好的博福斯式高射炮，披上伪装网。然后就一直等待，他们不知道从牙医的会面中期待什么，莫非又是另一个骑摩托车的，骑马来，开吉普车，还是开飞机来呢？

他们听到远处空中传来咔嗒咔嗒声。邦德大笑了一声，"是直升机，"他说道，"没什么东西比它更吵闹了。一旦它着地了，就把伪装网扯掉。咱们先给它来一个警告性射击。扩音器打开了吗？"

"是的，长官，"定位器旁边的下士说道，"它正在迅速飞来，一分钟以内您就可以看见它了。看到刚刚闪现的灯光了吗，长官？肯定是着陆场那边的灯光。"

邦德看到了四道闪现的微光，抬头望向非洲广阔的夜空。

终于来了呀，走私团伙中的最后一位，斯潘黑帮的掌门人，也是第一个接头露面的人。邦德曾在哈顿公园仔细审视过这人。他是斯潘黑帮的老大，该帮在华盛顿名气极大。除了无害甚至令人喜爱的沙迪·特里以外，他是唯一一位邦德想抓也必须抓到杀死的人。否则，想想在粉红色酒吧，还有来自底特律的那两人，差一点就把邦德给杀了。他并非执意要杀死这些人，M也只交代他去查明这些人的底细。但是，他们一个又一个地想杀死邦德和他的朋友。暴力是他们的第一手段而非最后的手段。暴力和残忍是他们唯一的武器。想想在拉斯维加斯，开着雪佛兰向他开枪，打伤库厄的那两个人。

开美洲虎用棍棒恫吓库厄的那两个人,一旦有枪战,他们必是第一个先拔枪快射。塞拉菲莫先将他折磨至死亡的边缘,接着在铁路轨上面,试图开枪打死他们,或是开火车撞死他们。温特和基德,先是那么残忍地对待叮当贝尔,接着又要谋害邦德,还有蒂芙妮。匪徒总共七个人,他杀死了其中的五个。他并非喜欢这样,但是他必须这样做。还好,他的运气不错,三位好友完好无损,菲利克斯、库厄和蒂芙妮。坏人则通通死掉了。

现在,就剩下最后一位坏人了。他下令让人去杀死邦德和蒂芙妮。据M所言,是他一手建立起整个钻石的交易渠道,特别无情却又高效率地组织经营走私通道达数年之久。

在打电话通知邦德去博斯科姆比时,M说话简明扼要,语气听起来很有把握。就在堪培拉准备好,飞往弗里敦的前几分钟,M通过航空部连线邦德。邦德在航空指挥官的办公室里接听了电话,外面在测试喷气机,噪声一片。

"很高兴听到你安全返回。"

"多谢局长慰问。"

"晚报上面刊登了在伊丽莎白女王号上面,发生了双杀事件,这是怎么回事?"M语气里带些疑虑。

"局长,他们是黑帮派来的两名杀手,他们叫温特和基德·里奇,当时,他们在一起游玩。我的乘务员告诉我,说他们当时因为玩牌而发生了争吵。"

"你认为乘务员说得对吗?"

"很有可能是那样。"

电话那边停顿了一会,"警方也这么认为吗?"

"我没有见过他们。"

"我会跟瓦兰斯谈谈的。"

"好的,局长,"邦德说道。邦德了解 M 的做事风格,知道他肯定会这样说。若真是邦德杀了他们,M 必须得去确认,在办案过程中,绝对不能将邦德或是情报局牵扯进去。

"算了,"M 说道,"反正他们就是一些无名小卒。这个叫杰克·斯潘,或是鲁弗斯·塞伊,还是 ABC 的人,不管他到底叫什么,你都要给我抓住他。据我判断,他现在是重新回到走私通道的起点,要么封锁起来,要么彻底毁掉。通道的起点还有那个牙医,试着将他俩都抓起来。我已经安插 2804 号,在牙医身旁工作了一周多。据弗里敦方面称,他们已经摸清了当地情况。但是,我想早点结束这个案子,你也可以早点回来,忙其他事情。这是一件很棘手的事情,从一开始我就不乐意接手。到目前为止,我们大多是凭运气,而不是真正凭本事。"

"是,局长。"邦德说道。

"这个名叫凯丝的姑娘怎么办?"M 说道,"我和瓦兰斯谈过。他说不会检举她,除非你自己执意要这么做。"

M 的语气会不会太冷漠了?

邦德竭力让自己的答案听起来没那么轻松愉快,"报告局长,她这次帮了我很大的忙,"他尽量放松语气说道,"等我上交了最后一份报告,您再评判吧。"

"她现在哪儿?"

黑色的听筒开始在邦德手里打滑,"她乘坐一辆戴姆勒汽车,现在去伦敦的路上,长官。我让她先住在我的公寓里,也就是住在客房里。她是一个很好的女管家。她会照顾好自己,一直等我回来。我相信她会没事的,长官。"邦德拿出手巾,擦了擦脸上的汗。

"我也相信,"M说道,语气没有一丝反语之意,"那好吧,现在,就祝你好运。"电话那端停顿了一会,"照顾好自己,然后,"电话那头声音突然变得很强硬,"别以为,事情发展到现在这样我会不高兴。当然,你也太过度草率了。不过,目前你跟这帮人较量,表现得非常好。再见,詹姆斯。"

"再见,长官。"

邦德抬头望着漫天闪烁的星空,想起了M,还有蒂芙妮。希望这一切真的快点结束,接下来的一切都简单迅速,能够早日回家。

矿区的走私犯,手里拿着四个手电筒,站在那里等候。他终于看到了,直升机越过月亮朝这飞来了。和往常一样,真是吵死人啦。一想到以后再也不用听这噪音了,走私犯便心中暗自欣喜。

它慢慢地降下来,盘旋在他头上二十英尺高处。他从里面伸出一只手,快速比画了一个A,地上那人使眼色,回复了一个B和C。于是,转子叶片慢慢放平,这只大铁虫落到了地面上。

待扬起的灰尘落定后,走私犯把手从眼睛上移开,看到飞行员从扶梯上面下来,落到地面上。他戴着飞行员头盔和护目镜。和往常看起来不一样。他看起来比德国人还高,走私犯感觉到脊椎一阵刺痛。这人是谁呀?然后慢慢地走过去见他。

"货带来了吗?"笔直的黑色眉毛下面,是一双冰冷的双眸,它们正在透过护目镜尖锐地看过来。眼睛隐藏在目镜下面,他脑袋动的时候,月光照在了镜片上面。此刻,闪闪发亮的黑色皮头盔上面,只能看到两个耀眼的白色圆圈。

"带来了,"矿区那人提心吊胆地说道,"但是,那个德国人呢?"

"他不会再来了。"两个白圈盲目地看着走私犯,"我是 ABC,来封锁整个通道。"

听声音是个美国人,语气很强硬平缓,别人不得不听他的话。

"哦。"

走私犯习惯性地把手伸进衬衫里,他掏出潮湿的小包,交了出去,如同在献上一份求和的礼物。跟那只蝎子一样,一个月前,他就感觉到悬在自己头上的石头了。

"过来帮我加油。"

这语气像是监工头在给一个小工下命令。走私犯乖乖地听话,赶紧走上前去。

他们默默地加完油,回到地面上。走私犯一直在绝望地思索。然后,他鼓起勇气,用平等合伙人、还有他了解真相,应该享有平等控制权的口吻。

他望着靛黑蓝色的那块区域,飞行员正站在上面,手放在扶梯上面。

"我一直在思考,恐怕……"

然而,声音戛然而止了。他张开大嘴,嘴唇从牙齿间抽出来。嘴里开始发出一阵非咆哮也非尖叫的噪声。

飞行员手里的枪嘣嘣嘣响了三声。走私贩顺从地喊了一声

"啊",便跌倒在后面的尘土里了。他长长地喘了一口气,便再也不动弹了。

"别动。"突然,平原上传来喊话器的声音,听起来特别铿锵有力,"你已经被包围了。"接着听到发动机启动的声音。

飞行员根本没有去弄清声音是哪里来的,便直接爬上扶梯,关上驾驶舱的舱门,随后传来自动启动器的嗡嗡声。发动机轰鸣作响,旋翼叶片慢慢地旋转加速,最后变成两个银色旋涡。随后,他猛地一加速,飞机离开了地面悬在空中,垂直升向高空。

下面低灌木丛里,卡车急拉刹车停了下来,邦德跳到博福斯式高射炮的炮位上面。

"朝上,下士,"他拍了旁边人一巴掌,那人手握高程控制手柄。邦德一只眼睛盯着里面是网格状的瞄准仪,伸手打开射炮的保险,将其推开设置为"单发","十秒后发射"。

"我来填光弹。"邦德旁边的军官手里,拿着两枚涂成黄色的炸弹。

邦德把脚踩在触发踏板上面,直升机现在刚好在瞄准仪的中央位置。"准备。"他静静地说道。

轰。

炮弹闪闪发光,又懒懒散散地划向高空,刚好低于音速。

低一点,转向左边。

下士娴熟地扭转了一下两支手柄。

轰。

炮弹在空中偏离了正在升空的直升机,高高地转向了远方。邦德把手伸向前,将变速杆调成"连射状态"。他做这个动作时,特别不情愿。这意味着那人必死无疑。他又要干这样的事了。

轰——轰——轰——轰——轰。

红色的炮火喷满了整个夜空。但是,直升机仍旧在升向月亮处,向北离去。

轰——轰。

在尾旋翼附近看到了一道黄光,听到远处传来砰的一声爆炸声。

"打中了,"军官说道。他拿起一副夜用望远镜,"尾旋翼被打掉了,"他说道,又非常兴奋地说道,"天啊,整个机身现在仅靠主旋翼往前飞了。驾驶员肯定是凶多吉少了。"

"还看到了什么?"邦德问道,眼睛一直盯着在旋转的直升机。

"没了,长官,"军官说道,"可以的话,说不定能保他一命。但是,现在看来似乎……哇,直升机失去控制了,正在迅速下降了,应该是主旋翼叶片出了故障。它落向那里了。"

邦德把眼睛从瞄准仪上面挪开,然后抬头望着闪烁的月光,把眼睛遮起来。

太棒了,他现在就在离地一千英尺的高度处。飞机乱作一团向下坠落,就像一个喝醉酒的醉汉,摇摇晃晃地从高空中偏离飞下来。发动机一直在轰鸣,巨大的旋翼一直在旋转,却不起任何作用。

杰克·斯潘,这个曾经下命令要杀死邦德的人,下命令要杀死蒂芙妮的人,一个邦德在哈顿公园、一间酷热的房间里只见过几分钟的人。他就是鲁弗斯·塞伊先生,钻石家族的拥有者,欧洲片区的副主席。他去桑宁戴尔打高尔夫球,每月到访巴黎一次。M曾称他为"模范公民"。他还是斯潘黑帮中的斯潘先生,刚刚就杀了一个人——是多少受害人群中的最后一位呀?

邦德可以想象到那个场面。在窄小的驾驶舱里,这个大人物一只手抓住机身,看到高度计上面的指针迅速拨到几百英尺高时,一边用另一只手猛扭控制元件。眼神里满是恐惧的红色眩光,那包价值几十万英镑的钻石,此时却成为如此沉重的负担。从儿童时期,那把枪就成为另一只强壮的右臂,此时也带来不了任何安慰。

"他现在往荆棘丛里冲去了。"下士叫喊道,声音盖过了空中的咔嗒噪声。

"他已是垂死的人了。"队长说道,一半是在自言自语。

他们注视着最后一组的倾斜翻转,大家屏住呼吸,看到直升机像玩跷跷板一样,疯狂地最后翻了一下鼻子,然后将荆棘丛视同敌人一般,愤怒地向下横冲直撞了二十码的距离,最后猛地一掷,旋翼就颠颠簸簸地冲进了一堆荆棘丛里。

直升机坠落的回声还没有停止,便从荆棘丛的中心传来一声砰的爆炸声,一团熊熊火焰,滚滚浓烟升到了空中,连月光都模糊看不清了,整个平原被一团橙色的眩光笼罩住了。

队长是第一个说话的。

"哎哟!"他动情地说道,他慢慢地放下望远镜,转向邦德,"好吧,长官,只能就这样了。咱们恐怕先得在附近找个地方,天马上就快亮了。咱们要等好几个小时,才能进去火堆里仔细搜查。这肯定会把在法属边境骑马巡视的守卫招来。还好,幸运的是,我们跟他们关系不错。但是,州长得去跟达喀尔方面花时间力争交涉了。"军官貌似已经看到,到时候会有一堆文件摆在面前。一想到这个,他比现在都感觉到身心疲惫。他是一位特别实诚的军官,今天一天就已经受够了,便问道:"长官,我们可以稍微闭眼睡一会儿吗?"

"去睡吧,"邦德说道,又看了看表,"最好是睡到卡车下面吧。再过四个小时,太阳就要升起来了。我还不感觉累,留下来看守吧。也是以防万一,那火说不定会往四处蔓延。"

军官很好奇地瞥了一眼,眼前这位安静沉稳、深不可测的男人,突然降临这个英国的保护国,来发号施令。如果正需要休息的话……不过,这一切跟弗里敦没有任何关系。这些都是伦敦人的作风嘛。"谢谢您,长官。"他一边说道,一边从卡车上面跳下来。

邦德慢慢把脚从触发踏板上面挪开,坐回到炮位上面。习惯性地,他的目光一直注视着跳跃的火焰。他用手摸衬衫口袋里的烟和打火机。这是一件卡其色外套衬衫,有些褪色了,还是他从指挥官加里森那里借来的。他从里面抽出一根烟点燃,再把东西放回兜里。

钻石走私通道就这样结束了。这也是他们历史篇章的最后一页呀。邦德猛地吸了一大口烟,又静静地长吁了一口气,把烟从齿缝间吐出来。完成此次任务,丧生了六条人命,终于大功告成了。

邦德抬起一只手,擦了擦湿淋淋的额头。一缕湿答答的头发耷拉在右眼眉毛上面,邦德把它捋了上去。红色的眩光,照亮在那张憔悴瘦弱的脸上,疲惫的眼睛里闪烁着红光。

这个巨大的火红句号,标志着斯潘黑帮的灭亡,还有那让人难以置信的钻石走私通道的终结。但是，对于那包正在烈火中间，经手烘烤的钻石，这不是终结。它们会幸存下来，又重新流向世界各地。可能会被烤变色，但是同死亡一样永恒，坚不可摧。

邦德忽然又想起，曾经是 F 血型的那具尸体的眼神。他们错了。的确，死亡是永恒的。但是，钻石也亦如此。

邦德从卡车上面跳下来，慢悠悠地朝跳跃的火堆旁走去。他自己一个人，仰天发出了特别可怕的大笑声。这桩死亡和钻石之间的真理阐释，对他而言真的是太庄严了。在邦德眼里，他只是结束了另一个冒险旅程。蒂芙妮的一句风凉话完全可以成为这段探险的墓志铭。此时，他似乎已经看到，那张激情撩人却又处处不饶人的嘴巴，说道：

"日久天长，冷暖自知。"